SEXDA

Van Heleen van Royen verschenen eerder:

De gelukkige huisvrouw
Je zal er maar mee getrouwd zijn
Godin van de jacht
De ontsnapping
Stout
De mannentester
Vulpen
De naaimachine
Kind van mijn vader
Bloed, zweet en tranen
Het grote Heleen van Royen zomerboek
De hartsvriendin
Selfmade

Heleen van Royen

Sexdagboek

Lebowski Publishers, Amsterdam 2018

Omslagontwerp: Riesenkind, 's-Hertogenbosch
Typografie: Crius Group, Hulshout
Foto auteur: © Feriet Tunc

ISBN 978 90 488 3867 7
ISBN 978 90 488 3868 4 (e-book)
NUR 320

www.heleenvanroyen.nl
www.lebowskipublishers.nl
www.overamstel.com

OVERAMSTEL
uitgevers

Lebowski is een imprint van Overamstel uitgevers bv

Voor jou

DONDERDAG 29 SEPTEMBER

Vanmiddag om 16:35 uur heb ik besloten een seksdagboek* te gaan bijhouden. Ik lag op mijn rug in bed. Bart stond over me heen, wijdbeens. Hij had zijn geslacht nog in zijn hand. We waren allebei net klaargekomen. Hij had zijn zaad over mijn buik en borsten geloosd. Ik had een vibrator gebruikt terwijl ik toekeek hoe hij zich boven me aftrok.

Bart is negenentwintig, bijna dertig. Als hij volgende week dertig wordt, gaat de vlag uit. Ik ben eenenvijftig. Ik zou zijn moeder kunnen zijn. Maar dat ben ik niet. Ik ben zijn vriendin, we wonen samen. Dit dagboek is bedoeld om een gedetailleerd beeld te geven van ons seksleven. Ik hou ervan om dingen vast te leggen. Want je raakt alles kwijt. Hoe langer je leeft, hoe meer jaren je achter je hebt in plaats van voor je, des te vager de herinnering aan de jaren die achter je liggen wordt. De gebeurtenissen staan je nog wel bij, maar de momenten, de precieze momenten, de opbouw van de gebeurtenissen verdwijnt. Als je jong bent zie je scherper. Onthoud je alles beter. Ik wil onthouden wat ik met Bart heb. Het zijn gouden tijden. Ik wil ze kunnen herbeleven. En ik wil dat je meeleest. Ik wil dat jij weet wat een seksleven kan inhouden. Omdat je dat eigenlijk nergens kunt naslaan.

Mensen zijn tegenwoordig hun eigen boekhouders. We kunnen ons leven digitaal vastleggen en dat doen we massaal. En

* De titel van dit boek luidt *Sexdagboek* omdat dat nu eenmaal sexyer staat dan Seksdagboek. Grafisch dingetje. Maar in het boek zal ik me netjes aan de spellingsregels houden en hebben Bart en ik dus seks met ks en niet met een x.

dat niet alleen, we maken het tot in detail openbaar op social media: onze maaltijden, aankopen, vakanties, verjaardagen, bruiloften, geboortes en sterfgevallen. Intussen houdt de Aqua App bij of we wel genoeg water drinken. Telt de gezondheidsapp onze stappen. Wordt onze hartslag geregistreerd door de Apple Watch. En weet FatSecret ons gewicht. Het enige wat we niet registeren en delen, is seks. De gemiddelde frequentie ligt sinds mensenheugenis op twee keer per week. Maar wat zegt dat? Is dat het sociaal geaccepteerde antwoord dat iedereen geeft bij een enquête over seks? Of hebben sommige stellen heel vaak seks en andere stellen slechts zelden?

Ik zal in dit dagboek zo eerlijk mogelijk proberen te zijn. Dat is moeilijk, want het gaat niet alleen om mij, maar ook om Bart. Hij vindt het geen punt dat ik onze intiemste momenten wil opschrijven, maar dat ik mijn verslagen ervan wil publiceren stuit op enige bezwaren van zijn kant.

Nog even terug naar de geboorte van het idee om 16:35 uur. Ik vertel het meteen aan Bart. Dat ik een seksdagboek wil gaan bijhouden. En dat ik eigenlijk mijn uitgever even wil bellen om te vragen of hij het ook een goed idee vindt. Bart staat nog boven me, ziet me naar mijn mobiel op het nachtkastje graaien en zegt: 'Waag het niet!'

Ik houd me in.

Bart gaat naast me liggen. Ik ontvouw mijn plan.

'Ben je gek geworden?' is zijn eerste reactie.

'Luister nou even,' probeer ik.

'Jij wilt dat iedereen kan lezen hoe wij seks hebben?'

'Als je het zo zegt, klinkt het plat. Dat is niet hoe ik het bedoel.'

'Maar dat is toch hoe het wordt?'

'Ja en nee. Het wordt meer dan dat. Het wordt een boek over seksualiteit en dan vooral de vrouwelijke seksualiteit. Het dagboek wordt de kapstok waaraan ik mijn theorieën daarover ophang.'

'Ik wil het niet.'

'Hoezo niet?'

'Ik wil niet dat jij je seksleven openbaar maakt. Want jouw seksleven is ook mijn seksleven. Het is óns seksleven. Het is privé. Ik wil het niet. Punt.'

'Bart...'

'Hoorde je wat ik net zei?!' Bart schreeuwt nu. 'IK WIL HET NIET!'

'Wat ik voor ogen heb, is nog nooit geschreven,' houd ik hem voor. 'Je hebt dagboeken van escortgirls en nymfomanes en er zijn ongetwijfeld dagboeken van sm-meesteressen en/of slaven, maar zoiets als dit is nog nooit uitgebracht.'

'En waarom denk je? Omdat het een belachelijk idee is, daarom!'

'Het is een goed idee. Als een moderne antropoloog een jaar lang een doorsnee seksleven beschrijven. Het is een onderzoek –'

'Onderzoek maar wat anders. Het gaat niet gebeuren, want ik wil het niet! Vergeet het. En hou er nu over op, want je verpest mijn humeur op deze manier. Ik heb er geen zin in. Hoe vaak moet ik het nog zeggen?'

Ik laat het even rusten. Een paar uur. 's Avonds pak ik de draad weer op.

'Ik snap dat je aan het idee moet wennen. Maar ik denk dat het belangrijk is dat dit boek wordt geschreven. Ik denk dat het mooi gaat worden. Dat je je er niet voor hoeft te schamen. Ik ga het schrijven, móét het schrijven, en vraag je om me te vertrouwen. Het is een serieus project. Ik zal het je laten lezen. Als je het dan nog belachelijk vindt, zal ik het niet uitbrengen. Maar ik hoop dat als je het leest, je zult begrijpen waarom ik dit boek heb gemaakt en dat je ermee zult instemmen.'

Bart gromt.

Als ik dit project wil laten slagen, moet ik hem aan boord hebben. Het moet iets van ons samen worden, geen solovlucht. Daar zal ik de komende maanden mijn best voor doen.

VRIJDAGAVOND 30 SEPTEMBER

We liggen om tien uur lepeltje-lepeltje in bed. Bart moet vroeg op.

'Ik heb zin om je te neuken,' fluistert hij. Ik duw mijn billen iets dieper in zijn schoot.

'Je bent hard,' constateer ik tevreden.

'Ik ben altijd hard.'

'Je mag me altijd neuken.'

'Ja, voor jou is het makkelijk. Jij kunt gewoon je kontje naar achteren draaien en ik moet aan de slag.'

'Hmhm.'

Hij kan de uitnodiging niet weerstaan. Duwt mijn string omlaag en schuift zijn erectie van achterlangs in me. Na me een paar minuten zijwaarts te hebben gepenetreerd, komt hij overeind. Hij manoeuvreert mijn lichaam totdat ik op mijn knieën en mijn ellebogen steun. Ik weet wat hij wil, ik vouw mezelf zo klein mogelijk op tot ik een bolletje ben. Een bolletje met een hoge rug en billen die uitnodigend de lucht insteken. Bart accepteert de invitatie. Nadat hij is klaargekomen, vallen we allebei in slaap.

MAANDAG 3 OKTOBER

Over deze dag heb ik slechts enkele snelle notities gemaakt die ik nog wilde uitwerken, maar dat is er niet meer van gekomen. *Connect the dots*, je bent er slim genoeg voor.

Ochtend. Bart van achteren, ik bloot.

Aan mijn borsten, vingeren.

Neuken.

Aan de deur gebeld.

Op mijn rug op bed – Bart zet staande spiegel erbij.

Bijna tegelijk klaarkomen, Bart iets eerder, vibo erbij, Bart blijft doorneuken. Orgasme.

DINSDAG 4 OKTOBER

Ik ben het dagboek aan het bijhouden als Bart de studeerkamer binnenkomt.

'Schat, hebben we zaterdag en zondag echt geen seks gehad?' vraag ik.

'Gisterochtend hebben we seks gehad.'

'Ja, dat weet ik. Maar in het weekeinde niet, toch?'

We lopen onze activiteiten nog even na. Zowel zaterdag als zondag overdag te druk, en 's avonds te moe. Geen seks.

Bart leest een stukje van wat ik eerder heb geschreven. Hij lijkt zich al enigszins te hebben verzoend met het idee dat zijn partner zijn geslachtsleven nauwkeurig in kaart brengt.

'Je zet me toch wel neer als een held, hè?'

Hij scrolt omhoog om meer te kunnen lezen.

'Ik word hier wel hard van eigenlijk,' constateert hij. 'Maar ja, ik word van een regenbui al hard.'

Ik voel aan zijn kruis.

'Misschien moet je me even pijpen,' stelt hij voor.

Bart is een klassieke man. Je kunt hem nergens blijer mee maken dan met een pijpbeurt. De enige geduchte concurrent van de pijpbeurt is een helikoptervlucht. Deze twee staan op eenzame hoogte. Ik weet niet wat er zou gebeuren als ik Bart oraal zou bevredigen in een helikopter. Dat moet zijn idee van de hemel zijn.

Pijpbeurten zijn leuk om uit te delen. Ik ben in een goede bui en maak zijn rits open. Toen ik net met Bart ging, vertelde ik aan een bevriende regisseuse hoe grappig het was om te ervaren hoe snel hij hard wordt. 'Ik hoef er maar naar te wijzen,' zei ik. Ze begreep het. 'Bij jonge mannen is het net een toverstafje. Heerlijk.'

Ik zuig hard. Met mijn rechterhand trek ik hem gelijktijdig af en met mijn linkerhand houd ik zijn ballen vast. Bart legt zijn hand op mijn achterhoofd om me dichter naar hem toe te trekken.

Ik zit aan mijn bureau, de stoel half naar hem toe gedraaid.

'Doe jij straks boodschappen?' vraag ik hem tussen de bedrijven door. 'Want ik wil nog even door met schrijven.' Normaal praten we niet over huis-tuin-en-keukenzaken tijdens seks, maar hij staat nu naast mijn bureau.

Hij knikt.

'Je hebt eigenlijk te veel kleren aan,' vindt hij.

Ik trek mijn oversized trui uit. Nu heb ik alleen nog een panty en een zwarte, strakke top aan.

Hij trekt de top naar beneden zodat hij mijn borsten beter kan zien.

Ik zuig harder. Hij pakt mijn hand en trekt hem iets naar achteren, zodat zijn vel strakker staat. Ik verstevig mijn greep op zijn pik.

Het duurt niet lang, hooguit drie minuten.

'Ben je er klaar voor?' vraagt hij.

Ik kreun ter bevestiging.

Zijn sperma belandt in kleine warme golfjes in mijn keel. Ik slik het door. Na afloop duw ik zijn pik nog even tussen mijn borsten. Gewoon, omdat het kan.

WOENSDAG 5 OKTOBER

Bart wordt morgen dertig. Hij krijgt een privéles in een helikopter, maar dat weet hij nog niet. Het is een kleine, tweepersoonshelikopter, dus tenzij de leraar hem pijpt, zal het bij een enkelvoudig hoogtepunt blijven. Ik wil hem vanavond verrassen door sexy lingerie te dragen en breng een bezoek aan Christine le Duc. Pal voor de winkel staat een sandwichbord met reclame voor een Masturbation Masterclass. 'Leer je man verwennen' is het motto. Masturberen is jezelf bevredigen en niet een ander, maar goed, misschien wil Christine ons leren een man zo goed te bevredigen dat hij denkt dat hij het zelf doet. Want hij kan het zelf het beste, zo is het nu eenmaal.

Ik koop een speelpakje voor Bart. Het is een zwart gevalletje en het heeft weinig om het lijf, zoals het hoort. Bij de kaasboer om de hoek haal ik een keur aan kaasjes en bij de slijter een wit wijntje.

's Avonds zet ik alles klaar en trek het speelpakje aan, met kleefkousen en suède pumps eronder die hakken hebben van tien centimeter. Bart heeft de haard aangestoken. Als hij me in het pakje ziet paraderen wordt hij instant hard. We beginnen vrolijk aan de wijn en de kaas. Proosten op het leven en ons geluk. We kijken een serie op Netflix. Het is een beetje koud, zo met alleen het speelpakje aan. Ik doe er een jurkje overheen. We drinken veel wijn en eten veel kaas. Om twaalf uur is Bart jarig, hij is dertig! Halleluja, ik heb een vriend van dertig. Wat een opluchting dat de twee van twintig voorgoed is verdwenen.

We wankelen naar boven, naar de slaapkamer, allebei een beetje misselijk van de kaas. Ik trek het jurkje weer uit en ga op bed liggen. Bart trekt mijn hakken uit, pakt mijn benen en sjort eraan, hij verplaatst me, zodat mijn benen over de rand van het bed vallen. Hij zet de spiegel erbij en trekt de bovenkant van het pakje los zodat mijn borsten vrijkomen. Daarna neukt hij me terwijl ik op mijn rug lig. Het randje van het pakje zit onder mijn kont en het schuurt een beetje. Het leidt af. We gaan weer gewoon op bed liggen, ik ben te moe en te misselijk voor ingewikkelde standjes.

We seksen nog even door, dan kijken we elkaar schaapachtig aan en komen tegelijkertijd op hetzelfde idee. 'Zullen we gewoon maar gaan slapen?'

Het pakje gaat uit, het licht ook.

DONDERDAGOCHTEND 6 OKTOBER

Bart is nu echt jarig. Hij wordt wakker en wil neuken. 'Je mag nog niet komen. We moeten het bewaren,' waarschuw ik hem. Even later gaat hij wijdbeens boven me staan. Denkend aan de masterclass trek ik de jarige job heel stevig af. Ik pak zijn penis zo hard mogelijk vast. Het bewaren blijkt een illusie. Bart komt klaar. De eerste klodder is groot en lobbig. Daarna volgen dunnere straaltjes die tussen mijn borsten en in mijn nek belanden. Hieperdepiep hoera.

MAANDAGOCHTEND 10 OKTOBER

We staan samen onder de douche. Ik draai mijn billen tegen Bart aan. Hij wordt hard. Ik zet mijn handen tegen de douchewand, Bart neemt me hard van achteren. Hij komt snel klaar.

DINSDAGOCHTEND 11 OKTOBER

Net wakker. We kruipen in elkaars armen. Bart streelt mijn borsten. 'Ze zijn zo lekker zacht,' zegt hij. Na wat heen en weer gekroel ga ik op hem zitten. Bij het opruimen van mijn kledingkast ben ik een string tegengekomen die hij erg geil vindt. Die heb ik aan. Hij schuift het lapje stof opzij en gaat in me. 'Dan moet je maar niet op me gaan zitten,' zegt hij. We zijn allebei nog een beetje slaperig. Komen traag op gang. Dit kan nog stoppen. Ik kan eraf stappen en gaan douchen. Maar ik kan ook een beetje gas geven. Ik doe het laatste, zodat ik zeker weet dat het *point of no return* bereikt is. Ken je dat punt? Dat de geilheid aanzwelt en je op zeker moment zeker weet dat er geen weg meer terug is? Dat je alleen nog maar door wilt en klaarkomen? Dit wordt geen opwarmertje om later op te dag af te maken. Dit wordt *all the way*. Bij Bart dringt dat besef net iets later door. Ik laat me van hem af glijden. Hij komt overeind en trekt zijn shirt uit. Liggend op mijn rug geniet ik van de aanblik van zijn bovenlijf. Tanig. Gespierd. Geen gram vet. Hij pakt wat glijmiddel, smeert zijn pik ermee in en begint me zijdelings te neuken. Dan tilt hij mijn benen op met zijn linkerhand en houdt mijn achterhoofd vast met zijn rechterhand.

'Zo kan ik alles goed zien en voelen,' zegt hij. 'Lekker.'

Hij trekt me naar de rand van het bed, ik pak mijn vibo erbij. Bart vingert me. De vibo trilt. Hij neukt me. Ik zet mijn voeten tegen zijn borst. Al snel dendert het orgasme heel hard door me heen, waarna Bart me omdraait, zodat ik op mijn handen en knieën zit. Hij neemt me van achterlangs en komt in me klaar.

DONDERDAGOCHTEND 13 OKTOBER

Ik hou van ochtendseks. Als Bart opstaat om te plassen, ontdoe ik me snel van mijn slip en hemdje, zodat hij me naakt op bed aantreft als hij terugkomt. Hij reageert blij verrast en doet op zijn beurt zijn T-shirt en boxer uit. Zonder al te veel omhaal pakt hij me bij mijn heupen en trekt me naar zich toe, mijn benen vallen over de rand van het bed, we hebben een hoog bed, met als bijkomend voordeel dat hij me makkelijk kan penetreren terwijl hij blijft staan. Ik wil even geneukt worden. Klaarkomen hoeft niet. Over al dan niet klaarkomen tijdens de seks valt veel te zeggen. Maar niet nu. Ik kom erop terug, ik beloof het. Bart draait me om zodat ik op mijn buik lig, mijn voeten staan nu op de vloer. We hebben een heel hoog bed, een boxspring op pootjes, met daarop nog een topmatras, zodat er geen irritante gleuf tussen de twee eenpersoonsmatrassen zit. Bart leunt een beetje met zijn rug tegen het raam terwijl hij me opnieuw penetreert, dit keer van achterlangs. We kreunen allebei van genoegen. Hij merkt op dat mijn billen er heerlijk uitzien.

'Waar wil je mijn zaad?' vraagt hij.

'Over mijn rug en over mijn billen,' antwoord ik na enig nadenken.

Als ik het warme vocht even later voel neerdalen, ben ik tevreden.

Die middag heb ik een afspraak met mijn uitgever en twee redacteuren om over dit boek te praten. We zitten aan een lange tafel, mijn uitgever aan het hoofd, ik aan zijn rechterkant met tegenover me de twee redacteuren, die ik nog niet ken. Ze stellen zich voor. Jasper doet vooral fictie, Roel is van de non-fictie.

'Als ik het goed begrijp, word dit boek een mengvorm, een hybride boek,' zegt mijn uitgever.

Dat klopt, beaam ik.

De redacteuren luisteren belangstellend naar mijn uiteenzetting.

'Het is interessant om bij te houden hoeveel seks je hebt,' vertel ik. 'Ik ben er 29 september mee begonnen en ben er nu al achter dat je een vrijpartij zo snel mogelijk moet opschrijven, anders vergeet je hem. Dan weet je niet meer wanneer het was en op welke dagen je het nu wel of niet hebt gedaan en hoe het precies verliep.'

Iedereen knikt begrijpend.

'Het is echt heel interessant,' herhaal ik. Ik heb het gevoel dat ik iets moet verkopen, hoewel ik weet dat dat nergens op slaat. 'Wanneer hebben jullie voor het laatst seks gehad?' vraag ik aan de redacteuren.

Ze deinzen een stukje terug.

'Geen idee,' zegt Jasper.

'Ik weet het ook niet,' zegt Roel. 'Dat moet ik mijn vrouw vragen.'

Hij pakt voor de grap zijn mobiel die voor hem ligt. 'Dat zou een raar belletje worden.'

We lachen de spanning weg, zoals dat heet. Ik kom er niet meer op terug. Het kan pijnlijk zijn. Misschien hebben ze weken of maanden geen seks gehad. Je weet het niet. Het is niet iets wat je bespreekt. Over onenightstands willen mannen nog weleens opscheppen. Of over een minnares misschien. Maar het seksleven met je vaste partner is een taboe. De statistieken, als je ze al bijhoudt, breng je niet naar buiten.

Voor vrouwen geldt hetzelfde. Wij praten heus wel over seks. Zeker als een vriendin bijvoorbeeld net single is en weer aan het daten slaat. Dan nemen we de details van elke escapade door na een paar glazen wijn. En dan willen we vooral horen hoe híj faalde of hoe goed hij was of hoe raar hij dit of dat deed. Verandert de scharrel in een vaste relatie, dan worden de vestingmuren opgetrokken en gaat de ophaalbrug omhoog. Vanaf dat moment houd je je seksleven voor je. Je hebt het er niet over, hooguit in zijn algemeenheid, en niemand vraagt ernaar. Het is iets tussen jou en je partner, de rest van de wereld blijft erbuiten.

Ik koester niet de illusie noch de wens om dit mechanisme te veranderen. Seks is een gevoelig onderwerp, zeker voor vrouwen. Seks is synoniem aan schaamte. Om seks te hebben, moet je de schaamte overwinnen, je letterlijk en figuurlijk blootgeven. Het is moeilijk om iemand te vinden met wie je er vrij over kunt praten. En zelfs al vind je die persoon: durf je dan echt alles te vragen? En krijg je eerlijk antwoord? In dit dagboek zal ik mijn seksleven openbaren. Je mag weten wat ik doe, wat ik denk, wat ik fantaseer. Ik hoop je hiermee een dienst te bewijzen. Misschien lees je iets waarvan je denkt: verrek, dat wil ik ook. En geeft dit boek je het zetje om het te proberen. Bovenal hoop ik dat het je bevrijdt. Dat het je de ruimte geeft om zonder schaamte naar je eigen seksleven te kijken. Om erover na te denken, het te evalueren en wellicht bij te sturen. Om er iets van te maken waarop je trots bent en waar je met plezier aan denkt.

Ook ik moet de komende maanden mijn schaamte overwinnen. Het zal raar zijn om alle handelingen in detail te verslaan. Ik besef terdege dat dit een idioot plan is en dat menigeen me voor gek zal verklaren, maar alles in mij schreeuwt: dit boek moet er komen. Iedere schrijver droomt ervan een iconisch boek te schrijven. Misschien wordt dit mijn iconische boek, een feministische klassieker, zoals *De schaamte voorbij*. Ik hoop dat het wordt gelezen en begrepen, vooral door vrouwen. Vrouwen lijken zich altijd zoveel makkelijker te schikken in hun lot dan mannen, ook in hun seksuele lot. *Close your eyes and think of England* is wat vrouwen meekregen voor hun huwelijksnacht. Ik zou zeggen: *open your eyes and take what you need.*

Voor alle duidelijkheid: dit wordt geen handboek en het is geen pamflet. Ik wil je niets opdringen. Je moet niks. Je hoeft dit niet te lezen, tenzij je de pech hebt dat je het moet redigeren of recenseren. Je kunt dit boek nu wegleggen en nooit meer oppakken, je bent een vrij mens. Maar ik hoop dat je doorleest en vooral: dat je er iets aan hebt. Het is een voorbeeld van hoe een seksleven kan zijn, hoe het dag in, dag uit functioneert. Laat het je aan het denken zetten en een positieve verandering bij je teweegbrengen. Ach, misschien is het toch een pamflet. En wat is daar mis mee? Je hebt maar één leven en ook maar één seksleven. Analyseer het. Eigen het je toe. Geniet ervan. Stap uit je comfortzone. Excuses voor deze iets te modern geformuleerde flauwekul, maar ik meen het wel: laat me je in je kracht zetten. Misschien is het helemaal niet nodig. Misschien geef jij je seksleven een dikke tien en vraag je je af waar ik me druk om maak. Maar mocht dat niet zo zijn, mocht jij de schroom en schaamte voelen die vele vrouwen door de eeuwen heen hebben gevoeld, of beter: opgelegd hebben gekregen, dan hoop ik die bij je weg te nemen. Het beeld van de vrouw als lustobject dat wel seks mag uitstralen maar er niet ongegeneerd van mag genieten – want dan is ze een slet – stoort me mateloos. Ik vrees dat het nooit zal veranderen, maar schop er graag tegenaan.

Op seks rust een taboe. Dat is altijd zo geweest en zal altijd zo blijven. Ondanks de seksuele revolutie, ondanks al het naakt op internet en tv, houdt seks de zweem van verbodenheid. Seks is privé. We delen het niet op social media. De daadwerkelijke handelingen spelen zich achter gesloten deuren af. We weten dat mensen seks hebben, maar we zien het nooit en we praten er niet over bij de koffieautomaat op kantoor. Het taboe op seks lijkt de laatste jaren zelfs weer wat groter te worden. Heb jij dat idee ook? Dat we preutser worden? Ik wel. Is dat erg? Ik weet het niet. Het heeft niet zoveel zin om je te verzetten tegen de tijdgeest. Maar er moet een plek zijn waar seks frank en vrij wordt besproken. Waar alles op tafel ligt. Waar iedereen kan kijken en rondneuzen. Dit boek is die vrijplaats. Hier mag je alles op je gemak nalezen. Hier kan je het seksleven bestuderen van een westers stel. Een man en een vrouw die in de luxe omstandigheid verkeren dat er geen kleine kinderen in hun huis rondlopen. Die wat werk betreft in grote mate eigen baas zijn en zich volledig kunnen wijden aan elkaar. Nogmaals: dit boek moest er komen. Iemand moet het doen. Laat mij dat dan maar zijn.

VRIJDAG 14 OKTOBER

In het kader van alles boekstaven en vastleggen is het wellicht handig om je te laten kennismaken met de inhoud van mijn nachtkastje:

Een flesje Tripleglide siliconen glijmiddel.

Mae B G-spot Vibrator Rabbit roze, werkt op AAA-batterijen.

Rianne S Booty Plug Set. Deze set bestaat uit drie buttplugs, in de maten klein, medium en large, afgewerkt met een glinsterende steen. Bart noemt ze van klein naar groot schoppenboer, schoppenheer en schoppenaas, omdat ze zwart zijn en enigszins de vorm van het schoppensymbool hebben.

PalmPower Jenga Stimulator Wand, een oplaadbare vibrator met een ronde kop, heeft geen penisvorm, maar lijkt op een massageapparaatje.

Viacream Ultimate for Men – nou goed, die ligt in het nachtkastje van Bart, maar we gebruiken hem samen. Een lustverhogende en prikkelende gel.

Een zwart kanten masker voor over mijn ogen, dat ik nooit gebruik.

ZATERDAG 15 OKTOBER

Bart heeft al een paar keer terloops en een tikje verbolgen opgemerkt dat hij het stoeipakje dat ik ter ere van zijn verjaardag had gekocht nooit meer heeft teruggezien. Om hem te plezieren trek ik bij het koken de netkousen aan die bij het pakje horen. Het zijn *stay-ups*, een jarretelgordel is niet nodig. Ze hebben een wulpse rand van kant. Om het te completeren doe ik mijn zwarte laarzen erbij aan, Bart noemt ze mijn pornolaarzen. Ze zijn van suède, hebben een hoge hak en komen tot over mijn knie. Erboven een oversized, comfortabele trui zodat het wel een beetje hoerig oogt, maar niet ordinair.

In de keuken kan Bart niet van me afblijven. Hij gaat onder mijn trui, streelt mijn bovenbenen en bijt zacht in mijn billen. Hij denkt dat ik het speelpakje ook aan heb, wat niet waar is, het is een doorschijnende top, maar dat ontdekt hij later pas.

Na het eten nestel ik me op de bank. Bart maakt koffie.

'Laten we bijtijds naar bed gaan,' oppert hij terwijl hij een latte macchiato voor me neerzet. 'Kunnen we de hele avond neuken.'

Ik vind het te vroeg. Via Pathé Thuis is *Elle* van Paul Verhoeven beschikbaar. Die wil ik graag zien. Ik heb er veel over gelezen en ben benieuwd. Het is een erotische thriller, misschien verhoogt het de stemming.

'Waar gaat het over?' vraagt Bart.

'Over een vrouw die verkracht wordt en zelf op zoek gaat naar de dader.'

Hij kijkt bedenkelijk.

'Hij heeft vijf sterren gekregen in *de Volkskrant*,' voeg ik eraan toe.

'Als we die film gaan kijken zijn we daarna allebei gaar en dan komt er niks meer van seks.'

'Heus wel. En we kunnen hem altijd uitzetten als hij tegenvalt.'

Bart komt op zijn knieën tussen mijn benen zitten. Hij duwt ze uit elkaar, trekt mijn slip omlaag en begint me te likken.

Het is lekker, maar ik ben nog in een knusse stemming. Ik wil saampjes op de bank zitten en kroelen terwijl we naar het nieuwste werk van Verhoeven kijken.

Bart geeft het op. 'Oké, zet hem maar aan. Je hebt je besluit al genomen.'

Elle begint. Geen kwaad woord over de oude meester, maar we hadden er meer van verwacht. Bart wordt er chagrijnig van. Als na anderhalf uur hoofdpersoon Michelle tegen haar ondergeschikte zegt dat hij zijn broek moet laten zakken omdat ze wil controleren of hij haar verkrachter is, die een besneden penis heeft, is de maat vol. Bart staat op, herhaalt demonstratief de handeling die hij net op het scherm heeft gezien, zodat hij in zijn blote lus voor me staat.

'Ik weet niet wat jij gaat doen, maar ik lig over tien minuten in bed.'

'Wil je hem niet uitkijken?'

'Nee.'

'Ik moet nog wat stappen en verdiepingen doen,' zeg ik, terwijl ik mijn Fitbit-app check.

Ik heb een stappenteller. Om niet dik en roestig te worden, zet ik elke dag minimaal tienduizend stappen en ga ik minstens dertig verdiepingen op en neer.

Ik pijp Bart eventjes. Mijn laarzen gaan uit. Bart vertrekt naar de slaapkamer, in de hoop dat ik hem volg, maar ik doe eerst mijn stappen- en trappenworkout. Hij hoort me door het huis stampen, ergert zich kapot, misschien wel een beetje terecht. Als ik me bij hem voeg is hij pissig. 'Jij trekt al die dingen aan. Vanaf het eten probeer ik je op te geilen, dan komt eerst die belachelijke film en daarna ga je die achterlijke stappen doen.'

Hij is niet meer te paaien. We gaan met onze ruggen naar elkaar toe liggen en proberen in slaap te vallen.

ZONDAG 16 OKTOBER

Na het ontwaken negeren we eendrachtig wat er gisteravond is voorgevallen. We draaien ons naar elkaar toe.

'Doe je T-shirt uit,' zeg ik.

'Trek jij je kleren uit,' antwoordt Bart.

Hij vingert me en neukt me daarna zijdelings.

Ik besluit hem te pijpen. Pijpen is goed om in de stemming te komen. Het maakt me geil. Ik weet niet of dat voor alle vrouwen geldt, maar een harde lul in mijn mond prikkelt me. Mits ik daar zelf toe besluit, uiteraard. Hoewel ik het ook fijn vind als Bart hem er onverhoeds in duwt. Dat kan best aangenaam zijn. Het moet natuurlijk wel de lul van Bart zijn. Een andere man kan het beter niet proberen als hij zijn geslacht heel terug wil. Laat dat duidelijk zijn.

Anyway, ik ga boven Bart hangen, op mijn hurken, en we neuken. Even later lig ik weer op mijn rug en Bart verplaatst zich naar de zijkant van het bed. Hij grabbelt in mijn nachtkastje en haalt een buttplug tevoorschijn die hij inbrengt waar hij hoort. Er komt ook een vibo in het spel: 'Ik wil al je gaatjes vullen.'

Samenvattend kun je stellen dat een en ander een zeer positief effect heeft op mijn lustbeleving. Ik kom klaar als een malle.

WOENSDAG 19 OKTOBER

's Ochtends douchen we samen, Bart moet weg. Ik maak hem onder de douche speels hard met mijn rechterhand, word blij en een tikje opgewonden van zijn erectie. Het is een opgewekte aanblik, zo in de morgenzon. We hebben geen tijd om het af te maken.

Gisteravond had ik het nog met een vriendin over dit project. Ze reageerde verbaasd. Of Bart er wel vanaf wist. En waar ik zin in had! Ik bekende enige schroom te moeten overwinnen en ze antwoordde ad rem dat schroom niet altijd iets verkeerds is dat overwonnen moet worden. Dat is waar. Maar niemand minder dan Arnon Grunberg zei vandaag op de Frankfurter Buchmesse dat schrijven een overwinning is op de schaamte. Hieraan klamp ik me vast. Alles voor de kunst!

Als we 's avonds samen eten hebben Bart en ik een discussie.

Het valt me op dat als Bart televisiekijkt en hij vindt het programma of de film in kwestie saai of stom, dat hij van mening verandert zodra er een 'lekker wijf' in beeld verschijnt.

'Klopt,' zegt Bart. 'Wij mannen kijken naar een vrouw en bedenken dan of we het met haar zouden willen doen. Zo ja, dan blijven we gerust een halfuurtje kijken, zonder dat het uitmaakt of ze wat te melden heeft.'

Ik noem dat seksistisch en schandalig.

'Luister, als er een saaie man zit, blijf ik niet kijken. Maar bij een mooie vrouw zap ik niet weg.'

Ik word boos.

Bart herinnert me fijntjes aan de film over Nitro Circus die we onlangs hebben gekeken. Het Nitro Circus is een stelletje gestoorde kerels, die op motoren, driewielers en in auto's de meest krankzinnige, levensgevaarlijke stunts uithalen.

Onder anderen Channing Tatum gaf commentaar.

'Als die Channing in beeld kwam, smolt jij weg,' houdt Bart me voor. 'En je kon daarna niet navertellen wat hij had gezegd. Datzelfde geldt voor Mark Wahlberg, Matthew McConaughey. Als die drie een documentaire maken over zeeslakken ga jij nog kijken.'

Die avond voor we naar bed gaan, kibbelen we over iets onbenulligs. Bart is boos. Hij zegt dat hij niet wil neuken. Het voelt als straf. Het ís straf. Ik ga op hem zitten en voel dat hij hard is.

'Je bent hard,' zeg ik triomfantelijk.

'Dat gaat vanzelf. Heeft niets met jou te maken.'

Ik probeer hem te verleiden, maar hij hapt niet. Hij ontwijkt mijn blik.

'Als je me wilt neuken, dan doe je je best maar. Dat zeg jij ook als je moe bent. Dan draai je je billen naar me toe en zeg je: neuk me maar, ik ga vast slapen.'

Hij heeft gelijk. Soms doe ik dat, dan is het fijn om hem zo'n beetje zijn gang te laten gaan. Om niet actief te hoeven participeren in het geheel. Maar als een man hetzelfde geintje flikt, is het toch minder.

'Het is leuker als je meedoet,' zeg ik.

Hij haalt zijn schouders op.

Ik leid zijn lul naar binnen en berijd hem. Het is een beetje gênant, want hij beweegt niet mee. Het is nu een erezaak geworden. Dit moet uitlopen op een potje seks voor twee personen. Als ik alleen klaarkom, wat heus wel zal lukken, en hij daarna gaat slapen, zou dat een nederlaag zijn. Dat laat ik niet gebeuren. Punt. Gek eigenlijk dat het me zoveel uitmaakt. Mannen beleven dit totaal anders, heb ik vaak genoeg mogen ervaren. Als een vrouw geen orgasme krijgt, negeren ze dat, meestal neemt de vrouw in kwestie zelf de ongemakkelijkheid van de situatie weg door te zeggen dat ze het heel lekker vond. Dat het haar niet uitmaakt. Kunnen ze allebei met een gerust hart gaan slapen, voor zover hij dat niet al doet.

Dit is een groot verschil tussen mannen en vrouwen. Ik wil ze niet allemaal over een kam scheren; er zijn ook mannen die heel erg hun best doen om de vrouw tot een hoogtepunt te brengen. Sommigen proberen het zelfs te hard, wat ook tot gênante vertoningen kan leiden. Maar toch.

Intussen geeft Bart nog steeds niet mee. Ik probeer op allerlei manieren te 'humpen', maar de uitdrukking 'trekken aan een dood paard' geeft de situatie nog het beste weer. Ik kreun in zijn oor en geef hem kusjes. Op zeker moment kan hij zich niet meer beheersen, pakt hij mijn billen en stoot omhoog.

'Is dit wat je wil?'

Ja, dat is wat ik wilde.

Ik blijf op en neer gaan. Hij beweegt stotend mee. Ik wrijf mijn clit over zijn schaambot totdat ik klaarkom. Hij draait me op mijn buik, sjort aan mijn benen totdat ze op de grond naast het bed staan. Hij doet mijn benen wijd uit elkaar en neukt me hard. Hard geneukt worden net nadat je bent klaargekomen is een feest. Het is wat mij betreft het optimale naspel.

Bart komt na een paar minuten klaar. Missie geslaagd.

DONDERDAG 20 OKTOBER

Langzaam maar zeker begin ik met steeds meer mensen over het plan voor dit dagboek te praten. Ik hoor mezelf steeds zeggen dat het een mix wordt van fictie en non-fictie. Mijn advocaat adviseert me om *In Cold Blood* van Truman Capote te herlezen om inspiratie op te doen. Hij bedoelt 'lezen', want ik heb het werk van Truman nooit tot me genomen. Mensen denken vaak dat schrijvers heel belezen zijn. Bij mij valt dat reuze mee. Of tegen, zo je wilt. Hij lacht als ik vertel dat Bart nog steeds niet onverdeeld gelukkig is met het plan.

'Tja, dat krijg je als je met een schrijver omgaat,' vindt hij. Hij vertelt hoe Truman Capote werd uitgekotst toen hij hoofdstukken van zijn nooit voltooide roman *Answered Prayers* publiceerde, waarin hij de aan hem toevertrouwde intimiteiten onthulde van rijke en beroemde dames in wier gezelschap hij veelvuldig verkeerde. 'Wat hadden ze dan verwacht?' riep Capote verbolgen. 'Ik ben een schrijver en ik gebruik alles. Dachten die mensen dat ik bij ze rondhing om hen te vermaken?'

'Precies dat!' roep ik tegen mijn advocaat. '*If you hang out with writers, you end up in books.*' Het is mijn eigen quote. Dit soort oneliners klinken beter in het Engels, het is niet anders, net zoals 'oneliner' beter klinkt dan 'eenregelige kreet'. Het is heerlijk om me verwant te voelen aan Truman Capote, al heb ik zijn werk nooit gelezen. Maar laten we eerlijk zijn: hij het mijne ook niet.

VRIJDAG 21 OKTOBER

Vannacht werd ik wakker omdat Bart me aan het vingeren was. Het vond plaats om een uur of drie. Ik voelde hem in mijn onderbroek graaien. Nu heb ik daar normaal geen groot bezwaar tegen, maar ik was in diepe slaap. Even liet ik hem zijn gang gaan, daarna deed ik mijn benen stijf bij elkaar. De boodschap kwam over.

'Wat was dat nou vannacht?' vroeg ik de volgende ochtend.

'Ik weet het niet, ik sliep half,' zei Bart. 'Ik denk dat ik over seks droomde.'

'Ik sliep ook.'

'Ik werd een beetje wakker en ik moest voelen. Maar jij was er snel klaar mee.'

'O, dat weet je dus nog wel?'

Ik ga even naar beneden om de honden naar buiten te laten en eten te geven. Beantwoord meteen wat mailtjes en werk mijn social media bij.

Daarna klim ik terug in bed, op Bart, die zegt dat hij gaat douchen.

Ik trek zijn broek uit en tref een ochtenderectie aan. Heerlijk.

Bart moet plassen.

'Doe dat dan en kom terug.'

Hij loopt poedelnaakt en met een stijve de kamer uit en ik prijs mezelf gelukkig.

Dat rijden op hem beviel me wel, dus als hij terugkomt, ga ik weer op hem zitten. Bart wil dat ik mijn benen binnen zijn benen doe en niet als een bouwvakker wijdbeens met mijn knieen over de zijne zit. 'Doe ze bij elkaar, dan gaan je billen mooi in de lucht.' Heel leuk, maar op die manier kan hij niet in me. Die hoek werkt niet. Hij merkt het zelf ook. Ik doe mijn benen toch over die van hem heen, zodat hij me kan penetreren. Bart pakt mijn billen en trekt ze een beetje uit elkaar. Dat is lekker, al schuilt er het gevaar in dat er gassen en geluiden ontsnappen die niet per se geschikt zijn om een vrijpartij te omlijsten. Je kringspier blijven aanspannen helpt, maar het is geen garantie.

Nadat deze hobbel is genomen, hebben we lekkere, zeer intieme seks. We tongzoenen er uitgebreid bij. Dat is ook zoiets dat er in de loop van de tijd bij in kan schieten. Zonde! Niet laten gebeuren. Neem er de tijd voor, het is heerlijk en werkt lustverhogend.

ZATERDAG 22 OKTOBER

Geen seks gehad, als je Bill Clintons definitie van seks hanteert.

Wel gedachten over de *fuckability*, oftewel de neukbaarheid van een vrouw. Zoals gezegd ben ik in de vijftig. Over het aantal lentes dat ik achter de kiezen heb, heb ik nooit gelogen, integendeel. Het is heerlijk om in een discotheek tegen een opgeschoten twintiger te zeggen dat je in de vijftig bent. Vooral als hij je vervolgens verward aankijkt en roept dat hij dat niet gelooft, dat hij je véél jonger had ingeschat waarna hij je terstond verzekert dat het hem he-le-maal niks uitmaakt dat je zijn moeder had kunnen zijn. 'Leeftijd is maar een getal.' Als hij daarna ook nog zijn tong tussen je lippen probeert te persen, kun je die nacht fluitend naar huis. Je hebt het nog.

Ooit las ik een interview met regisseur Jane Campion (*The*

Piano, *Holy Smoke*, *Top of the Lake*). Campion werd zestig, ze liet zich voor *Top of the Lake* inspireren door vrouwen die ze aanduidt als *unfuckables*: 'Het zijn vrouwen in een postmenopauzale fase, ongewild in onze cultuur.' Campion vertelde dat ze zichzelf sinds geruime tijd ook als unfuckable beschouwt. Ze besteedt nauwelijks aandacht aan haar uiterlijk en heeft slierterige, grijze haren, net als actrice Holly Hunter die in *Top of the Lake* de rol van een vrouwelijk goeroe vertolkt, omringd door louter mede-unfuckables. Vanaf het moment dat Campion had besloten niet meer sexy, vrouwelijk of aantrekkelijk te willen zijn, was haar leven een stuk rustiger en aangenamer geworden, liet ze weten. Ze kon ongezien over straat en tijdens haar werk op de set werd ze beschouwd als *one of the guys*, waardoor ze verschoond bleef van seksueel geladen aandacht. Ze klonk oprecht blij, alsof ze een hoop nodeloze ballast overboord had gegooid. Geen grijze haar op d'r hoofd dacht eraan om middels een kleurspoeling, lippenstift en hakken haar fuckability in ere te herstellen. Blijkbaar is er na zo'n besluit geen weg terug.

Zou Jane Campion gelijk hebben? Zou het fijn zijn om elke poging tot opsmuk te staken nadat je 'een zekere leeftijd' hebt bereikt? Eén ding staat vast: wie haar leven volgens de Campion-methode inricht, bespaart een hoop tijd en geld. Geen afspraken meer bij de kapper of nagelstylist, geen kleding en schoenen kopen behalve in geval van totale slijtage, geen make-up aanbrengen, je haar niet föhnen na het douchen. Geen man en/of minnaar die tijd met je wil doorbrengen. Tel daarbij op alle uren die de gemiddelde vrouw voor de spiegel doorbrengt op zoek naar de perfecte outfit en je houdt een bijkans lege agenda over.

Mijn pogingen zo lang mogelijk toonbaar te blijven zijn volgens Campion ongetwijfeld een evenzeer nutteloze als hopeloze exercitie. Beschouw ik haar als mijn nieuwe rolmodel in plaats van – pak hem beet – Madonna, dan openbaren zich zeeën van tijd waarin ik vuistdikke boeken zou kunnen schrijven of me anderszins nuttig zou kunnen maken. Met muisgrijs haar en zero sexappeal, dat dan weer wel. Misschien moet ik iets met honden gaan doen, à la Brigitte Bardot in haar nadagen. Dieren boeit het niet wat je aan- of uittrekt. Zelfs de tijd om te douchen kun je je besparen: viervoeters zijn doorgaans dol op stank.

Nu de zestig met rasse schreden nadert, zou ik kunnen overwegen het voorbeeld van Campion en Bardot te volgen. Wellicht zou het me sieren om me niet langer met frivole en oppervlakkige zaken als uiterlijkheden, sexappeal, imago en marketing bezig te houden. Geen selfies meer, noch fotoshoots, spiegelfoto's, omvangrijke pr-campagnes en social-mediabombardementen om mijn boeken bij zo veel mogelijk mensen door de strot te duwen. Ik zou me volledig kunnen wijden aan het geschreven woord en het enige wat er nog van mij in het publieke domein opduikt, zouden hermetische teksten zijn waarover ik met een vroom hoofd vreugdeloze gesprekken voer in de verre uithoeken van de publieke omroep.

Probleem is dat ik er zo van hou. Ik hou van frivoliteiten, uiterlijk schoon, opsmuk, kabaal, en – last but not least – ik hou van flirten, seks en de spanning die daaromheen hangt. Of het nu met mijn publiek is of met een willekeurige man in de Aldi: *I am game*. Altijd al gehad. Jagen is heerlijk. Je zinnen op iemand zetten en hem dan veroveren, was ooit mijn favoriete bezigheid. Soms duurde het een avond voor ik beethad. Soms duurde het een jaar. Maar als ik besloot: hij wordt het, dan moest en zou het gebeuren. Ik heb slechts zeer zelden gefaald. Twee keer, herinner ik me. Hooguit drie.

Ergens halverwege de jaren negentig bezocht ik discotheek iT, waar homo's aller landen zich verzamelden en verenigden, doch niet vermenigvuldigden. Ik was mijn verleidelijke vijfendertigjarige zelf, maar had nul bekijks, nul sjans en nul anschluss. De heren waren alleen met elkaar bezig en ook heel erg met zichzelf. Nu heb ik helemaal niks tegen homo's, maar dit irriteerde me mateloos. Hoezo dan? Ze zouden op zijn minst een pro forma versierpoging kunnen doen. Het leek alsof ik onzichtbaar was. Alsof ik reeds overleden was, maar dat nog niet doorhad, waarna mijn geest wanhopig en onhoorbaar wenend op de dansvloer ronddoolde, eindeloos cirkelend rondom smakelijke heren in te blote kleren. Ik was een unfuckable en kreeg ongevraagd een voorproefje van wat me ooit te wachten zal staan.

Ooit is nog niet aangebroken en dood ben ik ook niet. Verre van dat. Ik ben springlevend, gezond van lijf en leden, mijn verstand werkt nog op volle toeren en ik heb energie voor tien. 'Jij hebt geen vrouw van vijftig, je hebt er twee van vijfentwintig,' zei ik een keer tegen Bart toen hij enigszins vermoeid liet weten dat hij een avondje vroeg naar bed wilde. Als een negenentwintigjarige je slechts met moeite kan bijbenen, gloort er voor de hedendaagse vijftiger meer hoop dan je voor mogelijk had gehouden.

'10 zijn je kinderjaren, 20 ga je aan het sparen, 30 moet je zijn getrouwd, 40 ben je daarvoor te oud, 50 ga je aan het zakken, 60 krijg je ongemakken, 70 daal je van het leven af, 80 hoor je in het graf, 90 kun je ook nog leven, 100 is je door God gegeven', schreef mijn klasgenootje Inge op 14 mei 1974 in mijn poëziealbum. We waren negen jaar, onze horizon reikte niet verder dan twintig, dat vonden we al heel wat. Vijftig associeerde je met de buurvrouw die elke zomer in haar tentjurk doorbracht en het muffe mannetje van de sigarenwinkel met restjes scheerschuim achter zijn oor.

Ik heb geen tentjurk. Mijn dochter raust geregeld door mijn

kledingkast en ik door de hare, dat zegt genoeg. Maar toch. Hoe jong ik me ook voel en hoe schaamteloos ik me daar ook naar gedraag, het moment dat God niets meer geeft, komt steeds dichterbij. Daar helpt geen lieve moedertje aan, laat staan een plastisch chirurg. Het versje laat er geen misverstand over bestaan: vanaf je geboortedag zet je je eerste schreden op het pad naar het graf; als de vijftig nadert, kun je er de klok op gelijkzetten dat je halverwege bent of daar voorbij. De niet zo blijde boodschap van Abraham en Sara luidt: vanaf heden gaat het bergafwaarts, wij wensen u veel succes. Hierbij een pot mosterd, de maaltijd hebt u al gehad.

Op je vijftigste verjaardag mag je van geluk spreken als je een of meerdere hoogtepunten hebt beleefd. Wogen ze ruimschoots op tegen de dieptepunten dan ben je spekkoper. De boodschap van Abraham en Sara, die ook wel bekendstaat als 'de harde waarheid', omzeil ik bij voorkeur met een gezonde portie zelfbedrog. Zo maak ik mezelf graag wijs dat *the best is yet to come*, immers: mijn beste boek moet ik nog schrijven. Misschien schrijf ik het nu. Misschien is het een waanidee, maar wel eentje dat ik koester en graag in stand houd.

Hetzelfde geldt voor mijn fuckability. Hoe krampachtig ik me er ook aan vastklamp, ook deze zal langzaam doch onontkoombaar van een gegeven naar een waarschijnlijkheid in een leugen veranderen. Het zal ermee eindigen dat het iets is waarin alleen ik nog maar geloof, de rest is afgehaakt of overleden. Maar wat maakt het uit? Als iemand in God gelooft, neem je hem dat ook niet af zolang het hem door de dagen heen helpt.

Onderweg naar de honderd zal ik de komende jaren veel verliezen. Los van mijn moeder en andere dierbaren, zal ik mijn veerkracht, soepelheid, snelheid en scherpte kwijtraken. Misschien word ik blind, doof of getroffen door een andere ernstige kwaal. Misschien verlies ik mijn schrijfvaardigheid. Op een zekere dag zal ik oud zijn, echt oud, in de categorie bejaard. Dan zal ik de wereld niet meer kunnen bijbenen, noch letterlijk, noch figuurlijk, en mijn dagen slijten op een paar vierkante meter, hopend dat iemand me bezoekt. Mijn moeder loopt tegen de negentig. Zij woont in een verzorgingstehuis en slijt haar jaren in een stoel. Haar actieradius is een paar meter, verder komt ze niet, verder wil ze niet. Totdat ik voorgoed in een stoel neerstrijk, wil ik met man en macht uitbuiten wat het leven me heeft gegeven. Ik zal mijn brein scherp houden en de uiterste houdbaarheidsdatum van mijn lichaam rekken tot ik erbij neerval met alle middelen die voorhanden zijn. Ik vertik het om zoals Jane Campion vrijwillig afstand te doen van mijn vrouwelijkheid. Om mezelf in de categorie unfuckables onder te brengen. Is ze nou helemaal gek geworden? Hoe langer ik erover nadenk, des te bozer ik word. Je doet toch ook niet vrijwillig afstand van je verstand? Of van je mobiliteit? Nou dan. *Fucken* is het leukste wat er is, het is lekker, gratis en je kikkert er enorm van op. Unfuckable mag je me pas noemen als ik dood ben. En dan nog ga ik ervan uit op de wishlist van menig necrofiel te zullen prijken.

ZONDAG 23 OKTOBER

Bart heeft al gedoucht en zich aangekleed, ik ben nog in mijn joggingbroek.

Hij komt de keuken binnen.

'Ga douchen, ik wil je neuken,' commandeert hij.

Helder.

Ik doe wat hij vraagt en loop naar boven.

Als ik me sta af te drogen, stapt hij naakt de badkamer binnen. Hij heeft een stijve.

Hij hurkt, duwt met zijn vingers mijn schaamlippen een stukje uiteen en begint me te likken.

Voor ik verderga, een huishoudelijke mededeling. Ik heb een gruwelijke hekel aan het woord 'beffen'. Dit is dan ook de eerste en meteen de laatste keer dat ik het in dit boek gebruik. Het enige woord dat zo mogelijk nog erger is, is 'beflapje'. Deze termen slaan elke vorm van lust dood. Associaties met keffen. Vies, plat en veel te schel. Alsof vrouwen geen mooi, vol woord verdienen dat prettig in de mond ligt, zoals 'pijpen'. Pijpen resoneert prachtig. Net als 'condoom'. Laten we het op likken houden.

Goed, Bart was me aan het likken. Dat ik net onder de douche vandaan kwam, nam elke drempel weg. Bart houdt van schoon. Ik hou ook van schoon, maar je kunt niet 24/7 smetteloos zijn. Ik heb er geen moeite mee om een niet meer zo brandschone piemel te likken. Misschien omdat ik een vrouw ben. Ik zou mijn kinderen schoonlikken als het moest. Ik ben niet vies van zweet of ander menselijk vocht. Bart staat er anders in. Hij is gevoelig voor geurtjes en smaakjes. Hij schaamt zich als hij een plakpiemel heeft, zoals hij dat noemt. Hij likt me het liefst als ik wel brandschoon ben. En als ik dat niet ben, doet hij het alleen als hij zoveel heeft gedronken dat het hem niet kan schelen. Dat maakt het voor mij wel iets lastiger op zo'n moment: weten hoe hij er in nuchtere staat over denkt, zorgt toch voor enige schaamte. Schaamte is een lustremmer.

Bart is inmiddels gestopt met likken. We zijn allebei helemaal bloot en bevinden ons nog steeds in de badkamer. Bart wil me nu echt neuken en we proberen een aantal standjes uit. Hij penetreert me van achterlangs terwijl ik met mijn linkerhand op de rand van het bad en met mijn rechterhand op de wastafel steun. Hij penetreert me van voren, terwijl ik op de badrand zit en achteroverleun, met mijn armen gestrekt naar achteren, steunend op wat daar te vinden is: de muur en de mengkraan van het bad. Mijn hielen rusten op de wastafel. Het is een wankel evenwicht. Bart staat voor me, zijn benen wijd uit elkaar en een eindje door zijn knieën gezakt. Af en toe haalt hij hem er even uit, om een paar keer met zijn eikel op mijn clit te tikken en te wrijven. Je zou het swaffelen kunnen noemen. Niet onaangenaam, wat mij betreft.

De standjes werken prima voor de afwisseling, maar de acrobatiek begint je op een gegeven moment toch parten te spelen. Je denkt eerder: hoelang houd ik dit nog vol, dan: guttegut, wat is dit geil. En je bent blij als je uit de spagaat bent en even je benen kunt strekken.

Ik besluit Bart te pijpen. Hij smaakt de eerste paar tellen naar mijn binnenste. Niet meer dan logisch. Bart kreunt verrast. In feite is het geen pijpen, het is een combinatie van aftrekken en pijpen, dat werkt het best. Met zijn ballen in de palm van mijn hand. Bart bevindt zich al gauw in een opperste staat van opwinding.

'Ik ga zo spuiten,' waarschuwt hij.

'Wat wil je?' vraag ik.

'Mag het in je mond?'

Ik knik.

'Ga op je knieën zitten en steek je tong uit.'

Soms ben ik verbaasd over mijn gedweeheid. Mijn onderdanigheid. Mijn gehoorzaamheid. In bed ben ik geen strenge meesteres. De onderdanige rol bevalt me veel beter. Zal de klassieke omkering wel zijn. Wie bazig is in het dagelijks leven, laat zich tussen de lakens graag domineren. In mijn geval gaat die vlieger ook op. Ik ben een alfavrouw, zelfstandig, ondernemend, eigen baas, gewend de regie te hebben, lange tijd kostwinnaar geweest voor mijn gezin. In bed vind ik het fijn om het traditionele rollenpatroon te laten prevaleren. Om de man de leiding te laten nemen. Om hem te laten bepalen wat er gebeurt en louter een lustobject te zijn. Ooit heb ik een minnaar gehad aan wie ik me volledig heb overgegeven. Het was een bijzondere ervaring. Onze verhouding had kenmerken van bdsm, maar dan zonder de zwepen, boeien en blinddoeken die je daar al snel bij bedenkt.

Ik zit intussen op mijn knieën en Bart houdt woord. Zijn zaad belandt op mijn tong, in mijn mond, in mijn keel. Ik slik het door.

DONDERDAG 27 OKTOBER

Vandaag is een langgekoesterde wens in vervulling gegaan. Bart en ik zijn naar Brussel gereden voor een bezoek aan de Louboutin Store. OMG. De zaak straalt Luxe uit met de L van Louboutin. Voor de niet-ingevoerden: Christian Louboutin is een Franse modeontwerper. Zijn hakken en laarzen hebben twee kenmerken: ze zijn peperduur en hebben een rode zool. Zoals menig vrouw droom ik er al jaren van een paar te bezitten.

Na binnenkomst zakken we weg in een dik, rood, fluwelen tapijt. We gaan vanzelf fluisteren. Dit is gewijde grond, zo'n plek waar je je nooit waardig en chic genoeg voelt. Ik heb twee paar hakken laten wegleggen, ik hoop dat ze er zijn. Een verkoper schiet ons aan. Hij haalt de schoenen en bedient me alsof ik de koningin zelf ben. Ik prop mijn zweterige sokken snel in mijn jaszak voordat ik De Schoenen pas. Ze zijn prachtig. Ze zitten als gegoten. Bart vindt ze schitterend. Neukschoenen, noemt hij ze. Ik kan niet kiezen tussen zwart en nude dus koop ik beide paren. Er volgt een ritueel van inpakken in twee rode, fluwelen zakken en twee goudkleurige luxe dozen en dan ben ik de trotse eigenaar van twee paar Louboutins.

Op de terugweg maak ik de broek van Bart open om hem te pijpen. Ik heb dit weleens eerder gedaan, toen waren we op weg naar Sevilla. Blijkbaar vind ik snelwegen in het buitenland hitsiger dan de A1. Het is een tikje riskant om iemand te pijpen terwijl hij een auto bestuurt die 120 kilometer per uur rijdt, dat gevaarlijke randje maakt het natuurlijk ook lekkerder. Je moet nu eigenlijk even het nummer 'Life in the Fast Lane' van The Eagles opzetten, want dat hoor ik ook in mijn hoofd, terwijl ik in de schoot van Bart lig. Ja, ik heb mijn gordel losgemaakt. Ik speel met mijn leven. Terwijl ik dit typ, besef ik hoe risicomijdend de moderne westerse mens is. Roekeloos gedrag, olala. We geven ons er nog maar zelden aan over en als we het doen, zijn we ons er ten zeerste van bewust. Veiligheid voor alles.

They went rushin' down that freeway,
Messed around and got lost
They didn't care they were just dyin' to get off and it was...
Life in the fast lane
Surely make you lose your mind

Ik pijp Bart totdat hij klaarkomt, destijds in Sevilla was dat op een knetterdrukke vierbaansweg, met een vrachtwagen naast ons. In België komt hij in een bocht, ik voel mijn lichaam zijwaarts schuiven, maar hij behoudt de macht over het stuur, wat fijn is en ook geil, zo'n man die in controle blijft ondanks een hoogtepunt. Ik slik het door en veeg het restje op mijn kin af.

Die avond stap ik naakt in bed met alleen mijn zwarte Louboutins aan mijn voeten. Het zijn bedschoenen, Bart heeft gelijk. Je moet er eigenlijk zo min mogelijk op lopen. We vrijen een beetje, maar zijn allebei moe van de reis.

'Doe ze toch lekker uit,' zegt Bart. Van seks komt niks meer, dat is duidelijk. We vallen in slaap.

Een paar uur later, in het holst van de nacht, wordt Bart wakker. Hij voelt mijn naakte lichaam en begint me te neuken. Ik heb er geen bezwaar tegen, pak mijn vibo erbij, ga op handen en knieën zitten. We bereiken allebei een hoogtepunt en doen daarna onze ogen weer dicht.

WOENSDAGOCHTEND 2 NOVEMBER

Ben lichtelijk opgewonden als ik wakker word en ga op Bart zitten. Die nog slaapt. Ik schuif zijn pik in me en neuk hem wakker. Terwijl we bezig zijn, word ik afgeleid omdat ik de honden beneden hoor. Ik klim weer van Bart af. We zijn geen van beiden klaargekomen.

DONDERDAG 3 NOVEMBER

We eten pasta. Bart staat in de keuken. Hij heeft al terloops gezegd dat hij zin heeft om me te neuken. Ik heb ook zin. We hebben het weinig gedaan de afgelopen dagen. Bart is weer aan het werk, dat scheelt toch. Minder vrije tijd.

'Als jij je nou gaat omkleden, maak ik de spaghetti af.'

Weer een hint.

Iets hoerigs moet het worden. Ik heb een jurkje van dunne, zwarte latex, met een diep decolleté. Ooit online besteld. Het zit niet te strak, maar ook niet te los en vormt de perfecte omlijsting van mijn heupen en billen. Te sletterig om me ermee in het openbaar te vertonen, uitstekend geschikt voor deze gelegenheid. Ik doe er zwarte zelfklevende kousen onder en torenhoge suède zwarte pumps en verschijn zo in de keuken.

'Oei,' zegt Bart.

We vozen een beetje tegen het aanrecht en gaan dan aan tafel.

Meteen na het eten pakt Bart mijn hand en trekt me met zich mee, richting de trap. Hij loopt achterstevoren omhoog, ik maak zijn broek los, haal zijn harde eruit en begin te zuigen.

Het is gek om dit zo op te schrijven. Om te bekennen dat ik me soms als een goedkope hoer gedraag. Misschien is 'goedkope hoer' niet de juiste term. 'Geisha' klinkt vriendelijker, maar is ook niet correct, want een geisha is geen prostituee, maar een gezelschapsdame die in traditionele kleding met zang, dans en intelligente conversatie een avond opluistert. De associaties met hoeren en geisha's hebben ongetwijfeld te maken met mijn neiging tot seksuele onderdanigheid en het plezieren van mijn partner. Ooit las ik op Facebook het verhaal van een oudere vrouw die een relatie krijgt met een man van haar leeftijd. Hij vraagt haar om lingerie te dragen in bed, dat maakt het voor hem makkelijker om opgewonden te raken van haar gerimpelde lichaam. Zij reageert beledigd, hij moet haar maar nemen zoals ze is. Ze beëindigt de relatie ogenblikkelijk. Hij reageert verbaasd. Zoveel vraagt hij toch niet van haar? Het statement van de vrouw – ik buig niet voor hem, mijn doorleefde lijf is mooi zoals het is – werd volop gedeeld en bejubeld. Wat een schoft was de man en hoera voor haar dat ze niet toegaf. Ik dacht er het mijne van. Je kunt iemand niet dwingen om ergens opgewonden van te raken. Als je hem een plezier kunt doen door jarretels te dragen, waarom zou je dat dan niet doen? Als de onderdanigheid je niet bevalt, kun je er altijd iets voor terugvragen, zodat de stand weer gelijk is. Ik vind het heerlijk om Bart te plezieren. Om hem gek te maken. Als ik hem pijp, is hij helemaal van mij en van niemand anders.

We zijn inmiddels in de slaapkamer beland. Bart gaat achter me staan en duwt me tegen het voeteneinde van het bed. Zoals gezegd, we hebben een hoog bed. Mijn onderlijf past er precies tegenaan, hij vouwt mijn bovenlijf voorover waardoor ik in een hoek van negentig graden sta. Hij pelt me uit de jurk, zodat ik alleen nog kousen, hakken en een beha aan heb, tilt mijn billen iets omhoog en penetreert me, nadat hij me een veeg over mijn billen heeft gegeven. Het is echt een veeg, geen harde tik, meer een pets om ze te laten trillen.

Na deze positie werken we in en om het bed nog een aantal standjes af. Bart wrijft zijn pik in met glijmiddel. Dat doen we vaker. Het is prettig, zeker als je lang wilt neuken. Later meer over glij- en andere hulpmiddelen, nu even niet. Ik moet me concentreren om me deze vrijpartij weer voor de geest te halen. Het zou voor de nauwkeurigheid van dit dagboek veel beter zijn om meteen na de daad mijn laptop te pakken, maar dat werkt niet. Het zou Bart irriteren. Waarschijnlijk terecht.

Na een hoop harde actie, lig ik op mijn rug. 'Doe me eens likken,' fluister ik.

'Wat zeg je?'

'Doe me eens likken.'

'Hallo, je bent geen kind,' zegt Bart streng. 'Doe je schoentjes maar aan. Doe maar kleien. Zeg gewoon wat je wilt. Zeg: lik me.'

'Lik me,' probeer ik.

Bart kruipt een stukje omlaag, zijn hoofd belandt tussen mijn benen, hij doet wat ik hem heb gevraagd. Hij is er bedreven in, ik kan niet anders zeggen. Hij gebruikt zowel zijn vingers als zijn tong. Hij zuigt aan mijn clit. Ik sluit mijn ogen en fantaseer er in de verte nog wat bij totdat ik een orgasme bereik.

Als ik klaarkom door likken, wil ik daarna altijd meteen heel hard geneukt worden, liefst van achteren. Bart plaagt me, hij blijft aan mijn clit zuigen, ook nadat ik al ben gekomen. Ik kreun ongeduldig. Als hij eindelijk ophoudt, draai ik me snel om, steek mijn billen in de lucht, zodat hij me kan nemen. Nog nagloeiend van het orgasme geniet ik van zijn stoten. Na een paar minuten komt Bart bijna klaar. Hij vraagt of ik op mijn rug wil gaan liggen. Bart richt zich op, gaat rechtop in bed staan, links van me een voet, rechts de andere. Hij trekt zich af en spuit zijn zaad over mijn borsten. Associaties met ruwe aarde en bewatering door God. Een vermoeden dat ik hiervoor ben geschapen.

ZATERDAGOCHTEND 5 NOVEMBER

Het bijwerken van mijn dagboek en de herinnering aan onze vorige vrijpartij maken me geil. Ik stuur Bart de tekst per whatsapp. Als ik onze slaapkamer binnenkom, ligt hij hem op zijn buik in bed te lezen. Ik ga naast hem liggen. We zijn allebei nog in onze joggingbroek. Hij legt zijn telefoon weg. Blijkbaar heeft de tekst op hem hetzelfde effect als op mij, want in no time sta ik weer tegen het bed aan en sjort Bart mijn broek omlaag om me te kunnen penetreren. Iets zegt me dat dit geen lange vrijpartij gaat worden, eerder een korte samenvatting van de vorige keer. Bart pakt mijn handen, trekt ze naar achteren en legt ze op mijn billen, zodat ik mezelf vastheb terwijl hij me neukt. Ik breng mijn linkerhand nog verder naar achteren totdat ik de pik van Bart tussen mijn wijs- en middelvinger voel, zijn harde glijdt heen en weer tussen mijn vingers door. De slaapkamer ruikt naar seks.

'Ik ga zo spuiten, schatje,' kondigt Bart aan.

Ik pak mijn vibo erbij, zet hem aan en duw hem tussen mijn benen, terwijl Bart me vanachteren blijft neuken. Ik hoor en voel hoe hij komt. Hij maakt uit mijn lichaamstaal op dat hij nog niet moet stoppen. Hij ramt door. De vibo op mijn clit trilt erop los. Ik geniet intens en mijn orgasme volgt snel. Na afloop kruipen we in elkaars armen en doezelen we een kwartiertje tegen elkaar aan.

DONDERDAG 10 NOVEMBER

De wekker gaat om acht uur. We kruipen in elkaars armen. Bart heeft een harde. Ik registreer het, maar onderneem geen actie. De wekker staat op de sluimerstand. Elke tien minuten gaat hij af. We negeren het alarm en blijven dicht tegen elkaar aan liggen. Na een halfuurtje kroelen sta ik op. De honden zitten beneden op me te wachten. Ik geef ze eten. Vanmiddag moet ik naar de uitgeverij om het contract voor dit boek te tekenen. In het licht van dit heuglijke feit lijkt het me gepast om nog even ochtendseks te hebben. Het is intussen kwart voor negen. Over een kwartier komt er iemand langs om een verstopte afvoer te repareren, veel tijd is er niet. Ik ga weer naar boven en glip de badkamer in. Bart doet net zijn T-shirt en zijn onderbroek uit. Ik kijk aandachtig toe hoe hij plast met losse handen. Nadat hij zijn blaas heeft geleegd, komt hij bij me staan. Ik pak zijn pik en zijn ballen en maak hem stijf. Bart kijkt me vragend aan. Ik draai me om, gezicht naar de spiegel, billen naar achteren. Bart trekt mijn joggingbroek omlaag en penetreert me. Precies wat ik wil.

'Mag ik je volspuiten?' vraagt hij.

'Uhuh.'

Hij trekt mijn trui omhoog zodat hij mijn borsten in de spiegel kan zien.

Terwijl hij stoot, blijven we elkaar aankijken en dat doen we ook als hij luttele seconden later klaarkomt. Na afloop trekt hij zich terug, pakt zijn boxer van de grond en doet die tussen mijn benen om de zaadlozing op te vangen. Er blijft sperma achter dat langzaam zijn weg naar buiten zal vinden, het heeft een onmiskenbaar geurtje, waardoor ik Bart de rest van de dag zal ruiken. Douchen na het vrijen vind ik eigenlijk zonde. Het aroma van seks is mijn favoriete parfum.

DINSDAG 15 NOVEMBER

'Ken je de Womanizer al? Heel duur, maar het blijkt te werken. Ik ga er een bestellen, wil jij er ook een? x'

Een whatsappbericht van Sandy. Sandy is een vriendin van me. Ze bestiert al twintig jaar een erotiekimperium, dat ze overnam van haar vader Jan. Jan Wenderhold was een van de oprichters van het vermaarde naaktblad *Chick* dat reeds lang ter ziele is. Ze hielp me pakweg tien jaar geleden, toen ik nog wild en roekeloos was, aan een gigolo. Ik weet niet of je die geschiedenis kent, maar ik zal hem hieronder plakken, want in een hybride boekwerk over de vrouwelijke seksualiteit mag zo'n waargebeurd verhaal uit het leven van de schrijfster natuurlijk niet ontbreken.

Sandy trakteert me zo nu en dan op erotische hulpstukken. Ooit stuurde ze me de Delight Royal Curl, een Duitse vibrator van de Fun Factory, die een designprijs heeft gewonnen: de Red Dot Design Award. De Delight wordt ook wel de Rolls-Royce onder de vibratoren genoemd. Eerlijk gezegd ben ik er geen fan van. Hij is vrij hard, de vorm is vreemd, ik kan er niet goed mee uit de voeten. In de novelle *Verboden vruchten* laat ik mijn hoofdpersoon pagina's lang worstelen met het apparaat. Ik heb mijn Delight in 2014 in een dolle bui geveild op Catawiki tijdens een Heleen van Royen-themaveiling. Tot mijn verbazing brak er een heuse biedingsoorlog uit en bracht het apparaat uiteindelijk 850 euro op. Ik was de oplader kwijt en heb hem opladerloos naar de nieuwe eigenaresse in België verzonden met duizend excuses voor het ongemak.

'Nou, dat is stomtoevallig,' app ik terug. 'Die zag ik laatst ook ergens op internet voorbijkomen en hij lijkt me te gek en leuk om er in het dagboek over te schrijven. Ik wilde hem al in huis halen. Dus ja, bestel maar, krijgen we dan korting, haha?'

Ja, ik ben een krent.

Als je niet weet wat een Womanizer is, zal ik je even bijpraten. Het is geen traditionele vibrator, maar een vernuftig apparaatje dat de clitoris stimuleert zonder deze aan te raken. De Womanizer heeft een tuutje dat je om je clitoris heen plaatst, waarna je clit naar binnen wordt gezogen. De zuigkracht kan je zelf instellen. De luchtdruk pulseert. Je clit wordt als het ware afgezogen door lucht. Klinkt op papier allemaal razend interessant, binnenkort kan ik je hopelijk vertellen of het in het echt ook lekker is.

DE GIGOLO

Chicago

Vier uur 's nachts. Ik lig klaarwakker en moederziel allenig te zijn in een kingsize bed op de tweeëndertigste verdieping van het W-hotel in Chicago. Het is een gaaf hotel. Als je 's ochtends de lift in stapt, ligt er een mat die je met grote letters GOOD MORNING wenst. Eerst vond ik het stom. Wat nou als ik 's middags de lift in stap? Ik was even vergeten hoe slim en servicegericht Amerikanen zijn. Ze verwisselen de matten. Ik ben op de gekste tijden de lift in gesprongen en het klopte altijd. 's Middags stond er GOOD AFTERNOON en 's avonds, enfin, je begrijpt.

Hoe attent ook, om vier uur 's nachts vindt een vrouw alleen geen troost bij liftmatten die je goedenacht wensen. Dan heb je meer nodig. Ik denk aan de leuke Amerikaan die zich ergens op de negenentwintigste verdieping bevindt. Toen ik twee dagen geleden in het W-hotel arriveerde, had ik een reis van drieëntwintig uur achter de rug, met tussenstops in Lissabon en New York. Ik checkte in bij de hip gestylde receptie – de achterwand was een constant druipend gordijn van water en er stonden vier dezelfde orchideeën op krek dezelfde afstand van elkaar, dat werk – en het was dat hij zo lang was, anders had ik hem niet eens opgemerkt. Deze vreemde droeg een pak, hij ging vast iets zakelijks doen, net als ik. Hij draaide zich om en keek me, ik kan het niet anders omschrijven, schalks aan. Mijn mannenradar slaapt nooit en registreerde Een Leuk Exemplaar. Tegen mijn gewoonte en reputatie in liet ik het bij die constatering. Ik was geradbraakt, ik moest nog inchecken en bovendien: morgen had ik een drukke dag.

Even later stond ik in de lift met mijn koffer, mijn laptoptas en mijn handtas zonder vloeistoffen. De GOOD EVENING-mat ontging me op dat moment volkomen, ik probeerde de lift omhoog te krijgen, dat was een kunst op zich. Je moest je kaart erin steken en dan op je kamernummer drukken of omgekeerd, hoe dan ook, ik kreeg het kreng niet aan de praat. De liftdeuren gingen open, de liftdeuren gingen dicht en ik bevond me nog steeds met mijn hele hebben en houwen op de begane grond. Terwijl ik stond te stuntelen glipte Het Leuke Exemplaar ineens tussen de deuren door naar binnen.

'Hulp nodig?' Hij was Amerikaans. En dat niet alleen: hij was jongensachtig. Charmant. Behulpzaam. Leuk en lang, maar dat hadden we al geconstateerd. En nu dus ineens bij mij in de lift. Zonder het antwoord af te wachten, zei hij dat hij in het begin ook moeite met het systeem had gehad – registreer: galant – maar dat hij het trucje nu helemaal doorhad. Geroutineerd stak hij zijn kaart in de gleuf en drukte op knop 29.

'Zo, nu moet je wel mee naar mijn verdieping. Want verder help ik je niet,' zei hij.

Verward keek ik hem aan.

'*Just kidding*. Maar serieus: heb je zin om bij mij op mijn kamer wat te drinken?'

Dat ging evenzogoed snel hier in Chicago.

De cijfertjes van de lift versprongen, ik had negenentwintig verdiepingen de tijd om over zijn aanbod na te denken.

'Weet je, ik ben al heel lang onderweg,' zei ik zwakjes. 'En mijn vlucht naar Chicago was een hel...'

Dat was geenszins overdreven. Eerst mochten we het luchtruim van New York niet verlaten en draaiden we een halfuur cirkels, zo dicht boven de grond dat je de mensen op de bovenste verdiepingen van de wolkenkrabbers kon zien zitten MSN'en. Halverwege de rit: hevige turbulentie. En als klap op de vuurpijl een bijna-landing in Chicago, waarbij de piloot op het laatste moment de neus omhoogtrok, omdat hij eigenlijk toch geen toestemming had om te landen. Weer een halfuur bochten draaien. Dit was niet meer gewoon onaangenaam, dit ging de ondraaglijke kant op. Ineens werd ik me hyperbewust van mezelf. Daar zat ik. Cirkelend boven Chicago in een toestel waar ik niemand kende, behalve een IT-verkoper die me met mijn beha had gecomplimenteerd. Ron heette hij, ik had voor de turbulentie losbrak nog een gesprekje met hem aangeknoopt bij de toiletten. Ja, dat doe je als je ver weg en van God en iedereen verlaten bent, dan knoop je gesprekken aan met besnorde mannen die je normaal geen blik waardig gunt, maar die je nu bijkans bespringt om nog even na te bomen over je beha. Behalve Ron, die een paar rijen voor me zat, kende ik dus niemand. Ik hing boven een stad waar ik ook helemaal niemand kende. Mijn partner en kinderen waren duizenden kilometers van me verwijderd. Ik was al twintig uur onderweg. Als er nu iets met een van hen zou gebeuren, zou het zeker twintig uur, zo niet langer, duren eer ik weer thuis was. Waar was ik in hemelsnaam mee bezig? Wat bezielde me? Waarom kon ik niet gewoon een gelukkige huisvrouw zijn?

De lichten in de cabine werden gedimd. *Prepare for landing*. Ik gespte mijn veiligheidsriem extra stevig vast en vouwde mijn handen.

'God,' bad ik in stilte. 'Ik weet dat ik waarschijnlijk de laatste ben die bij U mag aankloppen, maar ik kan zo gauw niemand anders bedenken. Ik weet ook dat U andere, belangrijkere zaken aan Uw hoofd hebt. Maar toch. Ik vraag U vriendelijk of we veilig mogen landen. Ik zou het ontzettend appreciëren. Ik beloof U verder niks want ik ken mezelf. Zodra mijn hakken de grond raken, ben ik alles vergeten en word ik weer de volbloed atheïst die ik nu eenmaal ben. Maar nu we hier zo samen zijn in de lucht, meen ik Uw nabijheid te voelen en misschien voelt U de mijne ook. Ik ben U goedgezind. Hopelijk bent U mij en alle andere passagiers hier aan boord dat ook. Amen.'

We naderden de negenentwintigste verdieping. De Amerikaan keek me nog steeds vragend aan.

'Ik moet morgen werken,' zei ik.

De lift kwam tot stilstand.

'Ik ook. Maakt dat wat uit?'

De deuren gingen open.

'Sorry. Ik geloof niet dat ik dit moet doen.'

Hij hielp me met mijn kaart om naar de tweeëndertigste te komen, knikte me toe op een even-goede-vrienden-manier, stak zijn hand op en stapte uit. De deuren gingen dicht.

Op de dertigste verdieping had ik al spijt. Berouw komt na de zonde. Het was te laat. Ik wist zijn kamernummer niet. Hij wist mijn kamernummer niet, tenzij hij heel goed op mijn kaart had gespiekt. Hij had een paar pogingen gewaagd en was keihard afgewezen, hij zou me niet meer opzoeken.

Met een zucht stapte ik mijn kamer binnen. Het waanzinnige uitzicht op de verlichte skyline van Chicago was een welkome opkikker. Het enorme bed ook. In het mandje met goodies ontdekte ik een knuffelbeertje, een doosje Oreo's en een *intimacy*-set met twee condooms. Het was alsof Hij me nog even wilde plagen, want ook dat was door mijn hoofd geschoten ergens tussen verdieping twintig en vijfentwintig. Geen condooms bij me. Wildvreemde man. Ik ken mezelf als mijn linkerbroekzak. Natuurlijk had ik hem een nachtje lepeltje-lepeltje kunnen aanbieden, maar dat was ongetwijfeld ontaard in een wild potje ezeltje-prik.

Nu, om vier uur 's nachts, en voor de tweede nacht op rij klaarwakker wegens jetlag, trekt de ezel in kwestie zich de haren uit haar hoofd. Het Leuke Exemplaar heb ik nooit meer gezien. Sjans heb ik niet meer gehad, althans, geen sjans waarop ik een vervolgtraject zou willen inzetten. Übermuts die ik ben. Ik zit hier zo ontzettend on-stout te zijn dat niemand het ooit zal geloven. Waar moet ik mee thuiskomen? Ik heb geen verhaal.

Ik sta op en ijsbeer door de kamer. Mijn blik valt op de hoteltelefoon op het bureau. Geheel in de sfeer van het w-hotel zit daar een speciale knop op. De knop WHATEVER-U-WANT. Deze service is vierentwintig uur per dag beschikbaar voor iedere gast. Als je de knop indrukt, krijg je een hese vrouw aan de lijn die zegt: '*Whatever-u-Want. How can I help you?*' Ik heb de knop gisternacht voor het eerst gebruikt omdat de spoelbak van mijn wc bleef doorlopen. Als je om vier uur 's nachts wakker ligt en het toilet van je vijfsterrenhotelkamer blijkt incontinent, is er sprake van een noodsituatie. Ik belde *Whatever-u-Want* en de hese vrouw stuurde Fred naar boven. Fred was een in een overall gestoken, gemoedelijke Afro-Amerikaan met een versleten baseballpet achter op zijn hoofd die twintig jaar bij de technische dienst zat. Ik complimenteerde hem met zijn werkomgeving en zei dat hij het hier vast erg naar zijn zin had gezien de lengte van zijn dienstverband. 'Ach, het betaalt de rekeningen,' zei Fred. Daarna repareerde hij het toilet.

De klus die nu geklaard moet worden, gaat Fred Toilet ver boven zijn versleten pet. Wil het w-hotel echt Weten Wat Ik Wil?

Ik wil een man. Een heerlijke, hapklare bonk spieren. Op bestelling. Moet kunnen. Dit is Amerika. Het land van de *instant gratification.* Behoeftes komen hier op als kak en worden acuut bevredigd. Ik hoor de tandwielen van de vierentwintiguurseconomie ratelen in mijn hoofd. Dit is het land waar de liftmatten je gedag zeggen, waar het openen van het flesje drinkwater op je badkamer vier (!) dollar kost en waar knoppen op de telefoon zitten met hese vrouwen aan de andere kant van de lijn die al je wensen vervullen.

Ik word er pardoes opgewonden van. Ik kijk naar de klok. In Nederland zijn ze nog wakker. Ik bel naar de redactie. Dat ik een briljant plan heb. Dat ik een escort ga inhuren. Of ik dat mag declareren. Want ik ben dan wel ontzettend vrij en wild en onvoorstelbaar stout, ik blijf te allen tijde een krent. Het mag, zegt de portemonnee van de redactie, mits het binnen de perken blijft. Ik moet het bedrag maar even door-sms'en, dan geeft hij al dan niet akkoord.

Blij als een kind druk ik de w-knop in.

'Waarmee kan ik u van dienst zijn, mevrouw Van Royen?'

Ook zoiets. Ze zien welke kamer er belt en ze noemt gelijk mijn naam. Heerlijke schatten zijn het toch, die Amerikanen.

'Ik wil gezelschap.'

'Wat bedoelt u precies?'

'Mannelijk gezelschap.'

'Begrijp ik u goed?'

'Dat hoop ik wel. Ik wil een man.'

'Nu?'

'Yep.'

'En daar wilt u voor betalen? U wilt betaald mannelijk gezelschap?'

'Jazeker, honingbij, dat wil ik. Doe nou maar niet alsof ik de eerste ben.'

Mijn hese vriendin is even stil. Dan schraapt ze haar keel. 'Degene die u hiermee wellicht kan helpen, is de conciërge. Hij is morgenochtend om zeven uur weer aanwezig.'

'Ik geloof niet dat je het snapt. Het is nacht. Ik ben alleen. Morgenochtend om zeven uur hoeft het niet meer. Dan moet ik pakken, dan ga ik naar huis.'

'Het spijt me, mevrouw Van Royen, ik kan niets voor u doen.'

De volgende ochtend om zeven uur heb ik nog steeds de pest in. Mijn koffer staat klaar, ik ben gedoucht, ik zou er een vluggertje tussendoor kunnen persen. Ik bel de conciërge. Als ik hem in staccato mijn probleem voorleg – hoge nood, tijdsdruk, escort gezocht – begint hij hevig te stotteren.

'U bedoelt, u bedoelt... u... eh...'

Ze zijn niet veel gewend, die Amerikanen.

'Ik zoek met spoed een man voor seks. Kun je me helpen?' vraag ik.

'Ik... eh... tja... ik...'

'Luister. Stel dat ik een man was die een vrouw zocht. Wat zou je dan doen? Zou je iets voor me regelen?'

'Dat mag ik niet, mevrouw. Ik zou het wel willen, maar dat mag ik niet. Wat ik wel zou kunnen doen, is de Gouden Gids op een bepaalde pagina openslaan en die dan naar boven laten brengen.'

'En daarin vind ik een man?'

'Als het goed is wel, mevrouw. Daarin vindt u alles.'

'Stuur maar naar boven.'

De Gouden Gids heeft de tweeëndertigste verdieping nooit bereikt. Misschien dacht de conciërge dat ik hem in het ootje had genomen. Misschien kon hij de Gouden Gids niet vinden. Misschien lag hij de rest van zijn shift aan een ijzeren long. Na mijn ontbijt vertrok ik onbevredigd uit het land van de onbegrensde mogelijkheden. Een illusie armer, een ervaring rijker, maar ik gaf het nog niet op.

Amsterdam

Maandagochtend. Ik ben een week te gast in mijn geboortestad en logeer in het appartement van een vriend. Mijn vriend is stylist en homo, als hij hoort dat ik in Amerika geen escort heb weten te scoren lacht hij me vierkant uit. In Amsterdam is dat een eitje, beweert hij, net zo makkelijk als het bestellen van een pizza of een ampulletje GHB.

'Neem er in elk geval eentje via een bureau,' raadt hij me aan. 'Dan weet je zeker dat het goed zit. En vraag of ze even een recente foto mailen. Ze kunnen er op de sites geweldig uitzien, maar in het echt ongelooflijk tegenvallen. Dat wil je niet.'

'Ga jij nog weg deze week?' vraag ik hem.

'Hoezo?'

'Ik moet hem toch ergens ontvangen?'

'Moet dat hier gebeuren?'

'Waar anders? Hier voel ik me thuis. En veilig.' Ik druk een kus op zijn wang. 'Je bent een schat. En doe je de woonkamer nog even leuk stylen voordat hij komt?'

Na een uur op internet te hebben rondgedoold is mijn goede moed me in de schoenen gezonken. Die zogenaamd betrouwbare bureaus kan ik nergens vinden. Wat ik vooral tegenkom zijn Belgen die hun fysieke mogelijkheden via een persoonlijke website aan de vrouw proberen te brengen. Zo is daar gigolo David uit Antwerpen. Hij biedt een keur aan diensten aan: 'Gezellig strelen, massages geven, vaginaal likken, vaginaal vingeren' – *Beste David, wat zou je anders willen vingeren? Mijn oren?* – 'pijpen, standje 69 (ik lik, u pijpt)' – *Beste David, hoe zie je het anders voor je? Jij pijpt, ik lik?* – 'op zijn hondjes neuken, samen baden of douchen. Ik zorg zelf voor condooms, glijmiddel, massageolie en een penis-verdovingsspray om u langer te laten genieten.'

Ik heb niks tegen Belgen, maar als er straks eentje voor de deur staat die me in een vet Vlaams accent vertelt dat hij me eerst gezellig gaat strelen, daarna vaginaal gaat likken en die vervolgens zijn spray pakt om zijn penis te verdoven, dan is de kans op een spetterend resultaat zo goed als nihil.

Net als ik het wil opgeven, stuit ik op Dutchess Escort International. Hun website ziet er verrassend classy uit. Ze hebben drie mannelijke escorts in de aanbieding: James, Tony en Colin. Colin zit in Londen, die moet ik voor minimaal een nacht boeken, dat kost 2.100 euro, dat vindt de portemonnee van mijn redactie nooit goed. Tony is mijn type niet. Blijft over James. Hij komt uit Amsterdam, is achtentwintig jaar, heeft geen piercings of tattoos, is 1 meter 89 lang, weegt 85 kilo en heeft bruine ogen. Hij is biseksueel, dus als het goed is, ben ik niet totaal afstotelijk voor hem. James is vanaf anderhalf uur te huur voor 425 euro. Zijn interesses zijn: salsa dansen en fitness. Op de foto's ziet hij eruit als een gozer met wie ik gerust een beschuitje wil eten, maar denkend aan de wijze woorden van mijn vriend plaats ik bij mijn bestelling het dringende verzoek om recent beeldmateriaal.

Ik vul de rest van het online boekingsformulier in, verstuur het en krijg direct een e-mail met een bevestiging van Dutchess. Ik heb een optie op James voor donderdagavond 4 oktober om acht uur, hij komt op mijn verzoek casual gekleed. De telefoniste zal nog contact met me opnemen om een en ander te bevestigen en extra foto's te sturen.

Fluitend ga ik naar de redactie. Het wordt hard aanpezen deze week, maar donderdagavond wacht de beloning. Een levende beloning van 1 meter 89 die salsa kan dansen. Mensenkinderen, wat heb ik toch een heerlijke baan.

Op dinsdagavond heb ik nog niks gehoord van Dutchess, laat staan van James. Enigszins verontrust bel ik het telefoonnummer onder aan de e-mail. Het nummer is afgesloten. Secondelang staar ik geschokt naar mijn mobiel. Ik voel me zwaar in de maling genomen. Vloekend vertel ik het mijn vriend. 'Kind, het is pas dinsdag,' zegt hij opgewekt. 'Er is nog tijd genoeg. We gaan gewoon wat extra lijntjes uitzetten. Komt goed.'

We surfen samen verder en belanden op Boys4u. Dat is een homosite, maar die hebben nog weleens een verdwaalde biseksueel in de schappen. Zoals Fernando. Fernando heeft het lichaam van de hulk en het hoofd van Tony Danza in zijn goede jaren. Fernando heeft een 06-nummer. Met trillende vingers stuur ik hem een sms. Hij reageert niet. Misschien is Fernando analfabeet, je weet het niet, ik verzamel moed en spreek zijn voicemail in. Dat ik zijn foto heb gezien. Dat ik hem graag in levenden lijve wil ontmoeten. Of we een afspraakje kunnen maken. Met de hartelijke groetjes van Heleen.

In afwachting van Fernando googelen vriend en ik ons suf, maar classy escortbureaus voor vrouwen zijn nergens te bekennen. Wat we wel tegenkomen is 2busy2match. Dit bureau regelt mannelijke begeleiding voor zakenvrouwen. Alle gezelschapspartners in hun bestand zijn 'mannen van de wereld met een hoog empathisch en intellectueel niveau'.

Ik vraag me af of ik ook voor seks op een hoog empathisch en intellectueel niveau terechtkan bij 2busy2match. Klikkend op de faq vind ik het antwoord: 'Indien u op zoek bent naar een man voor seks, dan verwijzen wij u door naar bureaus die daarin gespecialiseerd zijn.'

Het is toch niet te geloven. Het is inmiddels elf uur 's avonds, mijn vriend is moe en wil naar bed, Fernando heeft nog niet teruggebeld, James is een virtuele fata morgana, ik ben het zat. Ik grijp de telefoon en bel Renate van 2busy2match.

'Dag Renate, je spreekt met Heleen van Royen, sorry dat ik zo laat bel...'

'Geeft niets, wat kan ik voor je doen?'

'Ik ben op zoek naar een gigolo. Een goeie. Eentje met niveau. Jouw bureau kan me dat niet bieden, toch?'

'Klopt.'

'Kun je me dan een ander bureau aanraden? Ik ben al dagen op zoek en ik kan niks vinden.'

'Het spijt me, wij hebben nog geen betrouwbaar adres gevonden om naar door te verwijzen.'

'Echt niet?'

Ze hoort mijn teleurstelling. 'Ik snap precies waarnaar je zoekt, wij krijgen deze vraag geregeld, we hebben overwogen om deze service zelf aan te bieden...'

'Waarom doen jullie dat dan niet?'

'Omdat we er geen geschikte mannen voor kunnen vinden. De mannen in ons bestand moeten voldoen aan bepaalde eisen. Ze hebben klasse, ze zijn van een ander niveau dan de gemiddelde gigolo die je op internet vindt. Mannen van niveau willen zich niet laten betalen voor seks. Daar voelen ze zich te goed voor.'

'Maar als ik nou met een van jullie mannen uitga en ik vind hem leuk en ik probeer hem aan het einde van de avond te zoenen, wat gebeurt er dan, word ik dan afgewezen?'

Renate grinnikt: 'Zo'n vaart zal het waarschijnlijk niet lopen.'

'Maar in principe hoeft hij niet terug te zoenen?'
'Als hij niet wil niet, nee.'

De volgende ochtend breng ik verontwaardigd verslag uit aan de redactie: 'Moet je je voorstellen. Je bent een zakenvrouw met klasse. Je huurt een man in van 2busy2match. Dat kost je honderd euro per uur, driehonderd euro per avond. Intussen heb je geen enkele garantie op een goeie beurt. Je mag het wel proberen, maar zeker is het niet, voor hetzelfde geld loop je een blauwtje. Ik weet niet of jullie het doorhebben, maar ik ben een schandaal op het spoor. Dit is keihard nieuws. Geen fatsoenlijke gigolo te krijgen in Amsterdam. We moeten dit aan de kaak stellen, jongens, we moeten de noodklok luiden, die beerput moet open. Mannen voelen zich er te goed voor, wat denken ze wel?!'

De portemonnee van de redactie hoort mijn tirade met een grote grijns aan. 'Heb je nou nog geen gigolo gevonden, Van Royen? Dat wordt pas een mooie scoop. Heleen wil betalen voor seks, maar niemand wil. Als het echt niet lukt, bel je mij maar, hoor. Hahaha!'

Briesend spring ik in een taxi op weg naar mijn volgende afspraak. Fernando heeft nog niet teruggebeld, die is waarschijnlijk analfabeet én aan twee oren doof. Ik moet iets doen, ik moet mijn netwerk aanboren. Het is nu een erezaak geworden. Ik bel mijn vriendin Sandy, zij zit in de seksbranche en weet van wanten. Ik krijg haar voicemail.

'Schat, kun je mij met spoed helpen aan een goeie gigolo? Ik wil er morgenavond eentje hebben. Ik hoor het graag van je, ik ben nog maar even in Nederland. Dag-dag!'

De taxichauffeur draait zijn hoofd opzij en kijkt me met grote ogen aan. 'Zo,' zegt hij langgerekt. 'Dat klinkt dringend.'

Driftig kauwend op mijn kauwgom knik ik.

‘Weet je, ik ken een gozer, Glide heet-ie. Die doet al dat soort dingen. Hij staat in clubs. Hij geeft shows aan dames. Strippen en zo.’

Voor ik iets kan zeggen, pakt hij zijn mobiel.

‘Hé Glide, man, hoe gaat-ie?’

‘...’

‘Ik heb hier Heleen van Royen in de taxi.’

‘...’

‘Nee, serieus, man. Ze zoekt een gigolo. Voor morgenavond.’

‘...’

‘Het is dringend, zegt ze.’

‘...’

‘Ja.’

‘...’

‘Hm, oké, ik begrijp het. Ik geef het door. Mazzel.’

We staan voor een rood stoplicht. De chauffeur pakt een pen, krabbelt het 06-nummer van Glide op een papiertje en duwt het in mijn handen. ‘Hij doet geen escortwerk. Wel vuurspugen. Je mag hem altijd bellen.’

Ik ben net van plan om me van de Westertoren te werpen, als Sandy terugbelt. Ze geeft me het nummer van Women of the World, een escortbureau gerund door vrouwen. De dame die de telefoon aanneemt staat me vriendelijk te woord. Als ik even meekijk op hun website zal ik vast wel iets van mijn gading vinden. En als ik niet vind wat ik zoek, hebben ze nog een paar speciale aanbiedingen in portefeuille. Morgenavond is geen probleem.

In samenspraak met mijn redster in nood valt mijn keus op Noah. Hij staat niet op de site, maar ze geeft me een sneak preview van zijn foto’s en garandeert me een geweldige avond.

'Noah is bijzonder charmant. Hij is negenentwintig jaar, hij is hetero. Hij heeft er geen enkel bezwaar tegen als er een andere man bij de date aanwezig is, maar hij zal niets met hem doen. Je zult je zeker op je gemak voelen bij Noah. We krijgen nooit klachten over hem.'

Donderdagavond, vijf voor acht. Ik trippel rond in een little black dress en op hoge rode pumps. De verlichting is gedimd, de kamer is opgeruimd, de prosecco staat koud. De bel gaat. Via de intercom doe ik de benedendeur open. Ik ijsbeer door de kamer. Minuten verstrijken. Dan gaat mijn mobiel. Het is de dame van Women of the World. Noah staat voor een dichte deur. Of ik nog van plan ben open te doen. In mijn zenuwen heb ik waarschijnlijk niet hard genoeg op het knopje gedrukt.

Als ik de galerij op loop, komt Noah me net tegemoet. We geven elkaar een hand en een zoen op de wang. Even later staan we in de keuken.

'Wil je wat drinken?' vraag ik. 'Ik heb prosecco koud staan.'

'Een glaasje water, graag.'

Ik schenk een glas voor hem in.

'Is dit de eerste keer dat je dit doet?' vraagt hij nieuwsgierig.

Ik knik.

'Als jij wel zin hebt in prosecco moet je dat vooral nemen, hoor.'

'Eigenlijk drink ik zelden of nooit. Het is toevallig een van de weinige alcoholische drankjes die ik lust.' Ik weet niet waarom ik dit zeg. Het is volslagen oninteressante informatie.

Ik schenk mezelf een glas in. We nemen plaats op de bank. Hij gaat tegenover me zitten, niet naast me.

'En? Lijk ik op mijn foto's?'

'Op de foto's lijk je iets breder.'

'Jij bent ook kleiner dan ik dacht,' zegt hij. 'Ga je hierover schrijven?'

Hij is prettig direct, deze Noah. 'Dat was ik wel van plan. Als jij me wat wilt vertellen over je werk zou dat erg helpen.'

Hij zet zijn glas op tafel. 'Ik zal je vast één ding zeggen: ik doe dit werk sinds april en jij bent de eerste klant die me wat te drinken aanbiedt.'

Ik staar hem ongelovig aan.

'De meeste vrouwen grijpen me meteen in mijn kruis.'

'Niet!'

'Echt. Maar dat zijn meestal de zenuwen. Die vrouwen hebben soms jaren gewacht voor ze het durfden. Ze moesten een drempel over. Als ze het dan doen, gaan alle remmen gelijk los. Bovendien betalen ze me per uur. Ze willen waar voor hun geld.'

Ik knik.

'Zeg, moet jij geen notities maken?'

'Vind je dat niet vervelend?'

'Helemaal niet. Pak pen en papier, kom hier voor me op de grond zitten, stel mij je vragen, dan masseer ik intussen je schouders.'

Noah is niet zijn echte naam, maar dat vermoedde ik al. Niemand in zijn omgeving weet dat hij escort is. Zijn ouders niet, zijn broers en zussen niet, hij leidt een dubbelleven.

'Als ik het mijn ouders zou vertellen, zou ik ze verdriet doen en dat wil ik niet. Ik heb een normale baan naast dit werk. Voor het geld doe ik het niet. Dat heb ik niet nodig, dat gaat naar anderen.' Wie die anderen zijn, laat hij in het midden.

'Waarom doe je het dan?'

'Voor een deel uit nieuwsgierigheid. Ik wil mezelf van een andere kant leren kennen. En het klinkt misschien raar, maar ik vind het inspirerend. Door dit werk kom ik in situaties terecht waarin ik anders nooit terecht zou komen. Het is elke keer weer spannend. Als ik naar een nieuwe klant ga, doe ik het onderweg in mijn broek van angst, dat mag je gerust weten. Het eerste wat ik doe als ik binnenkom en dat heb ik bij jou ook gedaan, is de klant en de situatie zo snel mogelijk in me opnemen. Hoe kijkt ze uit haar ogen? Waar is de uitgang als ik vlug weg wil? Is haar man erbij?' Hij laat mijn schouders even los om een slok water te nemen. 'Het zijn vaak echtparen die me boeken, weet je. Meestal is het de man die net zo lang heeft gezeurd tot zijn vrouw ja zegt. Die wil toekijken hoe zijn vrouw wordt genomen door een andere man.'

'Aha.'

'Vind je het lekker, het masseren? Zal ik ermee doorgaan?'

Ik knik.

'Als ik bezig ben met de vrouw, wil ik die man altijd in mijn vizier hebben. Nooit achter me.'

'Waarom?'

'Omdat ik wil kunnen zien hoe het met hem gaat. Sommige mannen trekken het niet als het eenmaal echt gebeurt. Die zie je dan ineens heel hard snuiven en ongemakkelijk worden. Ik ben weleens na tien minuten de deur uit geschopt. Die man had een stout blond vrouwtje, het klikte echt tussen haar en mij, dat zag hij en dat pikte hij niet.'

Noah verlegt zijn massage van mijn schouders naar mijn hoofd.

'Een keer had ik een echtpaar van wie het kind wakker werd. Dat meisje was een jaar of negen, tien en die begon om haar moeder te roepen. Haar vader kreeg haar niet stil, voor we wisten wat er gebeurde, gooide dat kind de deur van de slaapkamer open, waar ik met haar moeder bezig was. Ik dacht, nu zal je het hebben, maar het kind had niks gezien en dat stel wilde doorgaan. Pa plaatste zijn stoel voor de deur, terwijl dat kind bleef proberen binnen te komen. Die deur klapte elke keer tegen de stoel. En dat kind maar roepen: Mam! Mam! En die moeder aan mij vragen: Vind je me niet geil? Vind je me niet geil? Toen heb ik gezegd: sorry hoor, zo kan ik niet werken.'

Ik ben toe aan nog een glas prosecco.

'Kijk, je hebt escorts in alle soorten en maten. Mijn kracht is dat ik goed kan blenden. Ik pas me aan, ik ben een kameleon, al is de situatie nog zo vreemd. Daarnaast ben ik meevoelend, wat mensen ook willen, ik probeer ze altijd te begrijpen. Sommige jongens zitten alleen maar in de branche voor hun eigen plezier, niet voor de klanten. Laatst kwam ik ergens waar een echtpaar verschillende escorts van verschillende bureaus had gehuurd, mannen en vrouwen. Ik was met een paar meiden van ons bureau. Een van de andere mannelijke escorts, noem hem maar Harry de Heipaal, kwam binnen en had al na één minuut zijn lul uit zijn broek. Dat vind ik niet normaal. Hij ging als een dolle met iedereen aan de gang. Als jij hem zou hebben ingehuurd, zou hij hier waarschijnlijk zijn binnengekomen met de woorden: Zo! Zal ik jouw kut eens even helemaal aan flarden stampen?'

Harry de Heipaal is minder bedreven in de edele kunst van het blenden, begrijp ik, en ik dank God dat Hij Noah en niet Harry op mijn pad heeft gestuurd.

'Is het niet moeilijk om onder de meest bizarre omstandigheden te presteren?' vraag ik, terwijl ik mezelf bijschenk.

'Ik gebruik geen pillen, ik wil mijn lijf schoon houden. Maar ik heb me er wel op verkeken. Ik dacht: de meeste mensen zullen wel verzorgd zijn. Nou, dat zijn ze niet. En ook lelijke mensen hebben geld. Soms kom je gevallen tegen waarvan je denkt: ik spijker mijn lul nog liever op een plankje.'

'Hoe los je dat op?'

'Ik acteer. Ik hou mezelf steeds voor dat ik het niet ben, dat ik een rol speel. Ik ben ook niet wie ik normaal thuis ben. Ik ben bij iedere klant iemand anders. De ene keer een bruut, de andere keer een casanova. Het is maar net wat ze willen.'

'En als het echt niet lukt?'

'Dan fantaseer ik over iemand anders. Of dan ga ik oraal verder tot alles weer functioneert.'

'Heb je ook vaste klanten?'

'Sommigen zijn heel trouw. Er is een vrouw die me geregeld bestelt. Ik noem haar Mrs. Potato Head. Zij is er zo eentje van wie ik in het begin dacht: hoe gaan we dit aanpakken? Ze is op leeftijd, heeft dun haar en ze lispelt. De eerste keer kwam ze samen met Mr. Potato Head, tegenwoordig komt ze alleen. Zij is een erg dankbare, attente klant. Ze nam een keer een fles van mijn favoriete whisky voor me mee, dat soort dingen. We spreken ook weleens gewoon af, om iets te drinken of ergens heen te gaan. Ze is me dierbaar geworden.'

'En je doet het ook met haar?'

'Ja.'

'En dat vind je niet moeilijk?'

Nadenkend schudt hij zijn hoofd. 'Toevallig heeft Mrs. Potato Head wel een stel hele mooie borsten. Die staan nog goed overeind.'

'Kom je weleens klaar bij je klanten?' Nu we toch zo frank en vrij aan het praten zijn, vraag ik hem maar gelijk het hemd van het lijf. Dat-ie nog aanheeft, trouwens.

'Negen van de tien keer niet. Ik zei het je al: ik speel een rol en mijn echte ik wil liever niet klaarkomen. Maar ik doe wel alsof. En er zijn foefjes genoeg om de vrouw te laten denken dat het is gebeurd. Het condoom snel afrollen en opruimen, bijvoorbeeld.'

Overweldigd door alle informatie leg ik mijn pen neer.

'En nou jij,' zegt Noah. 'Wil je onze tijd alleen gebruiken voor een interview of wil je ook echt weten hoe het is?'

Ik begin te blozen en draai ongemakkelijk heen en weer.

'Je bent verlegen,' constateert hij verrast.

'Is dat zo raar?'

'Ik had het niet verwacht. Wat wil je?'

'Ik weet het niet.'

'Echt niet?'

Ik schud mijn hoofd en voel me zestien jaar oud.

'Doe je ogen eens dicht.'

Ik doe wat hij zegt.

'Hou ze dicht.'

Ik hoor hoe hij naar me toeschuift. Dan drukt hij heel voorzichtig zijn lippen op de mijne.

'Zo. Hoe was dat?'

'Niet slecht.'

'En wat kan ik verder voor u doen, mevrouw Van Royen?'

Ik zucht diep. 'Weet je, Noah, ik heb een drukke week gehad. Echt, een zware week. Ik zou best een stukje ontspanning kunnen gebruiken.'

'Kom op, dan geef ik je een echte massage, lijkt dat je wat?'

Ik knik. Hij staat op, pakt mijn hand en trekt me van de bank. Ik ben blij dat hij de leiding neemt.

Voor ik kan protesteren, tilt hij me met een elegante zwaai van de grond en draagt hij me naar de trap.

'Dat red je nooit helemaal naar boven,' giechel ik.

Hij is het met me eens. We lopen samen de trap op.

'Dus dit is het appartement van een vriend van je?' vraagt Noah.

'Ja. Hij is stylist.'

'Dat is te zien.'

'En dit is zijn slaapkamer.'

'Bijzonder,' zegt Noah. 'Wat doen die drie geweien boven zijn bed?'

'Die staan symbool voor zijn exen.'

'Juist. En wij mogen deze slaapkamer gebruiken?'

'Ja hoor. Tenzij jij daar een moreel bezwaar tegen hebt?'

'Schat, ik ben een hoer. Ik doe alles wat je zegt. Als jij wilt dat ik nu met die pen van je in mijn poeperd een halfuur in een hoek ga staan, dan doe ik dat.'

Ik kijk hem zogenaamd verrast aan. 'Hoe wist je nou dat ik dat net wilde voorstellen?'

We giechelen nu allebei. We belanden op het bed van mijn vriend en er vindt iets plaats wat verdacht veel weg heeft van een voorspel.

'Volgens mij wil jij iets heel anders dan een massage,' mompelt Noah.

'Zeg eens eerlijk,' vraag ik. 'Acteer je nu ook of ben je jezelf?'

Ik weet dat het een onzinnige vraag is, ik weet dat ik nooit zal weten of hij een eerlijk antwoord geeft, maar ik kan het niet laten.

'Op dit moment, Heleen, ben ik voor het grootste deel mezelf.'

Doorgaans gaat een voorspel naadloos over in het hoofdspel, in dit geval moet er eerst een beschermende maatregel aan te pas komen.

'Stom, ze liggen beneden in mijn tas,' zegt Noah.

Ik kijk op de ruwe stronk hout (lees: het nachtkastje) naast mijn bed. Mijn vriend is een sucker voor details, veel gastvrijer zul je ze niet aantreffen. Naast de klokwekker ligt een keurig vierkantje folie met inhoud klaar.

Noah krijgt hem niet open, ik wel.

Ik krijg hem er niet om, Noah wel.

Hij duwt me op mijn rug. Ik ben benieuwd. Vol verwachting klopt mijn hart. Jongens, ik heb er zin an, laat de boeren maar dorsen.

Dan gebeurt er iets vreemds. Om precies te zijn: er gebeurt iets niet. Iets wat wel zou moeten gebeuren, maar blijkbaar is er sprake van een technisch mankement.

Eerst proberen we het te negeren. We voorspelen door alsof er niets aan de hand is. Na een paar minuten zit er nog steeds geen schot in de zaak. Ik probeer een handje te helpen, het mag niet baten. We hebben de afgelopen twee uur nog nooit zo lang niks gezegd.

'Shit.' Noah doorbreekt de stilte. 'Ik weet niet wat er aan de hand is.'

'Misschien moet je aan iemand anders denken,' suggereer ik. 'Aan Mrs. Potato Head. Of de borsten van Mrs. Potato Head.'

Hij rolt zich hoofdschuddend van me af en kijkt omlaag. 'Hoe kan dit nou?' gromt hij. 'Ik zou je verdomme zo graag... waarom ik, waarom nu?'

'Tja,' zeg ik. Mijn ogen beginnen te glinsteren.

'O mijn god,' zegt hij. 'Jij denkt aan je verhaal.'

Ik begin te lachen. 'Geef toe, Noah, het is een geweldig verhaal.'

'Nee,' kreunt hij. 'Alsjeblieft niet. Doe me dat niet aan.'

'Er is maar één manier om het te voorkomen,' zeg ik vrolijk.

We kijken nu allebei naar beneden. De dienstverlener weigert dienst. Noah doet niet aan pillen, Noah heeft geen schijn van kans.

'Je bent een heks, weet je dat? Een heks! En vertel me niet dat je dat nooit eerder hebt gehoord.'

'O, nou is het zeker mijn schuld?'

Noah slaat zijn ogen ten hemel en kijkt recht in de drie geweien.

‘Zeg, die vriend van jou heeft issues, dat weet je, hè?’

‘Hij was nog bang dat er eentje naar beneden zou komen. En dat jij dan met een gewei in je rug naar huis zou moeten.’

We beginnen allebei te lachen. Keihard en bevrijdend. Het wordt niets meer, dat is nu volkomen duidelijk, we zijn er allebei helemaal uit. We staan op, kleden ons aan en gaan naar beneden. Noah acteert niet langer dat hij een gigolo is, hij doet nu een stand-upcomedian na. De grappen en grollen rollen als pareltjes uit zijn mond en ongeestig zijn ze niet, mijn schandknaap blijkt een multitalent.

In de woonkamer haalt hij zijn creditcardmachientje uit zijn tas. ‘Het was drie uur, dat wordt dan 687 euro 50. Wil je hier even tekenen?’

‘Zo,’ zeg ik, terwijl ik de lachtranen uit mijn ogen veeg. ‘Dat is een flink bedrag.’

Dat vindt hij eigenlijk ook. Zeker gezien de situatie.

‘Weet je wat,’ zegt hij. ‘Je betaalt me, maar ik schrijf een tegoedbon uit. De volgende keer dat je in Amsterdam bent, mag je die inleveren. En dan komt het goed, dat garandeer ik.’

Een week later

Half een ’s nachts. Ik ben aan het schrijven. De tegoedbon voor een ‘gratis volledig werkende erectie’ ligt op mijn bureau als een stille getuige van een onwerkelijke werkelijkheid. Ik zal hem niet gebruiken. Het is niet nodig. Noah is zijn geld meer dan waard geweest.

***

DONDERDAG 17 NOVEMBER

Sandy meldt zich weer. Ze heeft twee Womanizers geritseld, een goudkleurige en een zilverkleurige. Helemaal gratis. Ik mag kiezen welke ik wil. Het is toch verdomd handig om een sponsor voor je spannende spullen te hebben. 'Jij hebt het geregeld, kies jij maar,' app ik. De gouden komt naar me toe, belooft ze.

VRIJDAG 18 NOVEMBER

Bart is 's ochtends vroeg naar de tandarts geweest. Hij wipt nog even langs huis voor hij naar zijn werk gaat. Zijn mond is verdoofd, maar zijn piemel doet het prima. We treffen elkaar in de badkamer. We hebben logees uit Portugal, twee van mijn hartsvriendinnen, ze zitten beneden. Het wordt een geruisloos vluggertje, waarbij Bart in me klaarkomt.

's Middags wordt een pakket bezorgd. De Womanizer! Dat is snel. Ik pak hem uit en leg hem aan de lader.

Die avond is Bart nog laat aan het werk. Ik zeg welterusten tegen mijn logees en ga naar bed met wat hopelijk mijn nieuwe beste vriend wordt. De Womanizer heeft de vorm en het formaat van een kleine avocado en ligt lekker in de hand. Hij heeft twee witte opzetstukjes van flexibele kunststof, de tuutjes, een kleine met een smalle opening voor de clit en een iets grotere. Ik zet de grote erop. Dan schakel ik de Womanizer aan. Er wordt lichtjes aan mijn clit gezogen. Ik druk op de knop met een plusje, waardoor de zuigkracht toeneemt. Ik druk nogmaals. Het is een wonderlijk, trekkend gevoel. Heel krachtig. Na een paar seconden voel ik dat er een orgasme in aantocht is, dat geheel buiten me om lijkt te gaan. Het is ook niet tegen te houden, de Womanizer zuigt het gewoon uit me. Het orgasme zwelt snel aan, het gaat gepaard met een sensatie van lichte pijn, zo intens is het. Het is lekker, maar ook een beetje eng en het blijft aanhouden. Ik wil liever dat het stopt, daarom druk ik een paar keer op de min-knop, zodat ik de Womanizer los kan halen van mijn clit. Met enig ontzag kijk ik naar het kleine apparaat. Voor vrouwen die moeilijk een orgasme bereiken, is dit wellicht een uitkomst. Een quick fix. Ik moet er nog even aan wennen. Bijzonder is hij zeker. En hij maakt me nieuwsgierig. Wie is de uitvinder? Hoelang bestaat hij al? Ik ga me erin verdiepen.

De volgende ochtend praat ik mijn logees de oren van het hoofd over de Womanizer. Dat het echt een geweldig apparaat is. Dat ze hem eigenlijk even zouden moeten proberen. Ik heb hem netjes schoongemaakt en teruggestopt in de verpakking. 'Hij ligt op jullie bed. Mocht je de behoefte voelen, maak gerust nog even een testrit voor je naar huis vliegt.'

Ze kijken me aan alsof ik niet goed bij mijn hoofd ben. Dat doen mensen wel vaker als ik te enthousiast ben over dingen. Dan krijg ik zo'n meewarige blik van ze. Een blik die gemengd is met opluchting omdat ze zich vergeleken met mij zo normaal voelen. Ze weten niet wat ze missen, denk ik dan maar.

ZATERDAGMIDDAG 19 NOVEMBER

De logees zijn terug naar Portugal. Bart komt thuis van een klus, hij wil douchen.

'Laten we eerst neuken en daarna douchen,' stel ik voor. 'Op dat vluggertje van gisterochtend na, hebben we een week niet geneukt. Weet je dat?'

'We waren moe, en jij was ook niet erg lustig,' zegt hij.

We vertrekken naar de slaapkamer. Kleren snel uit, ik ga op mijn rug liggen en pak de Womanizer erbij. We keren ons naar elkaar toe, liggen zijwaarts, zodat we elkaar kunnen aankijken.

Het is iets lastiger om de Womanizer op zijn plek te houden terwijl Bart me neukt, maar het lukt. Bart lijkt niet bijster geïnteresseerd in het apparaat. Ik ben verrast hoe snel ik kom en hoelang het orgasme duurt, het is intens.

'Draai je om,' commandeert Bart. Hij neukt me van achteren en spuit over mijn billen. We zijn allebei sloom en vallen even in slaap. Daarna douchen we samen.

MAANDAGAVOND 21 NOVEMBER

Over deze avond zijn we het niet eens. Ik had zin in seks, maar Bart gaf niet thuis. Dat vond ik stom. Ik vond dat ik heel duidelijk was. Hij niet. Hier volgt de weergave van Bart.

'Ik lig tegen je aan te slapen. Je ligt in mijn armen. Onze kussens heb ik strategisch neergelegd, zodat ik niet in je nek adem. Het is maandagavond, ik heb een druk weekeinde gehad en een lange dag op mijn werk. Ik ben lekker en snel in slaap aan het vallen.

Jij gaat drie keer opvallend zuchten, alsof ik daardoor moet begrijpen dat je seks wilt.

Je doet je linkerarm achter je rug. Legt eerst je hand op mijn binnenbeen, daarna ga je met je hand in mijn boxershort en pak je mijn piemel en knijpt in de bovenkant alsof het een pipetje is. Ik slaap half. Ik reageer niet.

Jij trekt je hand uit mijn broek en je rolt weg, naar de rand van jouw kant van het bed.

Ik word soort van wakker en ik vraag waarom je weggaat.

Jij zegt dat je het te warm vindt in je nek. Wat een kontsmoes is.

Ik ga op mijn rug liggen en leg mijn hand op je been, half in je onderbroek en leg mijn been tegen je aan zodat we tegen elkaar aan blijven liggen.

Later hoor ik dat je met je telefoon bezig bent. Wat doe je? vraag ik.

Niks, zeg je.

Toen dacht ik: fuck you, rot lekker op.'

DINSDAG 22 NOVEMBER

Ik ben in zo'n stemming die veel vrouwen ongetwijfeld zullen herkennen. Een zeurstemming. Ik sta voor de spiegel in de badkamer en vind mezelf lelijk en dik. Bart komt binnen. We stappen samen onder de douche en ik vraag met een piepstem of hij me ook lelijk en dik vindt. Hij geeft geen antwoord, maar pakt me vast, draait me om en penetreert me van achteren, terwijl hij me vingert. Dan draait hij me weer naar zich toe en vingert me van voren. Ik laat me op mijn hurken zakken en trek hem af totdat hij over me heen spuit. Vlak nadat hij is gekomen, zuig ik hem nog even af. Lekker. Waarschijnlijk vindt hij me niet heel lelijk en dik.

DONDERDAGOCHTEND 24 NOVEMBER

We kunnen uitslapen. Bart hoeft niet heel vroeg op zijn werk te zijn en ik heb deze ochtend geen afspraak buiten de deur. We kruipen tegen elkaar aan en vertellen elkaar hoe de nacht was en wat we vandaag gaan doen. Onwillekeurig glijdt mijn hand in Bart zijn boxer. Ik trek hem losjes af. We hebben allebei zin en trekken uit wat we aanhebben. Ik lig op mijn rug. Bart zit op zijn knieën voor me. Hij doet mijn benen wijd en tilt ze omhoog, zodat hij mijn voeten kan pakken en ze op zijn schouders kan leggen. Het is een van zijn favoriete posities. Misschien moet ik achter in dit dagboek een bijlage voegen met tekeningen van alle Kamasutra-standjes. Dan hoef ik het niet elke keer te beschrijven. We voeren nu nummer 209 uit, oftewel het Captain-standje. Google 'Captain Kamasutra' voor het plaatje.

'Ik heb niet veel tijd,' zegt Bart. 'Pak je clitzuiger er maar bij.'

Dit wordt dan de derde keer dat ik de Womanizer gebruik. Hij is in korte tijd erg populair geworden en toch ben ik er een beetje huiverig voor. Eigenlijk werkt hij te goed. Het is de Nilfisk onder de clitzuigers. Nou ja, ik weet niet eens hoeveel clitzuigers er zijn. Vibo's heb je in alle soorten, maten en merken. Geldt dat ook voor clitzuigers? Op de Womanizer-website staat dat de toy wereldwijd het eerste product is dat deze nieuwe manier van stimuleren gebruikt. Benieuwd of deze informatie correct is. Ik ga het checken.

Terwijl Bart me aan het neuken is, plaats ik het tuutje van de Womanizer over mijn clit. De toy zuigt, mijn clit klopt en in no time schurk ik tegen een orgasme aan. Bart voert zijn tempo en de druk op.

'Ik ga zo spuiten,' waarschuwt hij.

Wat is dat toch? Deze woorden hebben altijd een magische uitwerking op mijn lustbeleving. Als hij ze uitspreekt, kom ik sneller.

Ik kijk naar Bart. En naar mezelf. En realiseer me, lief dagboek, dat ik vergeten ben je iets te vertellen. Het plaatje dat jij nu voor ogen hebt – Heleen en Bart in het Captain-standje – is niet compleet. Naast de Womanizer bevindt zich nog een apparaat op mijn lichaam. Of beter gezegd: eraan. Om mijn arm zit een stevige band die met een slang aan een kastje is verbonden. Het kastje ligt naast me. De band pompt zich een paar keer per uur op. Gistermiddag heeft de assistente van mijn huisarts de band aangebracht. Hij moet vierentwintig uur blijven zitten. Door toeval was ik erachter gekomen dat mijn bloeddruk de laatste maanden aan de hoge kant is. Nooit eerder last van gehad. Maand medicijnen geslikt. Hielp niks. Straks, om halftwee, lever ik het meetapparaat weer in, de assistente gaat het resultaat uitlezen en morgen krijg ik dan de uitslag.

Bart lijkt zich niet erg te storen aan het apparaat. Of hij doet goed alsof. Hij komt klaar en ik ook. Ik trek de Womanizer eraf. Als Bart even later onder de douche staat, zet ik hem er nog een keertje op en verdomd... het pieken begint weer aan te zwellen. Het doet me denken aan een aflevering van *Grey's Anatomy* waarin een vrouw voorkwam die om de haverklap ongewild orgasmes beleefde. Die afwijking bestaat echt: *persistent genital arousal disorder* oftewel PGAD. Door de Womanizer krijg ik een idee hoe dat moet voelen.

Van: Heleen van Royen
Aan: info@Womanizer.nl
24 november om 18:06 uur

Geachte heer/mevrouw,

In een boek dat ik aan het schrijven ben, komt de Womanizer voor.
Op uw website lees ik het volgende: 'De Womanizer is wereldwijd het eerste product dat deze nieuwe manier van stimuleren gebruikt.'

Mijn vraag: is deze informatie nog steeds correct?
Is Womanizer de enige stimulator die zo werkt? Of zijn er inmiddels al navolgers/imitaties op de markt?
Hebt u patent op deze stimulatietechniek?
Wie heeft Womanizer uitgevonden, wanneer was dat?

Ik ben benieuwd. Hoor graag van u. Als u nog andere relevante informatie over dit revolutionaire product heeft, hoor ik dat ook graag.

Met vriendelijke groet
Heleen van Royen

Van: info@Womanizer.nl
Aan: Heleen van Royen
24 november om 19:02

Beste Heleen,

Hartelijk dank voor je mail en enorm leuk dat je over de Womanizer zal schrijven in je nieuwe boek :-).
Ik ben Laura, de eigenaresse van Womanizer.nl.
Ik snap dat je voor je boek zo nauwkeurig mogelijk antwoord wilt krijgen op je vragen en daarom neem ik morgen nog even contact op met de fabrikant/groothandel in Duitsland. De Duitser Michael Lenke uit Metten is de uitvinder van dit bijzondere seksspeeltje. Hij heeft vele technische apparaten bedacht en hier patent op aangevraagd. Zo ook een aardbevingwaarschuwingsapparaat bijvoorbeeld dat in Japan erg geliefd is. Van alle markten thuis, deze man.
Zodra ik alle antwoorden heb zal ik je mailen! Heb je nog andere vragen, stel ze gerust.
Fijne avond...

Groetjes
Laura

Van: Heleen van Royen
Aan: info@Womanizer.nl
24 november om 19:36

Dag Laura,

Dank voor je snelle antwoord. Ik zie een rechtstreeks verband tussen de Womanizer en het aardbevingswaarschuwingsapparaat. Ben alleen maar nieuwsgieriger geworden. Fijn dat je contact opneemt met de fabrikant.
Hoor graag van je, we houden contact,

Hartelijke groet
Heleen

ZATERDAGAVOND 3 DECEMBER

We kregen vrijdagavond ruzie. En dat sudderde de hele dag door. Allebei te koppig om toe te geven. Vanavond hebben we eetplannen met vrienden, dus er zijn twee opties: we maken het goed of we zeggen de afspraak af. Het wordt het laatste.

DINSDAG 6 DECEMBER

Het is een zonnige, winterse dag. Bart is op zijn werk. Ik heb gisteren de hele dag gewerkt aan de trailer van *Het doet zo zeer*, de documentaire over mijn moeder, en lag er laat in. Ik vraag Bart of hij thuis kan komen lunchen en voeg eraan toe dat ik zin heb in een vluggertje. Hij antwoordt dat hij 's middags toevallig even in de buurt moet zijn.

Even voor enen laat hij weten dat hij onderweg is en vraagt of ik alvast begin. Ik spring onder de douche en trek daarna snel een zwart stoeipakje aan, met een zwarte kanten jarretelgordel, netkousen en hoge laarsjes. Verwissel de batterijen van mijn vibo, ga op bed liggen, stuur Bart een foto van wat hij zal aantreffen en warm mezelf vast wat op.

Als je man tussen de middag de deur binnenstapt in plaats van 's avonds na zijn werk, verhoogt dat meteen de spanning. Hij lijkt meer op een vreemde. Hij hoort er eigenlijk niet te zijn en dat is geil. Geiler dan de aanloop naar de gebruikelijke seks voor het slapengaan.

Bart heeft zijn jas nog aan als hij de slaapkamer betreedt. Hij draagt een strakke spijkerbroek en ik zie dat hij een erectie heeft. De jas gaat snel uit. Hij maakt zijn riem los, doet zijn knoop en gulp open en laat zijn broek zakken.

Ik lig op mijn rug. Hij staat naast het bed, trekt me naar zich toe en penetreert me. Duwt het kant van het speelpakje opzij, kust mijn tepels een voor een. Een paar minuten houd ik mijn vibo nog tegen mijn clit, later leg ik hem weg.

'Wil je dat ik al mijn kleren uittrek?' vraagt Bart.

Ik schokschouder. Van mij hoeft het niet. Een vluggertje hoort met je broek op je knieën. Als hij toch zijn shirt uittrekt, ben ik blij. Zijn blote bovenlichaam is fijn om naar te kijken.

'Ik wil je billen,' maant hij me na een paar minuten. 'Draai je om.'

Gedwee doe ik wat hij vraagt. Hij neukt me van achterlangs. We kreunen allebei van genot. Af en toe moet Bart zich even inhouden. Hij vraagt of ik al kan komen. Ik pak de vibo er weer bij en houdt hem met de zijkant langs mijn clit, zodat de trillingen erlangs gaan. Bart merkt dat ik bijna zover ben en begint harder te stoten. We komen tegelijkertijd. Bart trekt zijn shirt weer aan.

'Wil je koffie?' vraag ik.

Hij kijkt verbaasd.

'Na een vluggertje hoor je na afloop iets te doen. We roken allebei niet. Wil je koffie?'

'Als je dit zo zegt, lijkt het alsof hier vaker mannen komen voor seks met koffie.'

'Dat is niet zo,' stel ik hem gerust. 'Heb je al gegeten eigenlijk?'

Hij schudt van nee.

Terwijl hij zich opfrist, maak ik twee hamkaastosti's. We eten ze staand op, in de keuken. We knuffelen, bewonderen de kerstboom nog even die we afgelopen weekeinde hebben opgetuigd, daarna gaat Bart weer naar zijn werk.

Van: info@Womanizer.nl
Aan: Heleen van Royen
6 december om 12:21 uur

Hi Heleen,
Ik had al mijn vermoedens dat je een rechtstreeks verband zou zien. ;-)

Via sales Europa van de Womanizer (Orion in Duitsland) heb ik antwoord gekregen op je vragen:

De Womanizer is in 2014 uitgevonden. Het is het eerste product dat deze manier van stimulatie gebruikt. Er is ook patent op aangevraagd. Er zijn inmiddels toch een aantal soortgelijke toys door andere partijen ontwikkeld, Satisfyer Pro 2 bijvoorbeeld. De uitvinder Michael Lenke vecht alle kopieën juridisch aan maar de kans dat hij dit wint is vrij klein.
Net als bij de We-Vibe zijn er ook veel merken met hun eigen versie van deze koppel-sextoy. En hier is eigenlijk heel moeilijk iets aan te doen.

Zover ik de reviews gelezen heb van vrouwen die de Womanizer en copycats vergelijken is er wel verschil te voelen en komt de Womanizer er (gelukkig) als sterkste uit.

Ik stuur je links naar een paar interviews met dhr. Lenke. Zijn vrouw heeft kennelijk als 'Versuchskaninchen' ofwel proefkonijn gefungeerd tijdens de ontwikkeling. Leuk weetje, haha. Ik hoop je vragen beantwoord te hebben. Mocht je nog meer vragen hebben, let me know!
Fijne dag.
Groetjes,
Laura

Nieuwsgierig klik ik de links aan. Lenke vertelt dat hij jarenlang apparaten heeft ontwikkeld voor de medische sector. Hij stuitte bij toeval op een onderzoek naar orgasmen waaruit bleek dat meer dan vijftig procent van de vrouwen moeite heeft met het bereiken van een hoogtepunt. Hij ontdekte ook dat er de afgelopen honderd jaar geen enkele ontwikkeling op het vlak van erotische hulpmiddelen was geweest. Lenke besloot zich te richten op een nieuwe manier van stimuleren: niet via een trillend apparaat rechtstreeks op de clitoris, maar een indirecte stimulatie dankzij golven van luchtdruk. Zijn vrouw fungeerde als proefkonijn, want hij kon zijn uitvindingen niet op zichzelf testen. Het was een lijdensweg voor haar, vertelt hij lachend, zijn allereerste probeersel maakte hij van een aquariumpomp met een slang en een zuignap. Pas na twee jaar had hij een goed functionerend prototype ontwikkeld. In een studiegroep met zestig vrouwen kreeg 98 procent dankzij het apparaat een orgasme.

Sinds Lenke de Womanizer op de markt heeft gebracht, wordt hij overstelpt met positieve reacties uit alle delen van de wereld.

Een vrouw schreef hem dat zij het allereerste orgasme van haar leven had gehad. Ze was zeventig jaar. Een ander vond dat hij de Nobelprijs voor de Vrede verdient.

VRIJDAGOCHTEND 16 DECEMBER

Bart en ik liggen in bed, de wekker is al heel vaak afgegaan. Bart moet naar zijn werk, maar kan maar moeilijk wakker worden. Ik ga op hem liggen. Kijken of er iets gebeurt. Hij heeft een stijve. Ik schuif hem in me. Hij protesteert: 'Niet doen, ik moet opstaan. Ik ben al te laat. Toe, maak het me nou niet zo moeilijk. Dit doe je altijd.' Ik kijk hem peilend aan. Hij lijkt het te menen, jammer. Ik rol me van hem af. Bart staat op en vertrekt naar de badkamer, ik draai me nog even om.

ZATERDAG 17 DECEMBER

We staan op het punt om de honden uit te laten en ik ben in de slaapkamer om bosvriendelijke kleding aan te trekken. Net als ik mijn trui uittrek, loopt Bart binnen. Ik heb geen beha of hemdje aan.

'Oe, lekker,' zegt hij. 'Ik ga je straks neuken. Dat je dat even weet.'

Hij manoeuvreert me in de richting van het bed.

'Dan duw ik je voorover...' Hij legt zijn hand in mijn nek en demonstreert de beweging. 'En dan neuk ik je van achteren.'

We dralen wat om het bed heen, allebei met dezelfde gedachte: waarom uitstellen tot later wat je nu zou kunnen doen? Ik trek mijn spijkerbroek en slip naar beneden en duw mijn billen in zijn kruis. Dit kan Bart niet weerstaan. Hij laat zijn broek ook zakken en penetreert me. Niet snel erna komt hij klaar. Ik weet niet meer zeker of ik daarna een vibo heb gepakt om ook klaar te komen, maar ik vermoed van niet.

DONDERDAGAVOND 22 DECEMBER

Ik zit op de bank op Bart te wachten. Hij heeft een kerstdiner met zijn collega's en zou met een taxi thuiskomen. Hij vermoedde dat hij dan wel wat aangeschoten zou zijn. Maar dat was niet erg, zei hij, want dan kon hij lang neuken. Ik had beloofd hem met mijn billen in de lucht op te wachten. Nu klinkt dat geilig en alles, maar in de praktijk is het niet zo handig. Want hoelang kan een mens met zijn billen in de lucht op de bank wachten? Niet lang. Na een paar minuten ga je je vervelen en al snel daarna ben je het helemaal zat. Eigenlijk moet je je billen pas in de lucht steken als je de sleutel in het slot hoort. Dan heb je nog tijd genoeg.

Onder de kerstboom barst het van de cadeautjes. Een ervan mag hij straks uitpakken. Het is een rood onderbroekje van kant. Een kruising tussen een string en een *brief*.

Hoera, Bart komt eindelijk thuis. Hij is inderdaad aangeschoten. Ik heb het billen-in-de-lucht-plan opgegeven. Volgens mij is hij het ook vergeten. Ik geef hem zijn cadeautje. Hij pakt het uit en ruikt eraan.

'Je hebt het nog niet gedragen.'

'Duh, het is nieuw.'

Hij propt de string in zijn geheel in zijn mond. Wat hij zelf een stuk grappiger vindt dan ik. Hij is in een lollige bui, niet echt in een seksbui, maar ik heb mijn zinnen erop gezet. Een vrouw die thuis braaf op de bank wacht, hoort daarvoor te worden beloond met een stevige beurt. We neuken uiteindelijk inderdaad even, op de bank, maar het houdt niet over.

VRIJDAG 30 DECEMBER

Bart staat onder de douche. Zijn lul is half hard. We hebben niet veel seks dezer dagen, we zijn allebei druk met werk. Ik mis het.

Hem. Als hij klaar is met douchen en zich in de cabine af staat te drogen stap ik even naar binnen. Ik zuig hem af totdat hij volledig hard is en Bart kreunt. En steunt. Want hij moet weg, naar zijn werk. Er is geen tijd. 'Vanavond,' belooft hij, 'vanavond neuk ik je.' Van die belofte komt niets terecht.

ZATERDAG 31 DECEMBER EN ZONDAG 1 JANUARI

Tijdens oud en nieuw nemen Bart en ik traditioneel onze intrek in een hotel, waar we bij voorkeur de hele avond drinken, eten en seksen. Neukend het nieuwe jaar in is altijd een goed begin. Bijkomend voordeel van dit concept: het wordt gegarandeerd een geslaagde avond. Je belandt niet op een feest of in een gezelschap dat tegenvalt.

Twee jaar geleden hadden we een geweldige avond in Hotel nhow in Rotterdam met perfect uitzicht op de vuurwerkshow bij de Erasmusbrug, vorig jaar zaten we in Grand Hotel Karel v in Utrecht, dit jaar hebben we gekozen voor Logement aan de Vecht in Breukelen. Sfeer en inrichting doen denken aan *Downton Abbey*. Je struikelt over de antieke meubelen en snuisterijen, in de kamer staat een enorme chaise longue, er hangen grote portretten van mannen met pruiken en vrouwen met parelkettingen, de vloer is van parket en boven het bed prijkt een enorme kroonluchter.

Aan de voet van het bed staat een oude hutkoffer, waarop ik mijn waren uitstal: twee vibo's, de Womanizer met oplader, kousen met jarretels, de Louboutins, drie buttplugs, glijmiddel en de prikkelende gel voor mannen uit het nachtkastje van Bart.

Het bed is enorm en heeft uitnodigend gesteven witte lakens. Seks en witte lakens zijn een fijne combinatie.

'Ga liggen,' zegt Bart. 'Ik wil je klaar likken.'

We kleden ons uit. Ik pak de Womanizer er ook even bij, zet

hem voor de grap op de eikel van Bart, kijken wat het teweegbrengt, maar het doet niets.

'Regel jij wat muziek?' vraag ik.

Hij pakt zijn laptop en zoekt een toepasselijke playlist op Spotify.

Ik trek de netkousen met jarretels aan en de Louboutins en ga op mijn rug op bed liggen. Bart verdwijnt tussen mijn benen. Hij begint me te likken, zuigt zachtjes aan mijn clit en drukt zijn middelvinger diep in mijn vagina. Er is geen haast. We hebben alle tijd. Ik ontspan, doe mijn ogen dicht en geniet. Bart likt me met volle overtuiging klaar. Dat lukt niet altijd heel makkelijk. Bij likken denk ik soms: ach, laat maar zitten. Je moet ervoor in de stemming zijn. Iemand kan vreselijk zijn best doen en daardoor wil jij ook je best doen en snel klaarkomen. Je wilt niet dat hij daar uren bezig moet zijn en die druk maakt het alleen maar lastiger. Bart zegt weleens: ga op mijn gezicht zitten. Ook zoiets. Ik ben me doorgaans te veel van mezelf bewust om dat ongeremd te doen, met mijn hele hebben en houwen op zijn gezicht gaan zitten. Dan giet ik er liever eerst wat drank in, in mijn gezicht dan, of zorg dat ik dieper in de sekstrance ben, zodat het me niet meer kan schelen.

Terug naar het logement. Bart is aan de beurt. Hij gaat rechtop zitten met kussens in zijn rug, zodat hij me goed kan zien. Ik neem plaats tussen zijn benen, pak zijn harde en begin hem te pijpen. Af en toe sla ik mijn ogen op en kijk ik hem uitdagend aan terwijl ik doorzuig. Tijdens seks wend ik soms onbewust mijn blik een beetje af en als ik Bart aankijk, is dat kort, soms via de spiegel. Dat heeft ongetwijfeld ook met schaamte te maken, maar vandaag durf ik meer. Ik speel met zijn pik. Laat hem uit mijn mond glijden en weer erin. Ik lik hem van boven tot onder af en besteed extra aandacht aan zijn toompje, dat ik bewerk met mijn tong. Het duurt niet lang voor hij spuit. Gulzig lik ik het op en slik het door.

De kop is eraf. Onze oud-en-nieuwviering is veelbelovend van start gegaan. We hebben trek, wandelen een stuk langs de Vecht en belanden bij een logement waar een stamppotbuffet wordt geserveerd, die we nuttigen in het gezelschap van een aantal Italiaanse, Russische en Nederlandse gasten. Na afloop wandelen we terug naar onze kamer, waar ik me weer in mijn kousen met jarretels hijs en Bart een fles champagne opentrekt. We gaan in bed liggen, kletsen wat en kijken televisie. Tegen twaalven pakken we de draad weer op. We hebben lange, lome seks. Bart neukt me, vouwt me in verschillende standjes, ik pak de PalmPower-vibo erbij. Als het aftellen naar het vuurwerk op televisie begint, zoent Bart me intens en onstuimig. 'Gelukkig nieuwjaar,' zegt hij. 'Het eerste wat je gaat doen in het nieuwe jaar is keihard klaarkomen.' En precies dat gebeurt, met dank aan mijn vibo, terwijl het vuurwerk losbarst.

Bart zet me op handen en knieën en penetreert me van achteren.

'Wil je even in m'n kontje?' vraag ik. Ik ben in een goede bui.

Hij duwt hem een stukje naar binnen, maar hij is net iets te hard en te groot. Ik kreun en wiebel ongemakkelijk heen en weer, Bart schakelt terug naar de gebruikelijke ingang. Na een paar minuten lost hij zijn eerste lading van het nieuwe jaar.

We blijven in bed, kijken nog wat tv. We kletsen en drinken en vlak voordat we gaan slapen, klim ik op Bart. Ik maak hem hard en we neuken nog eventjes, meer pro forma, niet met het oogmerk om klaar te komen, maar omdat het de traditie is en omdat het kan.

DONDERDAG 5 JANUARI

Je mag mijn billen als je thuiskomt, had ik Bart beloofd. Ik zit op de bank tv te kijken als hij arriveert. Hij komt naast me zitten, graait in mijn maillot en stopt vrij bruusk zijn vingers in me. Belofte maakt schuld. Hij trekt me mee naar boven, neukt me van achteren in de badkamer, terwijl ik op de wastafel leun en we elkaar aankijken via de spiegel. Vervolgens neemt hij me mee naar de slaapkamer, waar hij me op handen en knieën zet, mijn billen omhoog, mijn hoofd laag en mijn armen gestrekt. Hij neukt me hard tot hij in me klaarkomt.

ZONDAGAVOND 8 JANUARI

We liggen in bed en zijn al aan het indutten. Ik ga er nog even uit om te plassen.

'Ik wil in je,' zegt Bart als ik terugkom.

We liggen lepeltje-lepeltje. Hij neukt me in het donker. Na een tijdje trek ik hem op me, in de missionarishouding. Ik voel hem goed, ook op mijn clit. Na een paar minuten kom ik klaar en hij vlak daarna ook. Ik ga slapen met alleen een hemdje aan, mijn string laat ik uit. 's Ochtends ruik ik nog naar seks.

WOENSDAG 25 JANUARI

Na een lange wandeling over de hei gaan we samen douchen. We zijn allebei loom. In de douche houden we elkaar vast. Bart staat achter me en masseert mijn borsten. Ik draai me om. We zoenen. Bart omhelst me stevig. Hij verlegt zijn aandacht naar omlaag. Streelt me, zakt door zijn knieën en likt me, zijn vingers glijden tussen mijn benen. Ik leun met mijn rug tegen de zijwand van de douche en ontspan. Na een paar minuten trek ik Bart weer omhoog. Hij penetreert me. We neuken. Ik ben 1 meter 69, hij is 1 meter 83. Het past goed. Het is lekker. Bart vraagt of ik zo kan komen. 'Ik denk het niet,' antwoord ik. Hierover later meer.

'Kan jij zo komen?' vraag ik hem.

'Natuurlijk,' zegt hij zelfverzekerd.

'Doe dan,' daag ik hem uit.

Hij concentreert zich. Stoot met meer kracht. Zijn geslacht wordt groter en harder, ik voel het. Ik kreun. Hij heeft mijn heupen vast. Trekt me tegen zich aan. Ik geef tegendruk terwijl hij stoot. We kijken elkaar recht aan. Ik hoor en zie dat hij bijna komt. Heel even gooit hij zijn hoofd achterover. Gromt. Kijkt me weer aan. Stoot door. Ik kan zijn gezicht van heel nabij bestuderen terwijl hij klaarkomt. Na afloop hijgt hij. Hij reikt naar de mengkraan, draait de temperatuur lager. We zijn tijdens het seksen naast de straal beland. Hij houdt zijn hoofd opzij om het koude water over zich heen te laten spoelen. Hij is belachelijk knap. Zijn natte haar achterover, zijn baard. Zijn heldere ogen. Zijn gelaatstrekken. Ik zie hem elke dag, ik weet dat hij knap is. Maar dit is zo'n moment waarop het weer ten volle tot me doordringt. Ik sta met een heerlijke man onder de douche. Hij is dertig. In de kracht van zijn leven. Ik ben daar al voorbij. Al lang waarschijnlijk.

Ik geniet, ook al weet ik dat ik zo geen orgasme zal bereiken, mijn clitoris wordt niet genoeg gestimuleerd, mijn positie, tegen de douchewand, is onhandig. En ik ben me daar te veel van bewust. Ondanks die wetenschap, dat 'de beloning' niet komt, is het lekker.

Ik wil dat Bart komt. Zijn genot is ook mijn genot.

Het is iets waar ik veel over nadenk. Tijdens heteroseksuele seks komt 95 procent van de mannen klaar, terwijl slechts 30 tot 50 procent van de vrouwen een orgasme beleeft. Dit zou onder andere verklaren waarom vrouwen over het algemeen minder zin in seks hebben: zij krijgen bij lang niet elke beurt een beloning. Bij lesbisch seks is het anders. 80 procent van de vrouwen die met een vrouw sekst in plaats van met een man, beleeft een hoogtepunt. Het gegeven intrigeert me mateloos.

Ik vermoed dat vrouwen tijdens seks met een man niet zo vaak klaarkomen omdat ze van nature minder doortastend en bedeesder zijn. Ze nemen het heft niet in eigen hand. We hebben ook geen heft, een man wel. Wij zijn gewend te ontvangen. We hebben geen harde pik die we ergens in kunnen steken, waarna de rest min of meer vanzelf gaat. Voor mannen is het makkelijker. Zij zijn gewend hun eigen hoogtepunt te regelen. Ze nemen geen afwachtende houding aan, maar zorgen dat ze het krijgen, linksom of rechtsom. Mannen hebben het voordeel dat hun geslacht al van jongs af aan overduidelijk aanwezig is. Dat ze het vast kunnen pakken, vast moeten pakken, al is het alleen maar om te plassen. Daar komt geen schaamte bij kijken, het is normaal.

Als een vrouw haar geslacht goed wil bestuderen, moet ze wijdbeens voor een spiegel gaan zitten. En wat ze dan ziet, heeft een onduidelijke vorm. Want wat is nu precies 'je geslacht'? De verzameling schaamlippen of de ingang? Je clitoris? Hoort de venusheuvel erbij? Het geheel der delen vormt de vagina, maar het is niet één duidelijk ding.

Toen ik met dit dagboek begon, nam ik me voor nauwlettend in de gaten te zullen houden of de verhouding tussen Bart en mij wel eerlijk was, oftewel: als hij in 95 procent van onze vrijpartijen een orgasme zou beleven, wilde ik dat ook. Het moest gelijk op gaan. Dat leek me een mooi, feministisch streven. Recht op gelijke beloning, niet alleen in geld, maar ook in natura.

Gaandeweg bleek mijn streven naar gelijkwaardigheid in de praktijk moeilijker uit te voeren dan ik had gehoopt. Bart komt bijna altijd klaar als we seks hebben en ik tamelijk vaak, maar niet zo vaak als hij. Ik zou het in een Excelsheet moeten gieten om exacte cijfers te kunnen overleggen, maar omdat ik de seks zo nauwgezet bijhoud, weet ik dat ik niet achter de komma hoef te rekenen om de volgende bewering te staven: ik neem vaker dan Bart genoegen met seks zonder hoogtepunt. De grote vraag is natuurlijk: waarom? Waarom doe ik dit? Waarom eis ik mijn recht op een orgasme niet altijd op, ondanks mijn goede voornemen?

Het is te makkelijk om Bart de schuld te geven. Want als ik wil dat hij me klaarmaakt, dan kan ik dat gewoon vragen en dan zal hij zeker zijn best doen om me te plezieren. En bovendien: ook zonder zijn hulp kan ik altijd een orgasme regelen, het is een kwestie van het simpelweg zelf doen, al dan niet met behulp van een vibo. Er moet iets anders achter zitten en ik denk dat het een combinatie van redenen is. Belangrijkste is dat ik seks hoe dan ook geil vind. Het is fijn om samen fysiek bezig te zijn en fijn om Bart te pleasen. Soms ben ik te lui om moeite voor mezelf te doen. Klaarkomen is een lekker toetje, maar ook zonder dessert kun je heerlijk eten. Daarnaast waak ik ervoor dat ik voldoende orgasmes krijg. De weegschaal slaat nog altijd door in mijn voordeel. Als onze seks steeds vaker een activiteit zonder hoogtepunt zou worden, zou ik ingrijpen. Let wel: dit zeg ik nu, nu ik in de vijftig ben. Ik kan me ook voorstellen dat het me met het klimmen der jaren minder kan schelen, maar ik hoop van niet. Het lijkt me geweldig om tot op hoge leeftijd bekend te staan om mijn viriliteit, zoals Picasso. In mijn necrologie en tijdens mijn begrafenis dan graag de volgende tekst: 'Heleen was een lieve moeder, een goede partner en een begenadigd schrijver. Ze is tot aan haar dood seksueel actief gebleven.'

Het is toch raar dat een seksleven nooit wordt gememoreerd tijdens een uitvaart? We herdenken iemands bestaan, maar of de overledene een goede minnaar of minnares was, wordt altijd volledig buiten beschouwing gelaten. We schijnen een licht over elk detail uit het voorbije leven, gelardeerd met foto's en treffende, ontroerende en grappige anekdotes. We herdenken de laatste fase waarin er al dan niet werd gestreden tegen een slopende ziekte. Alle aspecten van het leven benoemen we bij het heengaan, behalve dat ene aspect, dat een groot onderdeel van het leven is. Sterker nog, er wás geen leven zonder dat onderdeel.

Ooit las ik een interview met een aantal echtparen over hun seksleven. Ik geloof dat het ging over stellen op leeftijd. Een van hen leefde op de grens van armoede, zowel de man als de vrouw waren verslaafd, aan alcohol of drugs, of allebei. Ze woonden ergens driehoog achter, het was een treurige bedoening. Maar hun seksleven was fijn, vertelde het stel trots. Ondanks de vele tegenslagen die ze hadden gekend, was de seks altijd goed geweest. Ze deden het graag en vaak, nog steeds. Dat nam niemand ze af.

Het interview is me altijd bijgebleven. Je leest maar zelden dat een echtpaar openhartig en eerlijk over hun seksleven vertelt. Het is een van de redenen waarom ik dit dagboek schrijf. Omdat het er nog niet is, maar er wel moet zijn. We moeten ergens een seksleven kunnen naslaan. Dat het toevallig mijn seksleven met Bart is, doet eigenlijk niet ter zake.

'Beste nabestaanden, zoals wij allen weten, wijdde Heleen het grootste deel van haar leven aan de kunst en met name de literatuur. Bart fungeerde als haar muze tijdens het schrijven van haar bekendste werk, *Sexdagboek*, waarvoor ze in 2025 werd bekroond met een plaquette in het Willy Dobbeplantsoen.'

DINSDAG 31 JANUARI

We hebben weinig seks de laatste tijd. Om je toch zoet te houden, trakteer ik je op een erotisch verhaal van mijn hand. Het is in zijn geheel uit mijn duim gezogen.

DE GALERIJ

Sanne had zichzelf moed ingedronken. Genoeg moed om haar fiets te pakken en naar IJburg te rijden. Een lange rit vanuit Oud-West, maar het deerde haar niet. Ze moest hem zien, dat was het enige wat telde. Eenmaal voor de portiekflat wachtte ze tot er iemand naar buiten kwam, zodat zij naar binnen kon. Ze wilde Rogier niet de mogelijkheid geven om haar via de intercom af te poeieren. In de lift op weg naar de zesde verdieping probeerde ze zichzelf te fatsoeneren. Ze was bezweet en buiten adem, ze zag er niet uit. Snel een borstel door haar haren en wat gloss op haar lippen. Ze hoopte zo dat hij thuis was. Dat hij zou smelten zodra hij haar zag, haar zou binnenlaten en haar iets te drinken zou aanbieden. Dat was het droomscenario.

Bij zijn voordeur aanbeland, zag ze dat het licht in zijn slaapkamer brandde. Zijn slaapkamer lag aan de galerijzijde van de flat. In het begin van hun relatie had ze daar moeite mee gehad. Als de gordijnen niet goed dicht waren, konden voorbijgangers naar binnen gluren. Het hoekappartement bevond zich aan het einde van de galerij, tegenover de brandtrap. Niemand had er iets te zoeken, maar toch, stel dat er iemand voor het raam ging staan. Rogier had haar ongemakkelijkheid weggelachen. 'En wat dan nog als er iemand staat? Mag die gratis meegenieten.'

Aan het voeteneinde van zijn tweepersoonsbed stond een spiegel, zodat hij haar en zichzelf kon bewonderen tijdens de seks.

‘Ik wil alles zien. Ik denk in plaatjes,’ had hij uitgelegd. Ze was eraan gewend geraakt. Aan het spiegelbeeld van haar naakte lichaam dat door hem werd bemind. Aan de holte in haar rug en de bolling van haar billen als hij haar van achteren nam. Haar haren in slierten voor haar gezicht. Zijn gelaat dat verstrakte, zijn mond die samentrok als hij geil werd. Zijn geheven hand vlak voordat hij een speelse pets uitdeelde.

Ze vroeg zich af of dat was wat ze nu kwam halen. Billenkoek. Ze miste hem. Zijn geilheid, zijn roekeloosheid, zijn charme. Hij hoorde bij haar. Ze waren perfect samen. Daarvan was ze overtuigd. Dat hij het had uitgemaakt was een impulsieve actie geweest. Een opwelling, waarvan hij ongetwijfeld spijt had. Dat hij haar laatste appjes negeerde, betekende waarschijnlijk alleen dat hij niet durfde toe te geven hoe dom hij was geweest. Hij zou nooit door het stof kruipen, ze kende hem goed, daarvoor was hij te arrogant en te zelfverzekerd. Als zij zich nederig zou opstellen, zou hij haar grootmoedig terugnemen. Zij moest de eerste stap zetten, dat was alles.

Net toen ze wilde aanbellen, zag ze dat het gordijn van de slaapkamer bewoog. Hij was thuis! Zou hij nu al naar bed gaan? Het was vroeg, nog geen tien uur. Misschien wilde hij zich aftrekken. Ze wist dat hij dat geregeld deed. Hoe vaak ze seks hadden, maakte niet uit. Hij had het nodig, zei hij. Het ontspande hem. Ook daaraan had ze moeten wennen.

Het gordijn stond een stukje open. Had hij dat bewust gedaan? Het zou haar niet verbazen. Rogier was erg vrij op seksueel gebied. Zoveel vrijer dan zij. Hij had haar dingen laten doen die ze nog nooit met iemand had gedaan. Als ze eraan terugdacht, begon ze te blozen. Ze was geen maagd meer toen ze hem ontmoette, maar zijn ervarenheid maakte dat ze zich er wel een voelde.

Haar nieuwsgierigheid won het van haar angst. Ze gluurde door de opening. Rogier lag inderdaad op bed. Naakt, op een omlaaggetrokken boxershort na. Hij trok zich af met zijn rechterhand, met zijn linker kneedde hij zijn ballen. Alles aan hem ademde viriliteit: zijn brede bovenlijf, krachtige handen en de schaamteloosheid waarmee hij zichzelf bevredigde: met lange, doordachte halen, volkomen op zijn gemak.

Zou hij nu aan haar denken? En als hij zou weten dat ze naar hem keek, zou hij dat geil vinden?

Rogier versnelde het tempo. Ze kon niet anders dan gebiologeerd naar hem staren. Zij hoorde nu naast hem te liggen en het van hem over te nemen. Of beter: op hem te klimmen en zich over zijn erectie heen te laten zakken, zonder enige vorm van voorspel.

Haar rechterhand gleed haast ongemerkt onder haar jurk. Ze bevoelde haar broekje, het kruis was vochtig. Ze kon nog steeds aanbellen. En vervolgens plompverloren mededelen dat ze nat was en vragen of hij daar iets aan kon doen. Rogier kennende, zou hij zo'n actie vast waarderen.

Alsof hij rook dat er iets gaande was, pauzeerde hij om naar zijn mobiel te reiken die op het nachtkastje lag. Nu zou ze hem moeten bellen, besefte Sanne. Nu of nooit. Ze viste haar Samsung uit haar jaszak en drukte met trillende vingers op het laatst gekozen nummer. Rogier fronste zodra hij haar oproep op het scherm zag. Leek even te aarzelen, maar drukte haar toch weg. Au! Dat deed zeer. Maar goed, ze stoorde hem. Misschien voelde hij zich betrapt. Hij had genoeg redenen om het gesprek niet aan te nemen, hield ze zichzelf voor. Het hoefde niets te betekenen.

Rogier had zijn telefoon in zijn rechterhand en hervatte het aftrekken met zijn linker. Hij hield het schermpje vlak bij zijn pik. O mijn god, hij legde het vast, besefte Sanne. Ze zag hoe hij druk in de weer was om de juiste hoek te kiezen. Alsof dat wat uitmaakte. Hij was fors geschapen. Daar ging hij prat op. Zouden het foto's zijn of een filmpje? Ach, wat maakte het uit. Voor wie was het bedoeld, dat was een belangrijkere vraag.

Verdomme, hij was aan het seks-appen met een ander wijf, Roos had gelijk. Het was tien dagen uit. Zo snel ging het, zo vlug was hij haar vergeten. Wat een eikel. Haar zus beweerde dat ze Rogier op Tinder had gezien. Sanne wilde het niet geloven, maar nu moest ze wel. Ze trok haar jurk recht en maakte zich op om te vertrekken. Rogier was gestopt met rukken. Hij concentreerde zich op zijn telefoon. Was vast bezig een passend filtertje voor zijn pik uit te zoeken, de zak. Slumber, Brannan of Toaster, wat zou het worden? Hij had haar nooit zulke foto's gestuurd. Dacht hij dat ze dat niet aankon of zo? Ineens had ze een krankzinnig idee. Ze opende de deur naar de brandtrap en verschanste zich daar. Trok haar jurk omhoog, panty omlaag, hield haar Samsung achter zich en maakte een paar foto's van haar billen. Haar grootste pluspunten, had Rogier ze genoemd. Oké, in dit licht waren ze niet op hun best. Sanne bewerkte de meest geslaagde foto totdat het plaatje er smakelijk uitzag. Niet nadenken, meteen verzenden naar Rogier. Geen uitgebreide tekst, alleen: 'Zin?'

Ze ging op de brandtrap zitten en staarde naar haar telefoon.

OMG, hij was iets aan het tikken. Nu reageerde hij wel.

'Haha,' appte hij terug.

Was dat alles wat hij te zeggen had?

Blijkbaar wel, want hij viel stil.

Sanne hield het twintig seconden vol, liet daarna weten dat ze in de buurt was. Ze was als de dood geen antwoord te krijgen en nam zich voor hoe dan ook niets meer te zeggen, maar na enige tijd kwam er toch iets terug.

‘Ik krijg bezoek.’

Natuurlijk. Meneer kreeg bezoek. Dat had ik kunnen zijn, dacht Sanne mismoedig. Ik had gewoon moeten aanbellen en mijn lichaam in de strijd moeten gooien. Dat is waarop hij is afgeknapt. Ik ben te emo, te serieus.

‘Heeft ze betere billen dan ik?’ vroeg ze in een poging tot snedigheid.

‘Haha,’ reageerde hij weer.

Wat vond hij haar komisch ineens. Het gesprek nam een verkeerde wending. Aan de andere kant: ze had nog steeds zijn aandacht. Hij had de laatste dagen nergens op gereageerd. Dit contact betekende hoe dan ook vooruitgang. Sanne vergat bijna dat ze feitelijk amper drie meter van Rogier vandaan zat. Het enige wat ze wilde, was hem aan de praat houden. Door te antwoorden erkende hij haar bestaan, hun relatie, of wat daarvan over was.

‘Serieus: heeft ze betere billen?’ herhaalde ze. En ze had gelijk spijt. Misschien klonk ze te pathetisch. Hadden haar woorden een te hoog ‘*what has she got that I don’t have*’-gehalte. Terwijl ze alleen maar wilde bewerkstelligen dat hij aan haar billen bleef denken en zijn bezoek zou afzeggen.

‘Ze zijn niet verkeerd.’

Godver. Hij kreeg echt een chick op bezoek. Rogier had een seksdate. Ging haar waarschijnlijk helemaal uit elkaar trekken. En zag er geen kwaad in dit met zijn ex te delen.

‘Je bent toch in de buurt?’ vervolgde hij.

Hij moest eens weten.

‘Ja.’

‘Nathalie houdt ook van vrouwen.’

Waarom vertelde hij hoe ze heette? Dit wilde ze helemaal niet weten. En zou hij werkelijk denken dat ze hiervoor te porren was? Voor een trio met Rogier en een of andere snol? Ze stond op, klopte het vuil van haar jurk. Ze moest weg, naar huis. Dit was een heilloos plan.

Sanne trok de deur open en wilde de galerij weer opstappen, toen ze het geklikklak van hakken hoorde. De vrouw was lang. Had een zwierige bos rossige krullen. Liep met grote passen haar kant op terwijl ze haar telefoon checkte. Ze droeg een lichte trenchcoat met daaronder kniehoge laarzen met een luipaardprint en glanzende, goudkleurige naaldhakken. Dit moest Nathalie zijn, het kon niet anders, ze had haar nooit eerder gezien. Duidelijk ouder dan zijzelf. Ouder dan Rogier ook. Straalde klasse en seks uit. Als dit de competitie is, sta ik een-nul achter, besefte Sanne terwijl ze zich snel op de brandtrap verschanste voordat Nathalie haar zou ontdekken. Het geklikklak van de hakken kwam dichterbij en stopte bij de voordeur van Rogier. Sanne verwachtte te horen hoe ze zou aanbellen en Rogier haar zou binnenlaten, maar slechts het gerinkel van een sleutelbos klonk. Verdomme. Hij had Nathalie de sleutel van zijn appartement gegeven. Nu al. Zover had zij het niet geschopt. Twee-nul achter voor rust.

Sanne wachtte totdat de vrouw de deur achter zich dichttrok, waarna ze haar plekje op de galerij weer innam. De slaapkamergordijnen waren nog open. Rogier lag in zijn boxershort op bed. Op het nachtkastje stonden een koeler met een fles champagne en twee glazen. Hij sloofde zich nogal uit voor deze dame.

Ze wist niet zo goed waarom ze bleef. Het was een vorm van zelfkwelling, maar het wond haar ook op. Ze wilde het niet missen. De voorstelling kon elk moment beginnen en zij zat eerste rang. Nou ja, stond.

Nathalie betrad de slaapkamer. Ze knoopte de ceintuur van

de trenchcoat los en liet hem op de grond glijden. Onder de jas droeg ze niets anders dan een wit, kanten lingeriesetje met jarretelgordels en kousen. Ze had een fantastisch figuur. Grote borsten, een tamelijk smalle taille en welgevormde heupen. Tot haar verbazing raakte Sanne geprikkeld door het wellustige lichaam van haar concurrente. Het deed haar meer dan de erectie van Rogier zo-even had gedaan. Begrijpelijk dat hij voor haar viel, bedacht ze. Dit was een vrouw, zij een meisje.

Rogier schonk champagne in, reikte Nathalie een glas aan, dat ze glimlachend aannam terwijl ze op de rand van het bed ging zitten. Het stel proostte. Na twee slokken pakte Rogier het glas uit haar handen, zette het weg, duwde Nathalie achterover op bed en trok haar luipaardlaarzen een voor een uit. Daarna volgden haar kousen. Nathalie hief haar heupen, zodat hij haar string omlaag kon stropen, wat hij gretig deed. Welwillend spreidde ze haar benen. Het was Rogier niet wijd genoeg, want hij maakte een gebaar, waarna ze ze nog verder uit elkaar deed.

Sanne voelde een straaltje vocht langs haar dijbeen glijden. Het bracht haar in verwarring. Ze had gegruwd van het idee dat Rogier seks met iemand anders zou hebben, maar nu het bijna zover was, werd ze verraden door haar eigen lichaam. Ze vond het geil. Ze wilde dat Rogier Nathalie hard zou nemen. En ze wilde er getuige van zijn. Ze zou meegenieten. Ongevraagd en ongezien. Misschien was dit de beste vorm van wraak. Afwijzing omzetten in zelfbevrediging. Alles beter dan alleen op de bank zitten janken, zoals ze avond aan avond had gedaan. Haar hand zat al tussen haar benen en haar vingers vonden hun weg naar haar clit. Ze masseerde haar eigen vocht eromheen en bleef cirkeltjes draaien. Af en toe keek ze schielijk opzij en bad dat niemand haar zo zou zien staan: glurend door een slaapkamerraam, zich vergapend aan de porno die binnen plaatsvond, terwijl ze met één arm tegen de muur leunde en met de andere onder haar jurk graaide.

Rogier was Nathalie aan het likken. Weer een dolkstoot. Hij had dat bij Sanne slechts bij hoge uitzondering gedaan. Alleen als hij erg dronken was, en dan altijd kort en vluchtig. Te kort om klaar te kunnen komen. Sanne had er weleens over geklaagd bij haar zus.

'Ach,' reageerde Roos laconiek. 'Vind maar eens een gast die je echt een halfuur non-stop wil likken. Of eentje bij wie je ongegeneerd met je hele hebben en houwen op zijn gezicht kunt gaan zitten. Ik ben hem nog niet tegengekomen.'

Nathalie had zo'n gast gevonden. Haar ex nota bene. Haar Rogier, die Nathalie met zijn tong aan het uitwonen was. Als een herdershond die de snijplank van de slager mag schoonlikken. Met een gulzigheid die ze niet van hem kende, vrat hij het poesje bijkans op. Baande zich slobberend een weg naar Nathalies clit, zoog deze omhoog. Stak zijn wijsvinger in haar schede en stopte zijn middelvinger erbij. Nathalie genoot met schokkende heupen en trillende benen van wat haar ten deel viel. Ze klauwde met haar linkerhand in de lakens, met de rechter greep ze Rogier bij zijn haren. Hij bleef haar likken en vingeren; als hij even omhoogkwam om op adem te komen, ontwaarde Sanne rode vlekken op zijn kin. Zou die slet zo gaan klaarkomen? vroeg ze zich af. Zou ze Rogier net zo lang door laten gaan tot ze een hoogtepunt bereikte zonder dat ze ook maar iets voor hem had gedaan, zelfs zonder dat hij haar had mogen penetreren? Sanne kon haar rivale niet horen kreunen, het appartement was voorzien van dubbelglas. Maar ze leek iemand die dat volop deed, die zich ongegeneerd overgaf en haar plezier opeiste.

Ineens wist Sanne: dit was wat ze van Nathalie moest leren. Een egoïst worden in bed. Niemand pleasen. Eigen genot eerst.

Ze voegde de daad bij het woord en masturbeerde dwingender. Jammer dat Nathalie haar beha nog aanhad, dacht ze. Ze wilde haar tieten zien. Ze leken groot, maar dat kon door een push-upbeha komen. Misschien hield ze haar bovenstukje aan omdat ze anders door de mand zou vallen. Alsof hij haar gedachten had gelezen, richtte Rogier zich op om de beha los te maken. Twee kingsize tetten werden ontbloot. De tepels priemden in de lucht. Drie-nul. Deze vrouw had alles mee.

'Pak ze, Rogier,' mompelde Sanne terwijl ze haar middelvinger diep in haar schede drukte. 'Zou ik ook doen.'

Voordat Rogier iets kon uitrichten, nam Nathalie haar borsten in haar handen en begon ze te kneden. Rogier keek verrukt toe hoe ze ze steeds dichter naar elkaar toe draaide. Hij kwam naar voren, greep zijn pik, gaf er een paar rukken aan en schoof hem tussen het lillende vlees. Nathalie drukte haar pronkstukken nog steviger tegen elkaar. Ze keek scheel van geiligheid en haar mond hing open. Toen ze haar harde tepels tussen duim en wijsvinger nam en de pik van Rogier steeds sneller begon te stoten, moest Sanne zich inhouden om niet klaar te komen. Niemand had haar ooit tussen haar borsten geneukt, haar kleine B-cup was niet toereikend voor dat soort fratsen. Ze had ook nog nooit een seksend stel van zo dichtbij gezien en besefte dat ze dit waarschijnlijk niet vaak meer zou meemaken. Als ze een stapje opzij deed, kon ze Rogier en Nathalie zowel in de spiegel als door het raam begluren, wat haar alleen maar extra hitsig maakte. Even voelde ze een vlaag van spijt. Ze had mee kunnen doen. Rogier had haar indirect uitgenodigd. Stel dat ze met die twee in bed lag. Of beter nog: zat, op handen en knieën. Dat Nathalie van onderaf aan haar tepels zou zuigen, terwijl Rogier haar van achterlangs nam. Dat ze Nathalie aan haar haren omhoog zou trekken en haar wild zou tongen terwijl ze haar vingers in haar vochtige kutje zou stoppen. Hoe godvergeten geil zou dat zijn?

Sanne stimuleerde zichzelf niet langer, hield alleen het topje van haar wijsvinger stevig op haar clit. Zo bleef de opwinding onderhuids branden, zonder dat het orgasme haar overviel. Ze wilde de complete voorstelling bijwonen, van begin tot eind. Waar voor haar geld, met minder nam ze geen genoegen, al had ze niets betaald behalve de pijn van een gebroken hart.

Gezien Rogiers woeste stoten, verwachtte Sanne half en half dat hij elk moment kon komen. Het leek aannemelijk dat hij zijn zaad over Nathalies tieten en gezicht zou lozen. Zij zou zichzelf simultaan stimuleren en zich helemaal laten gaan, tot het hoogtepunt en daar voorbij. Zo hadden ze toch samen seks, hoewel zij de enige was die dit wist.

'Gaat het?'

Een mannenstem kwam dichterbij. Sanne verstijfde.

'Hallo? Gaat het?'

O mijn god. Ze was betrapt. Terwijl ze haar jurk omlaagtrok, keek ze angstig opzij.

Een jongeman met een bril en een ruitjesoverhemd wandelde haar kant op. Nerdachtig type. Ze had hem nooit eerder gezien. Hoelang stond hij al op de galerij? Wat had hij meegekregen? Hoe redde ze zich hieruit?

'Alles oké?'

Ze knikte en liep snel naar hem toe. Het laatste wat ze wilde, was Rogier alarmeren.

'Jij bent toch de vriendin van Rogier?' vroeg de nerd.

Sannes ogen werden groot van verbazing. 'Dat eh… dat was ik, ja. Ken ik jou?'

'Ik woon daar…' Hij wees naar het appartement drie deuren links van dat van Rogier. 'Ik heb jullie vaak voorbij zien lopen.'

'S-sorry, je bent me n-nooit opgevallen,' stotterde Sanne.

Hij glimlachte.

'Ik zag je tegen de muur leunen en... eh... nou ja, ik vroeg me af of er iets loos was.'

Sanne schudde van nee. Hij had zo'n uitgestreken gezicht. Ze kon hem niet goed peilen. Zou hij iets vermoeden?

'Ik wilde bij Rogier langsgaan,' legde ze uit, hoewel ze hem geen verklaring schuldig was. 'Maar hij had al bezoek.'

Zijn glimlach werd breder.

'Dat gebeurt vaker de laatste tijd.'

'O ja?' vroeg ze iets te gretig. 'Vrouwen zeker?'

'Ik heb wel een paar rondborstige dames voorbij zien komen. Ik vroeg me al af of het uit was tussen jullie.'

Ze knikte.

'Eergisteren had hij het raam van zijn slaapkamer open laten staan. De hele galerij kon meegenieten...' zei hij veelbetekenend.

'Hij is nu ook bezig.' Sanne bracht het zo luchtig mogelijk. 'Met ene Nathalie.'

'En hoe weet jij dat?'

'Ik stond erbij en keek ernaar,' antwoordde ze met een grimas. 'De gordijnen zijn niet goed dicht.'

'Je zou bijna denken dat hij het erom doet,' zei de nerd peinzend. 'Ik heet Tobias, trouwens.' Hij stak zijn hand uit.

'Sanne.'

Ze schudde zijn hand. Die was aangenaam koel en stevig.

'Het is best lekker om toe te kijken,' flapte ze eruit.

Hij trok zijn wenkbrauwen hoog op.

Ze wist niet waarom ze hem deelgenoot maakte van haar geheim, maar het was alsof haar kut haar tot de orde riep. Haar clit klopte nog, was onbevredigd en ongedurig. Ze had nog iets af te maken. Tobias' komst had haar van een gegarandeerd orgasme beroofd.

'Een beetje ziek is het wel,' zei hij langzaam. 'Maar ziek kan ook lekker zijn. Dus toen ik je zag, was je nog niet van plan om weg te gaan?'

'Eigenlijk niet, nee,' gaf Sanne toe.

Hij liet deze mededeling even op zich inwerken.

'Ik betrapte je, als het ware?'

'Ik was er roodgloeiend bij.'

'En nu?' vroeg Tobias.

'Nu vraag ik me af met welk standje ze op dit moment bezig zijn.' Ze wist niet waar ze de brutaliteit vandaan haalde, maar braaf zijn kon ze de rest van haar leven nog.

Hij begon te lachen. 'Waar waren ze gebleven?'

'Tussen haar tieten,' zei Sanne droog.

Tobias' adem stokte even.

Ze keken elkaar een paar seconden zwijgend aan en alsof ze het hadden afgesproken, draaiden ze zich gelijktijdig om en liepen in de richting van het appartement.

'Je hebt me nieuwsgierig gemaakt,' fluisterde haar kompaan.

'Sst!' maande Sanne hem.

Ze hielden halt bij het raam.

De sekscapades van Rogier en Nathalie waren nog in volle gang.

Nathalie lag niet langer op haar rug. Ze stond tegen de muur naast het bed, met haar billen naar achteren. Ze had haar luipaardlaarzen weer aangetrokken, maar dat was dan ook het enige wat ze aanhad.

'Goeie kont,' merkte Tobias bewonderend op.

Sanne snoof.

Rogier stond achter Nathalie op zijn gemak aan zijn champagne te nippen en dacht waarschijnlijk hetzelfde.

Zijn pik was nog stijf, zag Sanne, blijkbaar had hij zich ingehouden.

Rogier goot de laatste slok in zijn keel en zette zijn glas weg. Hij pakte de grote spiegel die naast het bed stond, zette hem tegen de muur en plaatste Nathalie vervolgens voor de spiegel, haar handen hoog boven haar hoofd.

'Bedankt voor het inkijkje, buurman,' grinnikte Tobias. 'Prima tieten heeft ze.'

Het begon Sanne te irriteren. Nathalie hoefde zich maar te vertonen of alle ogen waren gericht op Kwatta.

Ze greep Tobias' pols. 'Zullen we iets afspreken?'

Hij schrok van het ruwe gebaar.

'Hier gaat het alleen over mijn kont en mijn tieten.'

'Sorry?'

'En mijn kut. Mijn kut is nat.'

Ze duwde zijn hand onder haar jurk. 'Voel maar.' Ze pakte zijn vinger en liet hem tussen haar schaamlippen glijden, terwijl ze haar slip met haar andere hand opzij hield. Zonder iets te zeggen, trok ze zijn vinger onder de rok van haar jurk vandaan, stak hem in haar mond en likte hem af zodat ze haar ziltige vocht proefde.

Tobias' ogen werden groot. 'Ik dacht dat we alleen maar zouden kijken.'

Sanne haalde haar schouders op. 'Zij hoeven toch niet de enigen te zijn die plezier hebben?'

Rogier omvatte Nathalies heupen, trok haar kont verder naar achteren en maakte zich gereed om haar te penetreren.

Het was inderdaad een lekker wijf, Sanne kon het moeilijk ontkennen.

Rogier nam zijn harde pik in zijn rechterhand en leidde hem bij Nathalie naar binnen. Hij stootte eerst rustig, daarna steeds sneller en harder. Zijn bilspieren spanden zich aan tot een paar stevige kadetten.

Sanne kon zich niet langer inhouden: haar vingers gleden terug onder haar jurk, en ze trok haar slip omlaag, waarna ze haar clit begon te bewerken. Haar ex neukte een ander, zij keek toe en masturbeerde op de galerij voor zijn woning. Misschien was ze ziek, had Tobias gelijk. Ze had zich nog nooit laten leiden door louter lust. Het had haar iets minderwaardigs geleken. Iets voor mannen. Kerels lopen hun pik achterna. Potloodventers zijn altijd mannen. Vrouwen horen hoogstaander te zijn. Maar waarom eigenlijk? Wie heeft dat bedacht? Diezelfde kerels waarschijnlijk. Fuck it, als Tobias haar gestoord vond, was dat jammer voor hem. 'Eigen genot eerst' was haar nieuwe credo.

Terwijl ze zich vingerde, wierp ze even een blik opzij. De bobbel in de ribbroek van haar metgezel leek aanzienlijk gegroeid.

'Waarom trek jij je ook niet even af?' vroeg ze, alsof het doodgewoon was. Dat leek haar de beste benadering. Als Rogier iets buitenissigs met haar wilde uithalen, tegen haar aan plassen tijdens het douchen bijvoorbeeld, deed hij ook altijd alsof het de normaalste zaak van de wereld was. Alsof alle mannen 's ochtends tegen hun vrouw aan plassen. Alsof er nog nooit een vrouw was geweest die daar een vraagteken bij had gezet of ertegen had geprotesteerd.

'Ik weet het niet,' zei hij vertwijfeld.

'Heb je een vriendin?'

Hij schudde van nee.

'Sta je al lang droog?'

'Al maanden,' gaf hij toe.

'Nou dan.'

Hij aarzelde.

Sanne raakte geïrriteerd. 'Ik heb een beter idee. Doe gewoon bij mij wat hij bij haar doet.'

'Zonder condoom?'

‘Heb je een soa?’

Hij schudde van nee.

‘Ik ook niet. Haal je lul uit je broek, zet me tegen de muur en neuk me. Is dat te veel gevraagd?’

Eindelijk liet de nerd de handrem los.

‘Zou je dat lekker vinden? Wil je dat ik je neuk? Heb je zin in mijn pik?’

Sanne legde haar hand over zijn mond. ‘Hou op. Niet praten. Het gaat niet om jou. Je mag alleen vertellen wat hij bij haar doet. En dat bij mij herhalen. Duidelijk?’

Tobias knikte een paar keer snel, alsof hij eindelijk begreep wat de bedoelding was en hij zijn best zou doen. Terwijl hij zijn riem losmaakte, wierp Sanne een blik door de gordijnen. Rogier was Nathalie nog steeds van achteren aan het palen. Hij hield het lang vol. Zou hij iets geslikt hebben?

Tobias pakte Sanne bij haar heupen, draaide haar om, drukte haar tegen de muur rechts van het raam en tilde haar jurk op.

‘Kont naar achteren,’ commandeerde hij.

Sanne gehoorzaamde.

‘Verder! Doet zij ook.’

Ze voelde een frisse vlaag buitenlucht tussen haar benen vlak voordat Tobias haar penetreerde. Hij ramde zijn pik zonder omhaal naar binnen, trok zich helemaal terug, duwde hem er weer volledig in, waarna hij bleef stoten. Ze had zijn pik niet eens even bekeken voordat hij in haar kwam. Precies zoals ze het wilde. Hij en zijn geslacht waren gereduceerd tot gebruiksvoorwerpen. Uiterlijke kenmerken deden niet ter zake. Sanne deed haar ogen dicht en verbeeldde zich dat het Rogier was die haar nam. Ze kreunde.

Tobias hield één oog op de slaapkamer gericht. ‘Zijn hoertje krijgt billenkoek,’ rapporteerde hij.

Verdomme, Rogier gaf Nathalie er net zo van langs als hij dat altijd bij haar deed. Sanne probeerde haar hoofd zo te draaien dat ze kon meegluren, maar Tobias liet het niet toe. Hij greep haar ruw bij haar nek met zijn ene hand en deelde met de andere een pets uit.

'Au!'

Pats. Nog eentje eroverheen, waarna hij onverdroten verder ging met stoten.

Na enkele minuten werd Sanne ongeduldig. 'Wat doet Rogier?'

'Wacht...' zei Tobias. 'Hij wil dat ze hem afzuigt, denk ik. O ja hoor, daar gaat ze al... Goeie god. Wat een geil wijf.' Hij pakte Sanne beet en draaide haar om zodat ze weer met haar gezicht naar hem toe stond. 'Door je knieën, jij. En snel.'

Hij gaf haar amper de kans erover na te denken. Je laten naaien door een vreemde is toch iets anders dan hem zonder enige introductie pijpen.

'Kom op, mond open,' maande Tobias haar.

Voor ze het wist had ze zijn lul in haar mond.

'Ze zuigt goed, die hoer van hem,' liet hij weten. 'Niet normaal hoe ze tekeergaat. Ze likt zijn ballen nu. Nu!'

Terwijl Sanne de ballen van Tobias bevochtigde, besefte ze dat ze haar credo 'eigen genot eerst' een beetje uit het oog was verloren. En Nathalie blijkbaar ook. 'Hij stopt hem weer in haar mond,' liet Tobias weten terwijl hij Rogiers voorbeeld volgde. 'Volgens mij gaat hij spuiten. O ja hoor... hij gaat spuiten. O man, hij spuit haar helemaal onder. O jezus...'

Tobias kreunde luid en Sanne voelde een paar warme golfjes tegen haar gezicht slaan. Ze probeerde zich voor te stellen dat het Rogiers sperma was, maar dat lukte niet goed. Toen haar kompaan even wankelde, hees ze zich snel overeind in de hoop nog iets van de geiligheid die zich in de slaapkamer afspeelde mee te pakken. In plaats van Nathalie met een gezicht vol zaad op haar knieën voor Rogier te zien zitten, aanschouwde ze een totaal ander tafereel. Nathalie zat wijdbeens op een stoel voor de spiegel en bevredigde zichzelf met een vibrator. Rogier stond achter de stoel aan zijn pik te rukken. Nathalie kon hem en zichzelf in de spiegel zien, wat haar duidelijk plezierde, want ze keek er gelukzalig bij.

'Smerige hufter,' siste Sanne tegen Tobias, die zijn ribbroek aan het ophijsen was. 'Zak die je bent. Was het lekker?'

Hij antwoordde niet en keek naar de grond, zijn half slappe geslacht hing nog steeds uit zijn broek. Hij frummelde er onhandig aan.

'Je zou doen wat hij deed. Niet wat jij wilde. Lul!'

Ze wilde hem pijn doen, net zoals Rogier haar pijn had gedaan. Zoals wel meer mannen haar hadden gekwetst. Mannen die altijd leken te winnen als het erop aankwam.

Sanne haalde diep adem en greep Tobias bij zijn strot zoals ze ooit op YouTube had gezien. Volgens de instructievideo *Zelfverdediging voor vrouwen* moest je van je hand een v maken en daarmee zo hard mogelijk het strottenhoofd van je aanvaller dichtknijpen. Ze kneep totdat Tobias in elkaar dook en gaf hem daarna een loepzuiver knietje. Tobias zakte kreunend van pijn op de grond, precies zoals het filmpje had laten zien. Ze schopte hem nog een keer tussen zijn ballen, wat feitelijk overbodig was maar wel bevredigend. Die nerd was niet veel gewend. Hij ging in de foetushouding liggen en jammerde om zijn moeder. Sanne wierp nog een blik tussen de gordijnen. Rogier en Nathalie waren toegekomen aan de missionarishouding. Heel ouderwets op en neer, het was er door al die kamasutraanse toestanden bijna bij ingeschoten. Zou toch jammer zijn. Sanne giechelde toen ze haar ex zag zwoegen. Hij moest eens weten wat er zich onder zijn neus had afgespeeld.

Ze trok haar kleding recht, stapte over Tobias heen en liep gehaast de galerij af, naar de lift. Het was tijd om te vertrekken. Op weg naar de begane grond pakte ze haar mobieltje.

'Lekker wijf, die Nathalie. Volgende keer doe ik mee', liet ze Rogier weten.

Na een halfuur stuurde hij een opgestoken duim terug.

***

MAANDAG 15 MEI

Lief dagboek,

Sorry, ik heb je verwaarloosd. Het is weer net als vroeger. Toen ik jong was, heel jong, basisschool-jong, hield ik ook een dagboek bij. Dat kenmerkte zich door grote gaten. Gaten van maanden, van jaren. Het mocht eigenlijk geen dagboek heten.

Wat is er gebeurd? Ik heb een film over mijn dementerende moeder gemaakt, die is eind januari in première gegaan en slokte vervolgens al mijn aandacht op. Hebben Bart en ik al die tijd geen seks gehad? Natuurlijk wel. De frequentie lag alleen wat lager dan normaal. Allebei te veel aan ons hoofd.

Voor jou, lief dagboek, maakt het niks uit. Jij hebt geduldig gewacht tot ik weer wat tekst aan je toevoeg. Je mist de maanden niet. Het is een witregel, een sprong en je bent van eind januari naar half mei. Maar ik voel me schuldig ten opzichte van mijn lezers. Ik heb groots aangekondigd een seksdagboek te zullen bijhouden en ik heb verzaakt.

De afgelopen maanden zou ik als een seksluwe periode omschrijven. Af en toe een onderhoudsbeurt, ik denk dat we op een gemiddelde zaten van een keer per week. Soms hadden we langer dan een week geen seks. Dat is niet eerder voorgekomen tijdens onze relatie. Ik werd er bij vlagen narrig en achterdochtig van. 'Als je mij niet neukt, neuk je vast een ander,' hield ik Bart voor. Er is geen ander, bezwoer hij me. Zijn werk als tv-producer slokt hem op. Voor het eerst van zijn leven heeft hij een baan die alle ruimte in zijn hoofd in beslag neemt. Ik accepteerde zijn excuus, al vond ik het moeilijk. Ik ben gewend dat hij sterk op me reageert. Als ik naakt ben, wordt hij hard. Dat is het voordeel van een jonge vriend. Het voordeel en de voorwaarde sine qua non.

Seks is belangrijk in onze relatie. We houden er allebei van en we praten erover met elkaar. Sinds ik dit dagboek bijhoud nog meer dan voorheen. Toen Bart en ik net met elkaar gingen, nam ik me heilig voor dat ik met hem seks zonder scrupules zou hebben. Dat betekende dat ik alles zou zeggen en doen wat ik wilde vanaf het prille begin, zonder gêne. Alles op tafel, dus ook de vibrator en het glijmiddel, die ik meenam naar de hotels waar we onze eerste liefdesnachten beleefden. Het was een beetje blufpoker, doen alsof het allemaal doodnormaal was, maar ik ben blij dat ik het erop heb gewaagd en raad het iedereen aan. Als je seksueel gezien in een vaste relatie eenmaal een bepaald pad bent ingeslagen, is een andere weg kiezen lastig. Als je het al jaren 'zo' doet en je wilt het ineens anders, of met spullen erbij, is dat op een of andere manier lastiger te verkopen. Alsof het de jaren ervoor niet goed (genoeg) was. Als je je ineens in sexy setjes gaat hijsen terwijl je dat nooit eerder hebt gedaan, kan dat op de lachspieren werken in plaats van op de lust. Kortom: hoe eerder je open kaart speelt, des te beter. Het voorkomt de vraag: 'Waarom heb je dat nooit eerder gezegd?'

Een seksluwte mag dan ook niet te lang duren, wat mij betreft. Want voor je het weet, ebt de seks langzaam maar zeker helemaal weg. Wordt het normaler om het niet te doen dan om het wel te doen. En als je dat stadium eenmaal hebt bereikt, wordt het lastig om terug te gaan naar de beginstand waarin je niet van elkaar af kan blijven of de middenstand waarin je elkaar in elk geval geregeld bespringt. Die standen moet je koesteren. Zo lang mogelijk. En benoem het. Benoem alles. 'Ik wil seks met je. Het is te lang geleden. Kom nu naar huis. Neuk me.' Je vaste partner is doorgaans de enige persoon op de wereld met wie je seks hebt. Samen kun je ervoor zorgen dat het goede seks is. Dat het lekker is. Dat de vlam blijft branden. Gun het jezelf en gun het elkaar. Tenzij je er allebei geen zin meer in hebt, dat kan natuurlijk. Dan doe ik er het zwijgen toe en wens ik je een vredige oude dag.

MALLORCA, VRIJDAG 19 MEI

Het is bijna lente. We vieren vakantie op Mallorca. De schoonheid van het Spaanse eiland verrast ons. We hebben allebei halsreikend uitgekeken naar de tiendaagse reis. Alles is boven verwachting. Het luxe landhuis waar we vertoeven, met zwembad, perfect onderhouden tuin, olijfgaard en een weids uitzicht op het nabijgelegen dorp en de bergen. Het weer. De maaltijden die de gastvrouw ons voorschotelt. Wat een weelde.

'We moeten hoognodig bijneuken,' zegt Bart, maar op de avond dat we arriveren, vallen we na een paar wijntjes doodmoe in slaap.

MALLORCA, ZATERDAG 20 MEI

Dag twee op Mallorca, bedtijd. Ik ga tussen de witte lakens liggen met alleen een kleine kanten zwart met witte string aan. Bart komt uit de badkamer, naakt, met een erectie. Hij kruipt vanuit het voeteneind onder de lakens tussen mijn benen naar me toe, trekt het stringetje uit en begint me te likken. Er zijn ergere dingen. Toch is het wat mij betreft niet de beste start. Zo out of the blue likken zonder introductie, ik weet het niet. Na een paar minuten wring ik me onder zijn gezicht vandaan en pak zijn harde om hem te pijpen. We raken allebei enthousiast, ik ga op Bart zitten, ik wil hem in me. Hij legt zijn hand tussen mijn borsten en zet kracht. Ik hou ervan als hij zijn handen dwingend op mijn lichaam plaatst. Na een paar minuten ga ik op mijn rug liggen en pak mijn vibo erbij. Ja, die is mee op vakantie. Vroeger vond ik het gênant om een vibo in mijn koffer te stoppen, maar later bedacht ik dat het vooral stom is om het niet te doen. Want je gaat heus geen lokale vibrator kopen, dus je hebt alleen jezelf ermee. Het is me wel een keer overkomen dat mijn koffer trilde toen ik hem van de band op de luchthaven van Faro in Portugal haalde. We werden opgehaald door een vriendin, ik dacht al steeds: wat hoor ik toch? Tot Bart siste: 'Je vibo staat aan!' Die bleek tegen het deksel gedrukt te zitten.

'Zullen we tegelijk komen?' vraag ik Bart in ons Mallorcaanse vakantiebed.

Leuk idee, maar het lukt niet, want mijn orgasme dient zich eerder aan. Na afloop gaat Bart rechtop zitten. Ik lig op mijn rechterzij en leg mijn linkerbeen op zijn rechterschouder. Bart neukt me totdat ook hij klaarkomt.

ZONDAG 21 MEI

Ik vloei een beetje. Dat is al heel lang niet voorgekomen. Het is raar, bloed in mijn onderbroek. Ik heb geen tampons bij me. Dan maar een stukje wc-papier opvouwen en tussen mijn benen duwen. Mijn laatste menstruatie is zeker ruim een jaar geleden. Ik zou de tamponfoto niet meer kunnen maken, daarvoor vloei ik te weinig. Wellicht ten overvloede: de tamponfoto is onderdeel van de fototentoonstelling *Selfmade* die ik in 2014 in het Letterkundig Museum in Den Haag heb gehouden. De officiële titel van het werk is *Vergankelijkheid 8*. Op het zelfportret trek ik een bebloede tampon uit mijn vagina. Je ziet de binnenkant van mijn dijbenen, het lijkt alsof ik een zwarte kousenband draag, maar het is een slip met een kanten rand, die om mijn been hangt. Mijn vagina is opengesperd, de tampon is er net uit, het touwtje staat nog strak. *Vergankelijkheid 8* symboliseert het in zicht komen van het einde van mijn vruchtbare leven. Als je de vijftig nadert, weet je dat elke menstruatie en daarmee ook elke tampon je laatste kan zijn. Dat is een mijlpaal, maar dan eentje die doorgaans wordt genegeerd en zeker niet gevierd, in tegenstelling tot de eerste keer dat je ongesteld wordt.

Selfmade telde vijf thema's: licht, duisternis, liefde, seks en vergankelijkheid. De expositie bestond uit een enorme hoeveelheid foto's, maar ik heb er ook korte teksten voor geschreven, die in de tentoonstellingsruimte te horen waren, vermengd met het geluid van een draaiende wasmachine, omdat ik dat zo'n fijn geluid vind, hoewel het centrifugeren ook een dreigende ondertoon heeft.

Met name de quotes over seks, liefde en vergankelijkheid passen in dit dagboek. Je zou dit boek als een logisch vervolg op de tentoonstelling kunnen zien.

Over seks
Het mag. Alles mag. Vergeet dat ik echt ben. Ik ben jouw lust. Jouw slet, snol, sloerie, jouw onderdanige door geilheid gedreven geisha die zich naar je schikt. Hierbij de volmacht over mijn lichaam. Wees de meester over mijn kut. Ik wil de hogepriesteres van jouw pik zijn, ik ben je hoer en ben je klant. Kom met me mee naar het bed waar niks verboden is. Geen wetten, geen regels, geen grenzen, geen gêne. Het witte bed waar alles mag.

Over liefde
Ik weet niet of ik in liefde geloof, maar ik hou wel van je, mijn schat.

Ik hou van je lach, van je geur, van je lijf, van je stem, van je hoofd en je pik.*

Je bent niet de eerste, mijn liefste.

Je bent niet de laatste, mijn schat.

Ik denk dat ik weer in de liefde geloof, maar dat heb ik vaker gehad.

Ik hield van hun lach, van hun geur, van hun lijf, van hun stem, van hun hoofd en hun pik.

Ik heb al zo vaak ik de liefde geloofd, maar ik hou echt van je, mijn schat.

* Bart vond het woord 'pik' heel lelijk, herinner ik me nog. Hij had liever 'lul' zien staan.

Over vergankelijkheid
Ik zal de komende jaren veel verliezen. Mijn soepelheid, snelheid, scherpte en schoonheid – of wat daarvoor doorging – nemen met rasse schreden af. Misschien word ik blind, doof of getroffen door een ernstige ziekte. Misschien verlies ik mijn schrijfvaardigheid. De bejaarde die in mij besloten zit, is op weg naar buiten. Ik bied verzet, maar zij zal winnen. Al zet ik spuit na spuit, Moeder Natuur lacht me vierkant uit. Moeder Natuur heeft me allang afgeschreven. Het kroost is gebaard, de genen zijn bewaard: 'Wilt u doorlopen en de borden UITGANG volgen, alstublieft?'

Selfmade en de tamponfoto zijn alweer jaren geleden, ik ben de vijftig gepasseerd en ga ervan uit dat mijn vruchtbare leven voorbij is. Erg vind ik het niet: ik heb een volwassen dochter en zoon en Bart koestert gelukkig geen kinderwens. De postmenopauzale periode die nu aanbreekt stemt me hooguit een tikje weemoedig. Het eerste verlies heeft zich aangediend. Menstrueren: *das war einmal*. Het komt niet meer terug. Dat kleine beetje bloed van vanmorgen moet een laatste stuiptrekking zijn geweest.

’s Middags in Mallorca een vluggertje onder de douche. Bart is hard en ik pijp hem. Daarna neukt hij me van achteren, waarna ik weer verderga met pijpen. ‘Doe je mond open,’ zegt Bart. Hij trekt zich af en spuit op mijn tong en in mijn keel.

MAANDAG 22 MEI

We zijn alleen op het landgoed. Bart penetreert me van achteren terwijl we op het balkon bij onze slaapkamer staan. Daarna neukt hij me in de badkamer voor de spiegel. Daarna in bed. Ik pak de Womanizer erbij. Lig op mijn rug. Doe mijn benen heel wijd. Bart legt zijn handen onder me, in mijn knieholtes, en duwt mijn benen naar me toe. Wat je doet als je de luier van een baby verschoont. Hij wentelt me om mijn as, ik duw mijn billen omhoog zodat hij me van achteren kan neuken. Bart leunt op zijn linkerknie, zijn rechtervoet staat naar voren, zijn knie is gebogen. Ik doe mijn rechterbeen eromheen. Mijn linkerheup zit aan de binnenkant van zijn linkerdij. Kun je het nog volgen? Bart komt snel. ‘Blijf me neuken!’ zeg ik. Ik hou de Womanizer nog steeds tegen mijn clit gedrukt en kom vlak erna, heel intens. Ik kreun hard terwijl ik mijn gezicht in de lakens duw.

Later in de middag werk ik bij het zwembad aan mijn dagboek. Ik check met Bart hoe de vrijpartijen van zaterdag, zondag en die van vandaag ook alweer precies in hun werk gingen. Je moet er echt snel bij zijn, anders vergeet je het.

‘Dat laatste standje net, vlak voordat je klaarkwam, hoe stond je toen?’

‘Als een ridder,’ zegt Bart. Hij doet het voor. Een knie op het ligbedje, andere knie gebogen. Hij rechtop, stoer voor zich uit starend. ‘Dit is de ridderstand,’ zegt hij. ‘Noem hem maar zo. Ik zal het straks nog wel even voordoen.’

Als we naar de slaapkamer gaan om ons om te kleden, duwt hij me op bed, trekt mijn bikinibroekje uit en gaat weer bij me naar binnen.

Zo dus.

Hij neukt me hard. Stopt. Draait me op mijn rug. Trekt zich af en spuit over mijn borsten en vertrekt daarna naar de badkamer om te douchen.

Ik haal mijn laptop en ga verder met mijn dagboek. Als Bart onder de douche vandaan komt, moeten we allebei lachen.

'Zit je nu op te schrijven dat ik je neukte om de ridderstand te demonstreren?' vraagt hij. 'Zodat je die goed kon opschrijven? En schrijf je nu op dat je moet lachen omdat je nu moet opschrijven dat ik onder de douche vandaan kom nadat ik de ridderstand heb gedemonstreerd en ik weet dat jij dit al aan het opschrijven bent, en dat je dit dus ook moet opschrijven?'

'Houdt het dan nooit op!' roep ik. 'Dit is het droste-effect.'

DONDERDAG 25 MEI, HEMELVAARTSDAG

We houden siësta. Dat is wat je doet op Mallorca als het heet is. We liggen samen op bed, lepeltje-lepeltje, ik heb mijn strandjurkje nog aan en ben half wakker. Bart trekt mijn slip uit. Hij draait me op mijn rug, trekt mijn linkerbeen omhoog en schuift zijn erectie in me, achter de onderkant van mijn been langs. Zo neuken we een tijdje loom door, tot Bart opstaat en op zijn knieën aan het uiteinde van het bed plaatsneemt. Hij trekt me aan mijn voeten naar zich toe tot mijn kruis zich onder hem bevindt, gebruikt zijn vingers om mijn schaamlippen opzij te duwen, mijn clit bloot te leggen en begint me daarna met het puntje van zijn tong te likken. Loom en geil als ik ben, is het makkelijker om te ontspannen en me eraan over te geven. Ik denk terug aan het pornofilmpje dat ik laatst zag en dan met name de scène waarin de vrouwelijke journaliste zich liet likken door twee rocksterren na een interview.

VRIJDAG 2 JUNI

Het is broeierig warm. We gaan bijtijds naar bed. Ik ga een weekeinde naar Portugal en mijn vliegtuig vertrekt om zes uur 's ochtends. Bart blijft thuis.

'Zal ik je pijpen?'

'Pijpen mag altijd,' antwoordt hij.

Het is een running gag geworden. Ik heb het idee dat ik Bart te pas en te onpas pijp. Misschien heeft het met het dagboek te maken. Als ik iets noteer, komt er bijna altijd pijpen in voor. Bart staat op het standpunt dat een man niet vaak genoeg gepijpt kan worden. Hij zegt dan ook zelden nee. En als hij het zegt, weet ik zeker dat hij echt heel moe is of chagrijnig of allebei en niet over te halen. Een boze Bart kun je niet vrolijk pijpen, heb ik aan den lijve ondervonden.

Ik pijp hem en zeg dat ik ook wil neuken. Als je een lang weekeinde weggaat, kun je je man maar beter bevredigd achterlaten. Dat idee zit toch ergens in mijn achterhoofd, al weet ik dat het een illusie is. Het is misschien meer iets van: aan mij zal het niet liggen. Ik geef je alles en hoop dat het genoeg is. Bovendien is het lekker, afscheidsseks.

We neuken. Bart mompelt iets over mijn lekkere, zompige kut. Dat woord zingt even na. Zompig. Ik snap wat hij bedoelt, maar geil klinkt het niet. Een kut hoort nat te zijn. Een nat kutje klinkt beter dan een zompige kut. Ik lig op mijn rug. Bart ligt op me. Gaat even later op zijn knieën voor me zitten. Ik pak er een vibo bij, houd die tegen mijn clit terwijl Bart me neukt. Na een paar minuten stopt het ding ermee. Het is een oplaadbare. Hij is leeg.

'Pak maar een andere,' raadt Bart aan.

Die andere werkt op batterijen. Ik hoop er het beste van. Ik gebruik ook wat glijmiddel. Mijn hoofd is er niet helemaal bij. Over een paar uur moet ik al naar de luchthaven. Ik kreun wat harder in de hoop dat ik mezelf daarmee in de juiste stemming breng. Bart glimlacht. Volgens mij heeft hij het door. Hij heeft altijd alles door.

Bart neukt dapper door, ik heb mijn benen gespreid in de lucht. De vibo zoemt en zoemt, ik kreun, maar het hallelujamoment ligt ver buiten bereik.

'Ga je vandaag nog komen?' vraagt Bart na een kwartier.

Ik moet lachen. Niet bevorderlijk voor het einddoel.

'Ik weet het niet,' zeg ik eerlijk. 'Wil jij eerst komen?'

We gaan nog even door.

'Draai je om,' zegt Bart dan. 'Geef me je billen.'

Dat werkt bij hem altijd goed.

Billen omhoog, rug omlaag.

'Mag ik je volspuiten?'

Uiteraard. Hij kreunt diep en komt snel. Bart laat zich naast me neervallen, volledig ontspannen.

Ik rommel voor de derde keer in mijn nachtkastje en pak de Womanizer. Hiermee zal het zeker lukken. Het rare is dat de Womanizer soms zo goed werkt, dat het een beetje beangstigend is. Dat probeer ik Bart te vertellen, maar hij is al half in slaap.

'Ach, laat ook maar zitten,' zeg ik dan. Ik leg het ding weer weg.

'Maak het nou maar af,' raadt Bart me aan. 'Dan kan je lekker slapen.'

Zijn hoofd ligt vlak bij het mijne.

Ik heb geen fantasie in mijn hoofd. Alleen de zin: laat het gaan, laat je nou maar gaan. Dat is wat nodig is. De Womanizer *works his magic*. Het orgasme komt van ver, zwelt aan, ebt weer even weg, komt weer terug en uiteindelijk ontrolt het zich volledig.

Bart en ik kussen en verklaren elkaar de liefde. We vallen in slaap.

PORTUGAL, NACHT VAN MAANDAG 5 OP DINSDAG 6 JUNI, 00:37 UUR

Ik ben in mijn appartement in de Algarve. Bart en ik appen. Ik ga op mijn ellebogen en knieën zitten en maak mezelf zo klein mogelijk: ellebogen en knieën tegen elkaar, mijn achterste boven mijn voeten. Strek mijn rechterarm achterlangs, maak een foto van mijn billen en stuur die. Je ziet een omgekeerde hartvorm, omlijst door een T van zwarte touwtjes.

H: Kom je?

B: Hallloooooo!!!!!

H: Haaaaaiiii.

We sturen wat emoticons over en weer. Dan nog een foto van mijn billen, dit keer vanuit een andere hoek, terwijl ik op mijn zij lig.

B: Hou oppp!!! Wat moet ik nou doen?

H: Ehmmm. Geil worden. Mij neuken.

B: Ja uhuhhhh. Je bent er niet. Zijn alleen twee herdershonden hier.

Ik stuur nog wat pikante foto's van mezelf op het bed.

H: Morgen ben ik er wel. En je kunt me natuurlijk een foto van je harde lul sturen. Dat is altijd fijn.

B: Hmmm. Dat kan. Misschien moet ik dan eerst mijn broek uittrekken.

H: Beter.

Bart stuurt een foto van zijn onderlichaam. Hij heeft een spijkerbroek aan.

H: Nou. Bring it on.

Foto van bloot onderlichaam, zijn hand boven zijn geslacht zodat ik net niks zie.

B: Slaap je al?

H: Neeeee. Ik wacht. Tanden gepoetst.

Bart stuurt een filmpje van 1 minuut en 44 seconden waarin hij zichzelf tergend traag aftrekt. Ik hoor hem een beetje zuchten en steunen.

H: Oeffffff. Hmmmmmmmmmmmm.

B: Waar is je mond? En je natte kutje? Heb ze nodig.

H: Uhuh. Die zijn hier. Wil mijn lippen om je lul doen. En hard zuigen. Wat een heerlijk filmpje.

Foto van Bart zijn erectie.

H: Ga je spuiten?

B: Nog niet. Ik zie niks.

H: Wat wil je zien?

B: Jou op me. Je squats.

H: Hmmmm.

B: Op mijn gezicht. En mijn tong.

H: Owww. Geil. Heb zo'n zin in je. Wil je in me.

Nog een foto van Bart zijn erectie, met zijn gezicht erachter. Hij zit rechtop tegen een kussen in ons bed.

B: Kom dan.

H: Arggggg. Heerlijk.

B: Ben je je aan het vingeren?

Foto van mijn vingers bij mijn schaamlippen.

B: Harder.

Filmpje van 51 seconden van mijn gevinger. Heb het stringetje nog aan, dat zit opzij.

B: Lekker. Ik wil zien dat je klaarkomt.

H: Welja.

B: Ik ga bijna spuiten.

H: Dat kan je niet echt zien als ik klaarkom. Ik wil zien dat je spuit.

Nog een filmpje van veertig seconden van mijn gevinger.

B: Je lekkere clitje. Ik wil aan je zuigen.

H: Ik wil dat je me klaar zuigt. Dat kan je goed. Wat doe je?

Foto van Bart z'n erectie.

H: Mmm. Ik kijk steeds naar je filmpje. Wil op je lul zitten.

B: You ready?

H: Yes, I am.

Filmpje van 1 minuut en 29 seconden van Bart die zich aftrekt en spuit.

Gevolgd door emoticon van een knipoog.

H: Mannnnnn. We kwamen gelijk klaar. Kon alleen niet filmen en kijken tegelijk. Mijn kut klopt nog na. En schokt.

Bart stuur een foto van zichzelf in de spiegel van de badkamer, zijn geslacht nog half stijf. Het hangt in een mooie kromming.

H: Mmm. Dat boogje.

Bart stuurt nog twee foto's van zijn blote lus.

Ik stuur er eentje van mijn decolleté.

B: Lekkertje.

H: Heerlijk ben je.

B: Grrrrr. Shit nu gauw slapen.

H: Tis wel laat bij jou.

B: Tis al bijna 2 uur.

H: I know.

B: Moet over zes uur met de honden lopen.

H: Oeps. Welterusten schatje.

B: Trustennn.

H: Morgen lig ik weer naast je. In je armen.

B: Ja gelukkig. Slaap toch veel beter naast jou.

H: Hou van je.
Ik stuur zes emoticons van hartjes.
B: Ik van jou.
Bart stuurt twee hartjes twee kusjes.
Ik stuur nog vier kusjes.

DINSDAG 6 JUNI

’s Avonds om elf uur land ik op de luchthaven van Rotterdam. Bart haalt me op. We zijn allebei nog enigszins hitsig van het sexting (ja, dit schrijf je dus wel met een x) van de nacht ervoor. Onderweg naar huis maak ik zijn broek los om hem vast een beetje te kunnen pijpen en aftrekken. Eenmaal thuis gaan we in bed verder. De geilheid neemt snel toe. Ik pijp Bart kort, hij neukt me hard, doet wat glijmiddel erbij. Hij werkt snel een aantal standjes af. Als ik op mijn rug lig, vouwt hij me min of meer dubbel, mijn knieën liggen bijna boven mijn borsten en onder mijn schouders. ‘Ik wil diep in je,’ zegt hij. Dat lukt. Later strek ik mijn benen, zodat hij op me ligt, de missionarisstand. Ik kom bijna klaar, maar krijg te weinig lucht. Enkele minuten zit ik op een plateau. Het plateau van bijna klaarkomen, maar net niet. Dan duw ik Bart van me af, ik krijg het te benauwd.

‘Ik heb zin in wodka,’ zeg ik. ‘Hebben we zeker niet in huis?’

Soms heb ik dat als ik heel geil ben, zin in shotjes.

‘Toevallig wel,’ zegt Bart.

Hij haalt een fles wodka uit de vriezer en glaasjes. Ik pak de Womanizer vast uit mijn nachtkastje.

We nemen een paar shotjes.

Bart stopt zijn harde in mijn mond. Zijn lippen zijn gezwollen en getuit, zijn mond staat een beetje open.

Ik heb de Womanizer al op mijn clit gezet en kom snel klaar. Bart komt even later in mijn mond. Hij is wild, mooi, geil, alles aan hem ademt jeugd. Ik besef het. Ik inhaleer het. Soms denk ik dat onze relatie geen lang leven beschoren kan zijn. Ik ben zoveel ouder dan hij. Ik ben op weg naar de zestig, hij ziet de veertig ergens heel in de verte glinsteren. Het verschil is groot. Dat mijn lichaam hem nog steeds opwindt, vind ik geweldig, maar het verbaast me soms ook. Ik hou van jeugd. Van vers, van fris. Ik ben een estheet. De tijd is genadeloos voor een mens. Hij zet zijn tanden hard in ons gezicht, in ons lichaam. De schoonheid van verval is niet aan mij besteed. Een verzakt, vormeloos lichaam en een aangevreten gezicht maken me lichtelijk triest, niet opgewonden. Ik hou van Bart en wil graag dat we bij elkaar blijven, daarom ben ik stiekem plannen aan het bedenken hoe dat te zijner tijd moet als ik niet meer middelbaar, maar bejaard ben en hij nog niet. Misschien regel ik dan een jongere vrouw erbij voor hem, ter compensatie. Of geef ik hem een tienrittenkaart voor een luxe bordeel.

Zou het typisch vrouwelijk zijn om me hierover druk te maken? Zouden Mick Jagger, Donald Trump, Nelson Mandela, Harrison Ford, Woody Allen ooit hebben nagedacht over de seksuele toekomst van hun veel jongere partner? Zouden ze de mogelijkheid van een minnaar voor haar overwegen? Ik vermoed van niet. Ik denk dat ze ervan uitgaan dat hun status van alfaman met alle voordelen van dien voldoende moet zijn om haar zoet te houden. Als ik een echte feminist ben, moet ik me misschien ook als een alfavrouw opstellen. Maar feminisme betekent voor mij niet alleen dat ik alles mag wat mannen ook mogen, of beter gezegd: wat ze zich toe-eigenen. Feminisme betekent vooral: mijn eigen keuzes maken, ongeacht mijn geslacht. Ik ben een groot voorstander van realistische en pragmatische keuzes.

Bart gaat naar de badkamer om zich op te frissen. Ik pak mijn mobiel en noteer de steekwoorden van deze vrijpartij.

'Zo, Hemingway, heb je het allemaal opgeschreven?' vraagt hij als hij terugkomt.

ZATERDAG 10 JUNI

Vandaag en morgen moet ik een workshop selfies maken geven op het LINDA.Festival in Zaandam. Voor ik vertrek, laat ik Bart zien wat ik wil aantrekken. Ik loop in mijn string door de slaapkamer. Bart ligt in zijn boxer op bed en kijkt toe.

'Ik wil je best even pijpen, maar ik moet zo douchen en dan weg,' zeg ik. 'Dus als je klaar wilt komen, moet je dat heel snel doen. Kan je dat?'

Zijn ogen worden groot. Hij knikt en grijnst. De gedachte windt hem zichtbaar op.

Ik pijp hem twee minuten. Daarna ga ik op hem zitten. Hij kreunt en vraagt waar ik zijn zaad wil. Over mijn borsten lijkt me een goed idee.

Hij pakt me beet, draait me om en neukt me van achteren. Daarna gaat hij naast het bed staan. 'Ga op je rug liggen.' Hij trekt zich af en begint te spuiten.

'Ik wil het ook in mijn mond,' zeg ik.

Ik kom een beetje overeind om iets in mijn mond op te vangen. Dat lukt. Ik slik het door. De rest belandt over mijn borsten en in mijn haar. Het is prachtig, die klodders zaad over mijn borsten. Werkelijk prachtig. Ik zou er graag een paar foto's van willen nemen, maar ik heb haast en spring snel onder de douche.

ERGENS IN DE NACHT VAN ZONDAG 11 OP MAANDAG 12 JUNI

Ik voel dat Bart hard is. Ik hoop dat hij even in me gaat, zoals hij dat soms doet, half slapend, en druk mijn billen tegen hem aan. Hij aait over mijn heup en lijkt aanstalten te maken, maar draait zich dan om en slaapt verder. 's Ochtends kan hij het zich nog vaag herinneren. Hij zegt dat ik hem er gewoon in had moeten duwen, dan was hij zeker wakker geworden.

ZONDAGOCHTEND 18 JUNI

Het is broeierig. We hebben lang uitgeslapen. Zijn allebei naakt. Liggen te kletsen. We hadden gisteravond het plan om te seksen met shotjes wodka en ik in een mooi setje, maar het kwam er niet van. Bart dronk de shotjes allebei op. Ik had vrijdag migraine gehad en wilde even geen alcohol. Bart wordt hard. Ik ga op hem zitten.

We neuken eventjes, maar ik moet plassen. Na het plassen pijp ik hem even. Hij smaakt en ruikt naar mijn binnenste. Het deert me niet. Bart legt me op mijn zij, smeert een goedje op zijn geslacht dat we bij een online seksshop hebben gekocht. Het is een soort menthol. Het prikkelt en maakt koud. Doe ook wat op mijn clit, vraag ik. Hij doet het. Hij neukt me vanaf de zijkant. Ik vinger mezelf. Dan legt hij me op mijn rug. Benen omhoog. Armen boven mijn hoofd. 'Hou ze daar,' commandeert hij.

Benen in zijn nek, benen wijd, benen omlaag, tegen het matras. Het is maar goed dat ik nog zo lenig ben op mijn oude dag.

Ik pak mijn roze vibo erbij, die op batterijen werkt. De andere is nog steeds niet opgeladen. En in de Womanizer heb ik geen zin.

Hij doet het, maar niet heel overtuigend.

'Jij houdt je spullen ook niet goed bij,' zegt Bart.

'Hebben we nog batterijen?'

'Geloof het niet. De kaarsen' – ja, we hebben kaarsen die op batterijen werken, heel handig, nooit kaarsvet – 'zijn alle drie op.'

'En de afstandsbedieningen? In geval van nood zijn die altijd bruikbaar.'

Ik ga naar beneden en vindt nog een aangebroken pakje AAA-batterijen in de keukenla. Het zijn er drie. Top, ik heb er maar twee nodig.

Ik herlaad mijn vibrator en terwijl ik dat doe, gaat Bart naast het bed staan, duwt me weer op mijn zij en gaat in me.

Hij neukt me.

Even later op mijn rug, benen langs zijn hoofd.

Weer hard neuken. De vibo snort op volle toeren.

Ik doe er wat glijmiddel bij en het genot neemt hand over hand toe.

'Ga je zo komen?' vraagt Bart

'Uhuh,' antwoord ik.

Ik kom intens en lang, het is verrukkelijk, het lijkt uit het niets te komen. Ik hoef er niks bij te fantaseren. Het blijft maar gaan, terwijl ik mijn roze vriend tegen mijn clit houd.

'Kwamen we tegelijk?' vraag ik na afloop.

'Ik kwam iets eerder,' zegt Bart.

Dacht ik al.

De rest van de dag doet het zeer tussen mijn benen, 's avonds nog steeds. Ik vertel het aan Bart. Hij heeft hetzelfde, zegt hij grijnzend. Het schrijnt aan zijn lul. 'Zo hoort het toch? Je moet voelen dat je goed bent geneukt.'

MAANDAGAVOND 19 JUNI, HITTEGOLF

Bart komt thuis van zijn werk. Hij zag buiten op straat overal vrouwen in blote jurkjes, shorts en topjes. Dat wond hem op. Ik sta te koken. Hij pakt mijn borsten en knijpt speels in mijn billen. We eten buiten in de tuin. Na afloop maken we een lange wandeling over de hei met de honden. Of hij me nog even tegen een boom wil nemen, plaag ik hem. Het is nog te licht. Hij durft het niet.

’s Avonds liggen we allebei naakt in bed. Geen dekbed, alleen een laken. Ik ben plakkerig, Bart heeft snel gedoucht.

‘Ik ben te moe en te warm om te seksen.’

‘Ga dan ook even douchen, knap je van op. Of zal ik eerst over je billen spuiten?’

‘Als je dat wilt, doe dat dan eerst.’

‘Dus dit wordt een vluggertje alleen voor mij,’ begrijpt Bart.

Ik knik. Ik lig op mijn buik.

Als hij van achterlangs in me schuift, glijdt hij er een paar keer weer uit.

Als ik mijn billen in de lucht doe, gaat het makkelijker.

Hij neukt me van achterlangs en komt binnen een paar minuten klaar.

Ik heb de puf niet om aan het werk te gaan voor een eigen orgasme, loop naar de badkamer en neem een douche, die inderdaad verkwikt.

ZONDAG 25 JUNI

We zijn een weekeinde op Ameland en logeren bij mijn zwager, die op het eiland vakantie viert met zijn gezin. Ik heb ’s ochtends vijf kilometer gejogd en vraag Bart of hij zin heeft om samen te douchen. Dat heeft hij. We beschikken over een eigen badkamer in het huis met een grote inloopdouche. Ik kleed me uit, Bart pakt me vast en neukt me van achterlangs voor de spiegel boven de wastafel. We stappen onder de douche en daar penetreert hij me weer. Hij tilt mijn been op en zet mijn voet tegen de muur. Lang houd ik het niet vol, ik ben moe van het rennen en heb geen zin in acrobatiek. Ik laat me door mijn knieën zakken en begin Bart te pijpen terwijl ik hem tegelijkertijd aftrek. Na een paar minuten hurken, beginnen mijn beenspieren te protesteren, daarom ga ik op mijn billen op de douchevloer zitten. Als Bart even later klaarkomt in mijn mond, moet ik lachen. Ik realiseer me ineens dat ik het niet kan doorslikken, vanwege mijn dieet. Ik ben met een of ander hip dieetprogramma bezig. *Intermittent fasting* heet het. Het houdt in dat je zestien uur per dag vast. Je mag gedurende die uren alleen water, thee en koffie, zonder suiker of melk. Geen sperma, want dat bevat ongetwijfeld calorieën, hoe weinig ook. Dan gaat je bloedsuikerspiegel weer omhoog en weet ik veel wat allemaal nog meer, het is in elk geval niet de bedoeling. Alleen in de acht uur dat je niet vast, mag je eten en dan natuurlijk het liefst gezond en mager voedsel. Ik laat het zaad uit mijn mond glijden. 'Ik mag niet slikken, dan doorbreek ik het vasten,' leg ik Bart uit. Weer moet ik lachen. Bart is nog aan het bijkomen van zijn orgasme, hij knikt een beetje afwezig. Jammer. Mijn zwager en zijn vriendin weten dat ik met dat vasten bezig ben, zouden zij het een grappige anekdote vinden? Ik aarzel even, maar besluit het dan niet te vertellen. Er lopen kleine kinderen rond in het huis. En zelfs al liepen die er niet, het is toch niet iets wat je deelt tussen de koffie en de plakjes Fries suikerbrood door.

WOENSDAG 28 JUNI

De altijd sexy Heleen van Royen sloot de avond af met een passage uit haar nieuwe boek dat nog in de maak is, een seksdagboek. Heleen wond er geen doekjes om en gaf ons een kijkje in haar slaapkamer, die zij deelt met Bart Meeldijk, voormalig drummer uit de band Rigby. Haar eenentwintig jaar jongere lover was aanwezig, die aardig in verlegenheid werd gebracht toen zij haar verhaal afstak.

Uit: nieuwsbericht 'Boekpresentatie *Dons* groot succes' op de website van *Oh magazine*.

Gisteravond heeft dit dagboek in Amsterdam een kleine pre-première beleefd. Tijdens de presentatie van een bundel met erotische verhalen van Nederlandse schrijvers fungeerde ik als special guest en mocht ik een kort optreden geven. Ik las twee stukjes voor, de zaal werd muisstil. Toen het over Bart ging, wees ik hem aan: hij staat daar. Gelach. Bart wist dat ik dat zou doen, ik had het hem van tevoren gevraagd. Nou ja, meegedeeld. Na afloop schoten verschillende vrouwelijke bezoekers me aan: 'We zijn zo blij dat jij bestaat. Ga vooral door met wat je doet. En kom maar door met dat dagboek, we willen het graag lezen. Mogen we met je op de foto?'

Een wat oudere man vraagt of ik alleen de daad zal beschrijven in het dagboek of ook de emoties die erbij komen kijken. 'Anders ga ik het niet lezen. Alleen in de handelingen ben ik niet geïnteresseerd, wel in wat er in een vrouw omgaat.'

Het was al met al een wonderlijke avond. Er werd een burlesque-act gehouden door een tenger vrouwtje dat op Marilyn Monroe probeerde te lijken, maar dan in een mini-uitvoering. Ze begon in een Marlene Dietrich-achtig mannenpak met een wit overhemd en eindigde in twee glinsterende tepelhoedjes die haar AA-cupjes netjes afdekten. Ook liepen er twee heren en een dame in strak leer rond die tussen de voorleessessies van de auteurs een erotische sm-dance-act uitvoerden. Gezwaai met zweepjes, onderdanige poses aannemen, zogenaamd elkaars hakken likken, je kent het wel. En dat dan op muziek. De heren waren duidelijk gay, de dame was lang op haar enorme hakken. Ze had eindeloze benen, mooie billen en donker, sluik haar, of misschien was het een pruik, ik weet het niet.

Toen we die avond in bed lagen, vroeg ik Bart hoe hij het zou vinden als ik in zo'n superstrak leren pak voor hem zou paraderen.

'Hoezo?' vroeg hij.

'Nou, dan huur ik er een keertje een.'

'Huren?' Hij begon te lachen.

'Ja, bij Boels of zo. Weet ik veel, ergens. Je gaat zoiets toch niet kopen. Dat doe je hooguit één keer aan. Maar hoe zou je het vinden?'

'Tja, ik weet het niet. Dan ben jij het in zo'n pak. Zo'n vrouw is alleen spannend omdat je haar niet kent. Dat zet je aan het denken. Hoe zou ze zijn? Is ze echt zo dominant? Is ze echt geil?'

'Vond je het opwindend?'

Bart vond het Marilyn Monroe-dametje charmant, al kwam ze in deze setting volgens hem niet goed tot haar recht. Dan hadden er meerdere danseressen op een rij moeten staan. De dame in het leer keek vreselijk scheel, zei hij. Was mij niet opgevallen.

'Het is in het begin leuk om te zien, maar niet lang, omdat je weet dat het niet echt is. Ze worden betaald, het is een act. Ze zijn daar niet uit vrije wil. Dat haalt de sjeu er wel af. Daarom houd ik ook niet zo van strippers. Ze doen het alleen voor geld. Niet uit geilheid.'

We gaan slapen. Bart heeft flink wat biertjes op, die is zo vertrokken. Ik lig nog lang wakker. Het liedje 'Oh, What a Night' speelt in mijn hoofd, het wil maar niet weg, gek word ik ervan. Na een uur te hebben gewoeld en gedraaid, pak ik mijn roze vibo uit mijn nachtkastje en laat hem trillen op mijn clit totdat ik een orgasme heb. Daarna ga ik plassen. Bart slaapt overal doorheen. Ik vertel het hem de volgende morgen, maar hij kan zich er niets van herinneren.

DONDERDAG 29 JUNI

Het korte zomerjurkje met een diep decolleté dat ik online heb besteld tijdens de hittegolf, wordt bezorgd. Ik trek het aan, doe er sandalen met hoge hakken onder, ga voor onze passpiegel staan en roep Bart, die nog thuis is omdat hij avonddienst heeft.

'Het is wel erg kort, hè?' zeg ik aarzelend. 'Lijkt eerder een babydoll. Misschien moet ik het terugsturen.'

'Zeker niet,' zegt Bart. 'Ik vind het geil.'

Hij gaat achter me staan, trekt met zijn ene hand de rok van het jurkje omhoog en met zijn andere zijn joggingbroek omlaag.

'Handig juist, zo'n kort jurkje...'

Hij legt zijn kin op mijn linkerschouder en trekt me naar zich toe terwijl hij zijn harde naar binnen probeert te manoeuvreren. Het lukt niet in een keer, hij schiet er een paar keer uit en gebruikt die momenten om zich van zijn kleding te ontdoen. Als hij helemaal naakt is, trekt hij me dichter naar zich toe. We kijken elkaar aan via de spiegel terwijl hij me van achteren neukt.

'Jij bent vannacht al klaargekomen, toch?' vraagt hij.

'Ja, jij sliep. Je reageerde nergens op.'

'Ik heb het niet gehoord, nee. Mag ik je volspuiten?'

'Ja, het mag. Dan heb ik je zaad de hele dag in me.'

Ik weet dat Bart het lekker vindt als hij toestemming krijgt om te spuiten. De woorden 'het mag' hebben een magische uitwerking. Hij komt klaar en gaat daarna douchen. De volgende keer dat we seks hebben, moeten we allebei een orgasme hebben, neem ik me voor. Ik heb het idee dat de weegschaal de laatste tijd te vaak doorslaat naar zijn kant.

ZATERDAG 1 JULI

Het is alsof Bart stiekem meeleest in mijn dagboek. Hij trekt me 's ochtends naar zich toe in bed en stelt voor me te vingeren. Ik lig op mijn rug, hij ook. Mijn benen liggen over zijn benen heen. Hij vingert me. Daarna komt hij overeind om me te likken. Ik wil zijn pik in me en pak wat glijmiddel erbij. Het neuken, likken, glijmiddel, neuken herhaalt zich. En nog meer glijmiddel. *The struggle is real.* De vaginale droogte is *real* en glijmiddel is *the answer.*

Dan ineens gaat de deur naar geilheid echt open. Ik trek Bart op me, in de missionarishouding. Zijn schaambot oefent de juiste druk uit op mijn clit en ik kom klaar. 'Geef me je billen,' zegt Bart. Ik draai me om, steek mijn billen in de lucht. Hij penetreert me. 'Ik ga je volspuiten,' kondigt hij aan. Ik kijk om en zie hoe zijn gezicht vertrekt als hij klaarkomt.

DINSDAG 4 JULI

De post brengt een pakket van Sandy. Je weet wel, die van het seksimperium. Ik maak het pakket open en haal er een doos uit: WE-VIBE SENSATIONS IN SYNC staat op het deksel. De doos bevat twee apparaten: *We-Vibe Sync, the number one couples vibrator* en *Tango, the powerful mini-vibe.* Tango is een wit staafje ter grootte van mijn wijsvinger. Klein en discreet, gaat zo mee in je handtas. Eenmaal opgeladen trilt Tango als een malle en maakt hij verrassend weinig herrie.

De We-Vibe is een buigzaam, U-vormig apparaatje of C-vormig zo je wilt, maar dan wel een platgeknepen C. Het ene pootje van de U doe je in je vagina, het andere blijft erbuiten en drukt op je clit. Omdat het een bescheiden formaat heeft, kan je partner je penetreren terwijl de We-Vibe in je zit en aanstaat, sterker nog, dat is precies de bedoeling. Het apparaatje is niet nieuw voor me. Ik had al een keer zo'n geval op de kop getikt – of die 'sync' was ben ik vergeten, want hij is na een paar keer in onbruik geraakt. Hij slingert ergens rond in Bart z'n nachtkastje geloof ik, ongetwijfeld zonder oplader. Dankzij Sandy wordt het tijd voor een hernieuwde kennismaking.

In de luxe doos zitten een heus oplaadstation, een afstandsbediening, twee kabels, een sachet met glijmiddel, een opbergzakje en een gebruiksaanwijzing. Het bijzondere van de We-Vibe is dat je hem met de bijgeleverde afstandsbediening kunt bedienen. Plus, het kan niet hipper: je kunt de We-Vibe-app downloaden en als je partner dat ook doet, kan hij jouw vibrator op afstand bedienen, waar hij (je partner, dus) zich ook bevindt en waar hij (je We-Vibe) zich ook bevindt. Het lijkt me nog best een ingewikkelde toestand, maar misschien is het het proberen waard.

Ik moet zeggen dat dit een aardig neveneffect is van dit dagboek. Nooit eerder benaderde ik mijn seksleven zo serieus, bijna wetenschappelijk. Je moet je voorstellen dat ik nu op de bank zit, omringd door apparaten die ik vanmiddag allemaal aan de lader heb gelegd. De bijbehorende app heb ik zojuist gedownload. Eens kijken of het allemaal werkt.

De techniek staat voor niets. Ik heb de We-Vibe aan mijn mobiel gekoppeld. Op mijn app kan ik zien dat de batterij vol is, ik kan hem aan- en uitzetten, de standen regelen, zelfs mijn eigen voorkeurvibraties instellen en opslaan. Ook kan ik hem met mijn minnaar verbinden, lees ik. Schattig, dat ze het woord minnaar gebruiken. Dat klinkt alweer een stukje geiler dan partner. Mijn minnaar heeft avonddienst.

Met de app stuur ik Bart een standaarduitnodiging via whatsapp.

'Laten we contact maken! Dankzij We-Vibe kunnen we samen vibreren, waar we ook zijn. Klik op de link hieronder om te verbinden – Ik ben klaar voor je.'

Bart reageert vlot.

B: Oehhhh. Ik kom zo naar huis.

H: Hahaha. Je kunt hem vanaf je werk bedienen.

B: Moet hem eerst koppelen.

H: Aha.

Prompt stuurt Bart mij dezelfde uitnodiging. Blijkbaar heeft hij de app gedownload.

B: Doet-ie het?

Ik probeer de uitnodiging te accepteren, maar de app geeft een foutmelding. Ik stuur Bart een screenshot.

'Helaas, er is iets misgegaan. Probeer het nog eens.'

H: Misschien moet jij bij het apparaat zijn ook? Eerst?

B: Je minnaar is niet online.

H: Huh? Vreemd.

B: Begin alvast.

H: Thuis maar ff proberen.

B: Laten we gwn gaan neuken.

H: Ja, ik ga zo naar bed. Neuken kan altijd.

B: Uhuhhhh.

In bed lees ik verder in het boek dat op mijn nachtkastje ligt. De We-Vibe laat ik even voor wat hij is. Als Bart thuiskomt, is hij duidelijk opgewonden geraakt door het hele gebeuren. Hij loopt onze slaapkamer binnen, laat vrijwel direct zijn broek zakken, waarna zijn harde naar voren springt die hij zonder al te veel omhaal in mijn mond duwt, nadat hij mijn hoofd naar zich toe heeft getrokken. Het boek dat ik lees gaat over een man wiens alcoholverslaafde broer euthanasie laat plegen op eenenveertigjarige leeftijd, dus ik kan wel een verzetje gebruiken. Bart merkt op dat hij had verwacht dat ik met de nieuwe aanwinst bezig zou zijn. Ik stop met zuigen en zeg dat ik op hem heb gewacht.

'We hebben wodka nodig,' vindt Bart. Even later komt hij terug met de fles en twee glaasjes. We gaan naast elkaar liggen en na enig technisch gepiel lukt het hem om verbinding te maken met de We-Vibe. De app geeft me een waarschuwing: *je minnaar heeft de controle over je We-Vibe overgenomen.* Ik stop de U-vorm waar hij hoort en inderdaad, ik hoef niks te doen, Bart bepaalt het trillingsniveau. En niet alleen dat, hij bepaalt ook het ritme, de intensiteit, de variaties. Hij is druk bezig op zijn mobiel en ik voel het resultaat. Geil is het niet, het is eerder komisch, omdat Bart de app helemaal binnenstebuiten keert. Hij probeert alle voorgeprogrammeerde trillingsequenties uit en ik ben het proefkonijn. *He Masters, me Johnson.*

'Voel je dit? Wat vind je hiervan?' vraagt hij.

Ik weet het niet zo goed.

'Let goed op! Een twee, chachacha. Een twee, chachacha.'

Nu hij het zegt, inderdaad, ik voel korte stootjes.

'Dit is de chachacha,' zegt hij, bijna plechtig.

'Mijn vibrator heeft standje chachacha?'

'Jazeker.'

'Precies wat ik nodig had.'

'Is het lekker?'

'Matig.'

Bart probeert nog wat standjes. 'Dit is golf, dit is echo. Dit heet stuiteren. En dit is top.'

'Top is lekker,' zeg ik.

'Je bent wel consequent,' zegt Bart. 'Want daar reageerde je net ook het best op.'

Om me te pesten schakelt hij weer terug naar de chachacha, die ik meteen herken. Hij maakt dirigeergebaren. Ik schiet weer in de lach.

'Shit!' roept Bart. '*We-Vibe has gone rogue.*'

'Wat?'

'Hij luistert niet meer naar mijn commando's. De app is vastgelopen. Hij voert alleen nog de chachacha uit. Niks anders meer.'

'Dus de rest van nacht zit ik met een vibo in mijn vagina die de chachacha doet?'

Bart staart naar zijn scherm. 'Ben bang van wel.'

We resetten de handel en beginnen opnieuw.

Terwijl we bezig zijn – ik lig nog steeds op mijn rug en laat alle trillingen over me heen komen – ontdekken we nog een snufje. De app heeft een touchscreen waarop je met je vingers een vrije kür kunt doen. Tappen op het scherm, of strepen trekken, alles vertaalt zich in vibraties. Bart vindt het geweldig, hij begint steeds meer op een geflipte professor te lijken. Hij wil liever niet dat ik dit opschrijf, maar nadat hij met zijn eikel rondjes op het touchpad heeft gedraaid, begint hij het scherm van zijn telefoon te swaffelen: *'Take that, bitch!'* Het werkt, maar vooral op mijn lachspieren, de geilheid raakt steeds verder van huis.

We nemen nog wat wodka en ik pak Tango erbij, de krachtige minivibo. Misschien is mijn clit intussen een beetje murw, maar ook de aanpak van Tango kan me niet echt bekoren. Ik moet denken aan *Nymphomaniac Volume 1* van Lars von Trier waarin de jonge nymfomane na zich helemaal suf geneukt te hebben met een keur van mannen op zeker moment tijdens de seks met nummer zoveel wanhopig uitroept: *'I can't feel anything! I can't feel anything! I can't feel anything!'* Deze scène appelleert aan een angst die ook in mij huist. De angst niets meer te voelen. Niet alleen bij seks, maar bij alles. Ouder worden lijkt soms gepaard te gaan met een grotere mate van onverschilligheid. Emoties verliezen hun heftigheid. Het komt minder vaak voor dat ik Heel Erg Boos ben, Heel Erg Blij of Heel Erg Verdrietig. En als het dan wel een keer gebeurt, denk ik: o ja, zo was het. De slappe lach, heerlijk, maar ik heb hem nog maar zelden.

Een vriendin van me zei: 'Vroeger kon ik zo geil zijn dat ik niet wist waar ik het zoeken moest. Ik vloog tegen de muren op.

Tegenwoordig heb ik het libido van een dooie vis.' Ik hoop dat mijn libido er nog een tijdje tegen kan. Een jonge vriend helpt wat dat betreft enorm.

Ik leg alle apparaten weg. We besluiten gewoon, heel ouderwets, te neuken. Recht op en neer, de missionarishouding. Dit is niet het favoriete standje van Bart, maar wel van mij. Indirecte druk op mijn clit dankzij zijn schaambot. Ik kan zelf meebewegen, wat ook prettig is. Ik houd zijn billen vast, trek hem dichter naar me toe. En het werkt. Na een paar minuten volgt de climax. Bart draait me om voor zijn favoriete standje, van achterlangs. Hij neukt me tot hij klaarkomt. Moet niet vergeten al die spullen van mijn nachtkastje te halen voor de werkster komt, denk ik nog, voor we wegdoezelen.

WOENSDAG 5 JULI

Als ik iemand over dit dagboek vertel, volgt steevast de vraag: 'En wat vindt Bart ervan?' Het is een legitieme vraag, die wellicht ook door jouw hoofd is geschoten. Het leek me een goed idee om Bart zelf antwoord te laten geven, dus heb ik hem gevraagd een 'middenwoord' te schrijven, weer eens wat anders dan een voorwoord of een nawoord. Kan jij hopelijk gerustgesteld doorlezen naar het einde.

MIDDENWOORD DOOR BART

Na de foto-expositie *Selfmade* dacht ik dat Heleen het wel weer even rustig aan zou doen. Dat vond ik geen verkeerd idee, aangezien ik daar best moeite mee had destijds. We waren nog niet heel lang samen, maar onze relatie was stabiel. Mijn familie was eindelijk wat bekomen van alle schokkende verhalen in de media en ik werd toch zeker al een halfjaar geen 'toyboy' meer genoemd. Heerlijk rustig, ik vond het prima.

Al snel na het succes van de expositie stelde Heleen voor dat ze een nieuwe tentoonstelling wilde gaan maken, en wel met naaktfoto's van mij. Dat daar wat seksfoto's bij zouden kunnen komen moest ik maar voor lief nemen. 'Niet zo zeuren,' zei ze. 'Je went er wel aan.'

Je kunt je misschien voorstellen dat dit een aantal vette ruzies opleverde. Het leek me vreselijk. Dit was voor mij een grens die niet overschreden kon worden, dus het ging niet gebeuren. Niet. Nooit. Klaar.

Anderhalf jaar geleden begon Heleen voorzichtig te fantaseren over het bijhouden van een seksdagboek. Mijn reactie daarop was hetzelfde als de voorgaande: *'Ain't gonna happen!'*

De voornaamste reden dat ik het niet wilde was een gevoel van schaamte. Wat zullen mijn vrienden ervan denken, mijn broer en zus, mijn ouders? Iedereen die dat gaat lezen, alle details, al onze avonturen. Zoiets kan ik toch niet maken tegenover de mensen die dicht bij me staan, ze zullen zich doodschamen.

Ik reageerde opnieuw fel en verontwaardigd, maar als Heleen iets in haar hoofd heeft, moet en zal het gebeuren. Ze probeerde me ervan te overtuigen dat het 'echt heel leuk en tof' kon worden, dat ik het gewoon een kans moest geven en haar moest vertrouwen.

We zijn allebei nogal eigengereid, kun je wel zeggen.

'Donder op met je dagboek!' riep ik.

Heleen had het laatste woord: 'Ik ga gewoon beginnen met schrijven, je hebt pech.'

We wonen en leven samen, dus om elke dag gezeik te hebben over een of ander dagboek is best zonde. Ze mocht het opschrijven op één voorwaarde: als IK er maar geen last van zou hebben.

Dat deed ik bewust. Je moet weten, en waarschijnlijk heb je dat inmiddels al aardig door: wij hebben een fantastisch seksleven. Ik ben dertig, zij is tweeënvijftig en het is helemaal top! Ik wilde niet dat het bijhouden van een dagboek ervoor ging zorgen dat onze seks en de beleving ervan zou gaan veranderen. Dat klinkt misschien een beetje gek, maar onze seks is me heilig en ik ben erg gesteld op mijn ontspanning.

Daarnaast ben ik best zelfverzekerd, dus had ik geen angst dat het saai zou worden. Ik wilde dat het zuiver zou blijven, dat we ons allebei zouden gedragen zoals we altijd doen. Geen pornosterrengedrag omdat er iemand meeleest, het is wat het is – logisch toch?

Ik ging ervan uit dat Heleen het daarmee eens was en dat ze niet alleen maar de beste seksmomenten zou opschrijven.

Dat ging in eerste instantie prima, totdat Heleen na elke neukpartij als een bezetene naar haar telefoon of laptop greep om alles van zojuist te noteren. 'Toch een beetje een *boner killer*, schat,' probeerde ik vaak nog – maar dat kwam niet aan, want ze zat alweer in de schrijfmodus.

Het lukte me ongeveer twee maanden om me stoïcijns en ongeïnteresseerd te houden. De nieuwsgierigheid begon de overhand te krijgen en Heleen stond op haar beurt te popelen om me te laten lezen wat ze allemaal al had vastgelegd.

Ze stuurde me kleine stukjes door, vaak via whatsapp, zodat ik tijdens mijn werk alsnog de porno van de avonden ervoor zat terug te lezen. Best cool hoe wij seks hebben, ik begon er vertrouwen in te krijgen dat dit eigenlijk wel een gaaf project kon worden.

Doordat Heleen altijd erg open en oprecht is, leert (lees: dwingt) ze mij dat ook te zijn. En door dit, toch wel een-kleinbeetje-exhibitionistische proces, begon mijn schaamte te verdwijnen en ontstond er een gevoel van trots. Toen op een feestje de uitgever van Heleen, Oscar, me een beuk op mijn schouder gaf en riep: 'Hé gast, je bent jong en gezond, waar maak je je nou helemaal druk om?' viel het kwartje.

Ik geniet toch van seks? Ik vind mezelf een goeie minnaar en daar ben ik trots op. En Heleen gaat me vast niet neerzetten als een of andere nerd die er niks van bakt, dus hoe erg kan het nou écht zijn? Waarom zou ik me er zo druk om maken? Het leven is een groot feest.

Als je over een bepaalde schaamte heen kunt stappen, omdat je die gewoon niet meer voelt, geeft dat een gevoel van opluchting. Ik realiseerde me dat de schaamte en de aversie tegen het seksdagboek van Heleen vooral te maken hadden met anderen. Ik maakte me druk om wat anderen ervan zouden vinden, maar wat boeit dat? Het gaat om seks, *for fuck's sake*! Iedereen heeft seks, we zouden er allemaal niet geweest zijn als alle generaties voor ons geen seks hadden gehad. Mensen zijn hypocriet als het om seks gaat en dat is zonde. Als Heleen nou zou opschrijven hoe we oude vrouwtjes beroven, kinderen ontvoeren of plofkraken zetten, dan is dat iets waar je verontwaardigd over mag zijn. Maar we zijn geen criminelen, we houden van elkaar en hebben gewoon een heel leuk leven samen. Met heel veel goede seks, ja, dat toevallig ook.

Een halfjaar geleden begon Heleen voorzichtig in interviews te vertellen dat ze met een seksdagboek bezig was. Mensen reageerden wisselend, vooral in mijn omgeving. Of nee, eigenlijk reageerde iedereen geschokt. Een goede vriend zei: 'Wat vind je er nou van dat straks je hele seksleven op straat ligt? Als ik jou was, zou ik dat never nooit doen.' Mijn reactie: 'Gelukkig ben jij mij niet. Jij hoeft het alleen maar te lezen.' Ik zette mijn opmerking kracht bij met een vette knipoog.

Iemand anders probeerde me te waarschuwen: 'Bartje, je weet dat dit wel heel veel media-aandacht gaat krijgen, hè? Dan gaat iedereen het hebben over jullie seksleven.' Mijn reactie: 'Ik hoop dat ze er wat van opsteken.' Heerlijk hoe trots alles overwint.

Als ik lees wat Heleen tot nu toe heeft geschreven, ben ik blij met hoe het is geworden. Ik hoop dat jij, beste onbekende lezer, het daarmee eens bent. En mocht dat niet zo zijn, maakt me dat eerlijk gezegd geen moer uit. Want door dit project ben ik veranderd. Mijn mening is bijgesteld, mijn kijk op het leven is breder geworden, ik ben volwassener geworden, heb mijn vriendin beter leren kennen en ik heb mezelf een beetje beter leren kennen. Waar dit plan eerst een strijd opleverde tussen Heleen en mij, zijn we nu nog meer een team. Dat ging eigenlijk automatisch, in korte tijd kun je een hoop wijzer worden. Daarnaast ben ik mezelf ook tegengekomen, ook al was ik niet de auteur. Zie het als een onderzoek naar jezelf, voor een hele grote spiegel via de ogen van je partner.

Doordat Heleen zo eerlijk en openhartig is, krijg ik niet alleen een heel duidelijke analyse van ons seksleven en mijn rol als minnaar, maar ook van de manier waarop we communiceren, hoe enorm belangrijk humor is in onze relatie en hoeveel wij op elkaar lijken. Dat we elkaar kunnen afblaffen, ruzie kunnen maken en dat dat goed is voor onze relatie. Dat onderzoek is een beetje eng, vooral omdat iemand anders het heeft opgeschreven. Maar het geeft meer diepte aan onze relatie, het maakt me ervan bewust dat het een bijzondere relatie is.

Een vrouw van tweeënvijftig met al een veelzijdig leven achter de rug en een man van dertig die de wereld nog aan het ontdekken is. Het is niet de meest voor de hand liggende combinatie, maar we hebben het erg goed samen. Dat hoeft niet elke dag gezegd te worden, maar zo'n uitgebreid 'jaarverslag' doet me dat realiseren. Ik weet nu ook precies hoe Heleen denkt over seks, ónze seks. Hoe zij dat als vrouw beleeft, wat haar verwachtingen en fantasieën zijn en wat de verschillen zijn tussen die van haar en van mij. En daarnaast: hoe ze denkt over mij. Dat neemt een heel stuk schaamte en ongemak weg, waardoor we opener en eerlijker kunnen zijn in onze wensen en gevoelens. Ik moest daarvoor een flinke stap uit mijn comfortzone doen, want alleen zo kun je grenzen ontdekken en verleggen.

Hierdoor valt me ineens de hypocrisie over seks op en hoe angstvallig mensen ermee omgaan. Door deze ervaring en het uitbrengen van dit boek ben ik meer zelfverzekerd en juist minder kwetsbaar. Dat mensen mijn seksleven kunnen lezen vind ik niet meer zo schokkend of gênant, en ik zie er vooral de lol van in. Seks is lol.

Natuurlijk is er een verschil tussen 'gelekte' foto's, geheime sms'jes of je sekstape die ongewenst openbaar wordt gemaakt en dit seksdagboek. Dan spreekt iedereen er schande van en voelt een plaatsvervangende schaamte; bij dit boek voel ik dat absoluut niet. Dit boek is bewust geschreven, vrijwillig en met instemming van mij. De beschreven seks ligt al mijlenver achter ons, terwijl dit voor jou als lezer allemaal nieuw is. Ik ben de helft alweer vergeten, gelukkig kan ik alles hier in geuren en kleuren teruglezen. Dat is voor jou misschien wat veel en overweldigend, maar ik denk dat het snel went en je een heel normaal, gezond seksleven ziet. Niks om je voor te schamen dus, het is de normaalste zaak van de wereld. Dat zou ik enige tijd geleden niet zo snel hebben gezegd.

Ik kan het je dus aanraden om eens een jaartje je seksleven te 'monitoren'; dat is goed voor je relatie, je zelfbeeld en je seks. Of beter: laat je partner het doen, scheelt je enorm veel tijd!

***

NACHT VAN VRIJDAG 7 OP ZATERDAG 8 JULI

Het is warm. Ik lig op mijn zij in bed. Helemaal naakt. Slaap al half. Meestal gaan we tegelijk naar bed, maar ik was moe en Bart keek nog een serie. Bart kruipt tegen mijn rug aan. Ook naakt en met een stijve, die hij naar binnen probeert te wurmen. Dat lukt, maar hij glijdt er ook weer uit. Bart doet nog een poging en nog eentje tot hij er echt goed in zit. Hij maakt wat neukbewegingen, ik registreer het, maar reageer niet. Hij geeft het op en vertelt de volgende dag dat hij zelf ook te moe was om er echt werk van te maken.

ZONDAGOCHTEND 9 JULI

Bart trekt me mee de badkamer in. Hij wil samen douchen. We krijgen vandaag gasten, het is mooi weer, er staat een BBQ op de planning. Er moeten nog boodschappen worden gedaan, het gras moet gemaaid, het terras geveegd, ik moet mijn beroemde knoflooksaus maken, kortom: seks staat niet hoog op mijn prioriteitenlijst, maar een vluggertje kan natuurlijk altijd. Eenmaal onder de douche zet Bart mijn handen tegen de glaswand, kust me in mijn nek en penetreert me van achterlangs. We neuken. Hij tilt mijn rechterbeen op om er nog beter bij te kunnen, masseert mijn clit met zijn andere hand. Na een paar minuten heb ik er genoeg van.

'Zullen we dit vanavond voortzetten?' vraagt Bart.

'Prima plan,' antwoord ik. 'Maar drink dan niet te veel, anders komt er niks van terecht.' Profetische woorden, zo blijkt, want vlak voor de BBQ maken we ruzie, omdat Bart de Tour de France wil zien terwijl ik met de gasten in de tuin zit. Tijdens de BBQ drinkt Bart zeker zes biertjes en een fles wijn. Eenmaal in bed valt hij als een blok in slaap.

VRIJDAG 14 JULI

Bart heeft een vrije dag en wordt wakker met een stijve. Hij is hitsig. Ik heb een beetje hoofdpijn, loop naar de badkamer en neem twee paracetamols. Weer terug in bed pijp ik hem kort, waar hij heel blij van wordt. Dan klim ik op hem en laat me over zijn erectie zakken. Bart duwt mijn armen naar achteren, zodat mijn borsten naar voren komen. 'Je zou jezelf eens moeten zien,' zegt hij bewonderend.

Na een paar minuten wisselen we van positie, ik op mijn rug, Bart rechtop voor me, mijn benen omhoog, mijn voeten tegen zijn borst. Ik vinger mezelf een beetje en houd met mijn andere hand de bovenkant van zijn lul vast terwijl hij in me op en neer beweegt. Ik geniet nu op mijn beurt van de aanblik van zijn blote lijf boven me. Hij staat op het punt om te komen, maar wil niet in me spuiten. 'Trek het uit me,' commandeert hij. Zijn harde bevindt zich niet langer in me, maar boven mijn buik. Ik trek. 'Even stoppen,' gebaart hij. 'En nu door!' Het werkt. Eerst een klein golfje, daarna spuit hij tot aan mijn nek. Het is en blijft indrukwekkend. Prachtig. De paracetamol begint te werken. Ik ben geil geworden, pak de Tango erbij, het kleine trilding. Bart kijkt toe. De honden slaan aan en even later gaat de bel. Een pakketbezorger, vermoed ik. Bart schiet wat kleren aan en rent de trap af. Ik laat de Tango waar hij is en even flitst er een minifantasie door mijn hoofd. Dat Bart de pakketbezorger uitnodigt om een kijkje te nemen in onze slaapkamer en hem vraagt of hij wellicht een handje kan helpen. Ho! Stop! Ik schud mijn hoofd en wis de fantasie, ik ken de bezorger, hij staat geregeld voor onze deur, het zou een rare toestand zijn.

Bart komt boven met het pakket. We maken het niet open. Hij trekt zijn kleren uit, vlijdt zich naast me op zijn zij en vingert me vaginaal terwijl het trildingetje op mijn clit zit. Hij wordt weer hard, een aangename verrassing. Bart gaat op me liggen en neukt me tot ik klaarkom.

MAANDAG 17 JULI

We kunnen uitslapen, want Bart heeft avonddienst, maar ik ben vroeg wakker en ga even naar beneden om de honden eten te geven. Als ik weer boven kom, is Bart wakker. Ik trek mijn kleren uit, mijn onderbroek ook, kruip bij hem in bed, ga lepeltje-lepeltje liggen en duw mijn billen tegen zijn geslacht.

'Doe je dit wel vaker?' vraagt Bart. 'Ik vind het niet erg hoor, maar we kennen elkaar net.' We spelen dit spelletje wel vaker, alsof we elkaar net ontmoet hebben en in bed zijn beland. Maar we houden het nooit lang vol. Toch is het opwindend, om op gang te komen.

Bart wordt hard. Ik ben nat. Hij penetreert me en dat was precies mijn bedoeling. Een paar minuutjes neukt hij me terwijl we beiden zijwaarts liggen. Dan komt hij overeind, legt me op mijn buik en neukt me zo. Ik duw op zeker moment mijn billen omhoog zodat hij er nog beter bij kan, wetende dat hij dan snel zal komen.

'Ik wil dat je me volspuit,' zeg ik. 'Kan je dat?'

'Ja, dat kan ik. Mag het?'

'Het moet. Je moet me volspuiten.'

Na deze aansporing duurt het niet lang meer.

'Prima begin van de week,' constateer ik na afloop tevreden.

ZATERDAG 22 JULI

Vanavond vertrek ik naar Moskou voor een tv-klus, vanuit Rusland vlieg ik door naar Porto. Donderdag weer terug. Gisteravond waren we allebei te moe voor seks. De post had een pakket van Sandy gebracht, weer een nieuwe seksgadget, Zumio genaamd. Zumio heeft wat weg van een elektrische tandenborstel. Maar met in plaats van een borstelstuk, een soort stengel erop. Een dunne, harde stengel die eindigt in wat de stamper van een bloem lijkt. Hij is bedoeld om de clitoris en de omgeving daarvan te stimuleren. Niet om ergens in te stoppen. Ik heb hem gisteravond aan de lader gelegd.

Het is nu ochtend, we moeten straks nog weg, als we willen seksen voor mijn vertrek dan is dit het moment. Ik ga plassen, stap terug in bed, Bart trekt me tegen zich aan. We zijn allebei naakt, op onze onderbroek na. Hij legt me op mijn buik, schuift mijn broekje opzij en penetreert me. Even later legt hij me op mijn rug. Ik vertel hem over het nieuwe apparaat en pak het erbij. Bart vindt het een raar ding. Hij neukt me terwijl ik het gebiedje rond mijn clit bewerk met het trillende gevalletje. Het doet niet heel veel voor me.

'Ik weet niet of het wat is,' zeg ik tegen Bart. Ik graai naar mijn nachtkastje en pak de Womanizer. 'Hoop niet dat deze leeg is.'

'Ik ben die apparaten een beetje zat,' zegt Bart. 'Komt er weer zo'n grasmaaier voorbij. Ik wil gewoon mijn vrouw neuken.'

Ik leg het ding weg.

We kijken elkaar aan terwijl we het doen. Dan trekt Bart mijn benen over de rand van het bed en gaat aan de zijkant van het bed staan. Hij schuift zijn handen onder mijn billen, trekt me naar zich toe en penetreert me.

Ik wil klaarkomen zonder moeite en pak de Womanizer er toch weer even bij. Hij is nog niet leeg en zuigt op volle toeren. Ik laat het over me heen komen en kreun hard. Bart blijft me doorneuken. Als ik uitgesidderd ben, trek hij zijn geslacht uit me, trekt zich af en spuit luttele seconden later over me heen. We douchen samen.

MAANDAG 24 JULI

Vandaag vier ik de verjaardag van mijn nieuwe borsten. Ze zijn twee jaar geworden. Ik heb ze gekocht toen ik vijftig werd. Nu of nooit, dacht ik. Wat God niet geeft, moet je zelf pakken. Voordat ik onder het mes ging, heb ik jarenlang getwijfeld. Immers: waarom zou je snijden in een gezond lichaam? Waarom siliconen in je lijf stoppen? Waarom het risico lopen op ongewenste complicaties? Waarom kan je niet tevreden zijn met wat je hebt: een kleine, ietwat verlepte B-cup?

De uiteindelijke beslissing tot de aankoop viel in een paskamer in een G-star-outletstore met uiteraard superslecht licht, waar ik een spijkerbroek stond te passen. Ik had geen beha aan, zag de restanten van mijn ooit zo volle borsten en dacht: fuck it, ik ben er klaar mee. Ik word vijftig, ik wil helemaal geen nieuwe spijkerbroek, ik wil nieuwe tieten.

Mijn grootste angst was dat ik ze niet mooi zou vinden. Dat ik spijt zou krijgen en mijn kleine borsten terug zou willen, maar dat zou dan natuurlijk niet meer kunnen, want dan was mijn vel al helemaal opgerekt.

'Komt het vaak voor dat vrouwen ze er weer uit laten halen?' vraag ik aan de chirurg tijdens mijn eerste consult.

Hij kijkt me verbaasd aan en schudt zijn hoofd.

'Ik kan me geen geval herinneren. Of wacht, ja, eentje. Die vrouw kreeg een nieuwe vriend die nogal alternatief was en fel gekant tegen siliconen. Zij werd daar angstig van en wilde opnieuw geopereerd worden om ze te verwijderen.' Hij pauzeert even en slaakt een weemoedige zucht. 'Ik vond het jammer, want ze waren erg mooi geworden.'

'Dus de meeste vrouwen zijn er blij mee?'

'Jazeker.'

'En ze hebben geen spijt?'

'Als ze spijt hebben, is het omdat ze achteraf toch een grotere cup hadden gewild. De meeste vrouwen die hier op consult komen, zijn bescheiden. Ze zeggen: doe mij maar één cupje meer. Ze willen dat het niet te veel opvalt en zijn bang dat ze enorme ballonnen krijgen. Maar als ze dat cupje meer eenmaal hebben, went die nieuwe grootte heel snel. En als ze iets straks aanhebben, is het net zoals het was voor de operatie, toen ze elke dag push-upbeha's droegen. Dus zien ze weinig verschil. En dan realiseren ze zich dat ze eigenlijk toch graag grotere borsten hadden willen hebben.'

Ik knoop dit verhaal goed in mijn oren. Bij het tweede consult neem ik Bart mee. Bart is een billenman. Soms kan ik me niet aan de indruk onttrekken dat mannen zeggen dat ze billenmannen zijn, omdat hun vrouw kleine borsten heeft en vice versa. Ik weet niet wat mannen zeggen als ze een volledig platte vrouw hebben. Waarschijnlijk: ik ben een vrouwenman.

De chirurg legt een aantal voorbeeldborstprotheses op zijn bureau. Bart mag eraan voelen. Hij vindt het een wonderlijke gewaarwording. Ik krijg een pasbeha om de protheses erin te stoppen, zodat Bart het resultaat kan zien. Dat heb ik bij het eerste consult ook al gedaan. En inderdaad, met een T-shirt eroverheen lijkt het net alsof ik mijn eigen voorgevormde push-upbeha aan heb. Je ziet weinig verschil. Ik probeer een grotere prothese. En nog een grotere. Mijn voorgevel wordt bij elke pasbeurt een stukje indrukwekkender.

'Zo, nu heb ik echt flinke borsten. Vind je ze niet te groot?' Ik kijk aarzelend naar Bart.

'Hoe kan je mij dat nou vragen?' antwoordt hij lachend. 'Ik ben een man!' Hij zegt nog net niet 'borstenman'.

'Laat me je nog even opmeten,' zegt de chirurg.

Ik trek het T-shirt en de pasbeha weer uit, hij pakt een centimeterlint en meet de breedte en hoogte van mijn borsten en de afstand tussen mijn tepels.

'Er is ruimte genoeg,' stelt hij vast. 'Je hebt brede borsten. Je kunt een hoop kwijt, je hoeft je niet in te houden. Je rechterborst is iets kleiner dan de linker, dat kan ik corrigeren door er vijfentwintig cc meer in te doen. Ik plaats ze *dual plane*, dat betekent deels achter de borstspier, zodat je geen lelijke randen aan de bovenkant ziet en de protheses een beschermend laagje krijgen, waardoor je minder kans hebt op kapselvorming. Ik zet de sneetjes iets lager, zodat de protheses lager vallen en je tepels optisch hoger lijken te zitten.'

Bart en ik luisteren ademloos. Dit is geen chirurg, dit is een tovenaar.

'Maar welke grootte moet ik kiezen? Ik vind het heel moeilijk.'

'Als je de prothese kiest die ik optimaal vind, oftewel de grootste die je net hebt gepast, kom je uit op C of D.'

OMG, een D-cup. Die had ik toen ik zwanger was. Toen waren mijn borsten enorm. Het idee dat ik deze borsten zou kunnen terugkrijgen, duizelt me.

'Je hoeft nu nog niets te beslissen,' zegt de chirurg. 'Denk er maar rustig over na. En wil je me wat foto's sturen van toen je nog jong was? Dat is voor mij erg handig. Dan kan ik zien hoe je borsten er vroeger uitzagen, voordat je kinderen kreeg.'

Weer thuis duik ik in mijn fotoalbums. Gelukkig was topless zonnen in de jaren tachtig heel gewoon, ik vind een aantal vakantiekiekjes waar mijn jonge, volle borsten glorieus op staan. Dat waren nog eens tijden. Ik denk aan het verhaal van een vriendin, die naar Hunkemöller ging voor een nieuwe beha, nadat haar tweede en laatste kind van de borstvoeding af was. In de paskamer staarden twee treurige theezakjes haar aan. Ze was letterlijk leeggezogen en barstte ter plekke in huilen uit.

'Het voelt als een verlies,' vertelde ze. 'Ik ben achtendertig. Ik zal me nooit laten opereren, dat is niks voor mij en ook niet voor mijn man. Dus hiermee moet ik het de rest van mijn leven doen.'

Ik begreep precies wat ze bedoelde. Mijn borsten werden in de loop der jaren steeds leger, zeker toen ik meer ging sporten en slanker werd. Droeg ik een push-upbeha dan leek het nog wat, maar zodra ik die uittrok, kwamen twee toch wat slappe flapjes tevoorschijn. Dat ik er bloot mee in *Playboy* heb durven staan, vind ik nog steeds heldhaftig.

Tijdens het kennismakingsgesprek met hoofdredacteur Jan Heemskerk trok ik mijn truitje omhoog en zei: 'Dit is alles wat ik heb. Weet je zeker dat je mij wilt?' Hij zei dat het niet uitmaakte. Omdat ik een BN'er en geen Playmate ben, was mijn cupmaat minder interessant. Jan leerde me een truc die fotomodellen toepassen om ze iets groter en pronter te laten lijken: je plaatst je handen plat boven je borsten en trekt ze intussen stiekem omhoog. Schijnt wonderen te doen voor het beeld. Gegarandeerd een tepellift van een centimeter of vijf. Of je houdt je handen eronder en duwt ze omhoog om een indrukwekkend decolleté te creëren, maar dat trucje kennen we allemaal.

Na lang wikken en wegen besluit ik het advies van de chirurg op te volgen. Als ik het toch doe, dan maar meteen goed. Ik herinner me Noah, mijn ex-gigolo, met zijn bejaarde klant Mrs. Potato Head en haar mooie borsten. Die anekdote is me altijd bijgebleven. Dankzij dat pluspunt kon hij het op haar doen. Blijkbaar geven goede tieten je een streepje voor op de rest van de grijze meute. Geen gek idee om daar nu vast in te investeren. Rechts zal een Mentor Rond Cohesive 2 HP 375 cc worden geplaatst en links 350 cc. Ronde protheses passen volgens de chirurg beter bij mij dan anatomische ofwel druppelvormige. 'Het volumeverlies zit bij jou juist aan de bovenkant. Als je anatomische protheses neemt, blijft de bovenkant plat. Dat wil je niet.'

Om een idee te krijgen wat erin zou gaan, vul ik thuis de maatbeker met 375 milliliter water: indrukwekkend. De operatiedatum en -tijd zijn vastgesteld: 24 juli om acht uur 's ochtends. Ik bezoek een fysiotherapeut die me oefeningen geeft om de borstspieren vast op te rekken. Zowel voor als na de ingreep moet ik ermee aan de slag. Dit zal helpen om sneller te herstellen, belooft ze.

Vanaf dat moment leef ik naar De Datum toe. Op internet zit ik eindeloos te staren naar voor- en nafoto's van borstvergrotingen. Ik beland op het Borstenforum en maak een profiel aan. Op het forum ontmoet ik lotgenoten die, net als ik, aan het aftellen zijn of hun operatie al achter de rug hebben. Er gaat een wereld voor me open.

'Ik lig op mijn bedje te wachten tot ik boobies krijg, ben echt zo nerveus.'

'Komt allemaal goed, straks word je wakker met prachtige boobies, succes!'

Ze plaatsen foto's zonder hoofd, doen uitgebreid uit de doeken wat ze voor en na de operatie hebben meegemaakt. Positieve of juist negatieve ervaringen bij klinieken en artsen worden gedeeld. Je kunt een *topic* openen en daarover praten met de andere vrouwen. Een lukrake greep uit de onderwerpen: slaaptechnieken, passen met rijst (ja, ik was veel te simpel met mijn maatbeker, je kan ook rijst koken en afgieten en dat in een zakje doen om je toekomstige implantaten na te bootsen), lekkende implantaten, veel ruimte tussen de borsten, van triest naar jippie, wel of geen beha dragen 's nachts, waarmee littekens in te smeren en hoe mijn plastisch chirurg bedanken?

Vooral de foto's fascineren me. Vlak na de operatie zien de meeste borsten er opgeblazen uit, maar de nieuwe eigenaar is er doorgaans dolblij mee en de andere leden van het forum delen naar hartenlust complimentjes uit. Ze hebben schermnamen als Boobs85, BoobieBoob, HoneyBoobs, PrettyBoobs, Mammavan3, Vlinder08, TweeTheezakjes en spreken elkaar bij voorkeur aan met 'meid' of 'meis'. Hun borsten heten steevast 'boobies'. Sommige hebben zo'n teller van de Ticker Factory bij hun profiel, zoals zwangere vrouwen ook wel hebben als ze online over hun zwangerschap praten. Bij hen staat dan: *four months, two weeks, three days pregnant*. Bij de borstendames heet het: *one year, two months and fifteen days since new boobs*.

De vrouwen die op elkaars borsten reageren, zijn doorgaans zeer solidair, slechts zelden is het commentaar negatief.

'Ze zien er prachtig uit, meid. Ze moeten natuurlijk nog een beetje indalen, maar ik kan al zien dat het mooi wordt.'

'Heel natuurlijk, meis, en vooral met jouw figuurtje erbij, geweldig hoor.'

'Mooie boobs!'

'Gefeliciteerd met je tweeling! Prachtig.'

'Netjes meid, maar je tepels wijzen nog steeds omlaag. Wilde je niet gelijk een lift?'

Ik zeg weinig op het forum maar lees me grondig in. Sommige vrouwen zijn echt pechvogels, bij hen gaat alles mis. Een forumlid belandt op de EHBO omdat een van haar littekens zwaar ontstoken is. De dienstdoende arts zegt dat hij de prothese door de wond heen kan zien. Ze denkt dat hij een grapje maakt, maar dat is niet zo. Het implantaat moet eruit en snel ook. Ze kan wel janken en de andere forumbezoekers huilen met haar mee.

'Wat een narigheid, meis! Hoop dat het gauw beter met je gaat. Veel sterkte!'

'Het komt echt goed. Straks heb je twee mooie boobies en dan ben je dit alles vergeten! Hou je taai.'

Sommige vrouwen zijn geobsedeerd door groot, groter, grootst. Het gros van de plastisch chirurgen weigert hen te opereren, daarom gebruiken deze dames het forum om namen uit te wisselen van artsen die hen wel van enorme implantaten willen voorzien. Stel je een vrouwtje voor van 1 meter 65, 54 kilo, dat links en rechts voor 950 cc gaat. Ze memoreert opgewekt dat ze vlak voor de operatie twee slakommen zag klaarstaan, daar zaten haar protheses in. Er zijn vrouwen die dromen van 1500 cc of meer, tot aan 2000 cc aan toe.

Op een of andere manier dwingt het respect bij me af. Dat je het wilt en dat je het aandurft, daar is moed voor nodig. Hoe groter je gaat, des te meer kans op complicaties. Je krijgt dan zo'n enorme bos hout voor de deur, dat vereist een hoop zorg en aandacht. Je moet de rest van je leven om je borsten heen bouwen, stel ik me zo voor.

In de vroege ochtend van 24 juli meld ik me geheel nuchter samen met Bart bij de kliniek. Ik heb om kwart voor zeven 's ochtends nog wat selfies gemaakt van mijn blote bijna ex-borsten. De narcotiseur arriveert tegelijk met ons, op een racefiets. Na eventjes in de wachtkamer te hebben gezeten, word ik gehaald om naar de zaal te gaan. Bart mag niet mee. Hij geeft me een kus: 'Tot straks. Bel maar als ik je kan halen.'

Even later zit ik in een operatiehemd op mijn bed in de zaal te wachten. Mijn plastisch chirurg komt binnen en begroet me. Ik ben blij hem te zien. Zo te ruiken heeft hij al een paar koppen koffie op. Hij heeft een zwarte viltstift in zijn hand. Mijn hemd mag naar beneden. Hij tekent stippellijnen op mijn borsten. Op de linkerborst schrijft hij +25.

Ik frons. 'Eh, volgens mij is mijn rechterborst de kleinste...'

'O ja, natuurlijk. Het is nog vroeg.' Hij streept de aantekening door en zet +25 op de andere borst.

Ik ben blij dat ik zo scherp ben, maar als ik even later op de operatietafel lig, wordt me nog een paar keer gevraagd waarvoor ik word geopereerd en of het klopt dat ik twee verschillende implantaten krijg. Check, dubbelcheck. De narcotiseur merkt op dat mijn bloeddruk aan de hoge kant is, hij wijt het aan de spanning. Ik mag aftellen en ga onder zeil.

Als ik bijkom, lig ik weer op zaal onder een laken met alleen mijn onderbroek aan. Ik ga rechtop zitten. Op mijn bovenlichaam kleven plakkers met draden die naar een monitor lopen. Op mijn hoofd voel ik een operatiemutsje. Ik kijk omlaag en werp een eerste blik op mijn nieuwe borsten. Mijn god, wat zijn ze groot. Tranen schieten in mijn ogen. Dit is geen droom. Ik heb het echt gedaan en heb het overleefd. Ze zijn enorm en gezwollen, maar ik vind ze meteen prachtig, zoals iedere moeder haar verkreukelde pasgeborene prachtig vindt. Ik had nooit verwacht dat het me zoveel zou doen, dat ik zo blij zou zijn. Ik maak een selfie en stuur deze naar Bart en nog een paar mensen die me achteraf vertellen dat ze zich helemaal kapotschrokken toen ze de foto openden. Zij zagen op dat moment een andere werkelijkheid dan ik, laten we het daarop houden.

Ik bel Bart, helemaal high, en vertel hem dat ze zo mooi zijn en dat hij me mag komen halen.

Bart zit thuis lekker rustig op de wc en is stomverbaasd dat ik bel.

'Schat, ik zie net je foto! Ben je nu al klaar?'

'Ja! Het is gebeurd. Kom me maar halen.'

'Ho, ho,' zegt een verpleegkundige die me hoort praten. 'Je moet zeker nog een uurtje blijven. Zeg dat maar tegen je vriend.'

Een uur later bel ik weer.

'Schat, het is gebeurd. Ze zijn zo mooi! Heb je ze al gezien? Je mag me komen halen.'

'Weet je het zeker?'

'Wat bedoel je?'

'Nou, je zei net ook al dat ik je moest halen.'

'Net?'

'Ja, toen je me belde.'

'Heb ik je gebeld?'

'Ja,' zegt hij met een lichte zucht. 'Maar je was hartstikke stoned. Je mocht nog niet weg. Vraag even of het nu wel mag.'

Het mag. Mijn borsten zijn inmiddels in een sportbeha gehesen. Daarboven zit nog een strakke, elastische band om de implantaten te fixeren.

Bart haalt me op en brengt me thuis. Hij moet naar zijn werk, ik ga in bed liggen. Mijn borsten voelen gezwollen en pijnlijk aan. Allemaal logisch. Ik zou er nu niet aan moeten denken dat iemand ze aanraakt of dat ik ergens tegenaan zou stoten. *Handle with care.*

Die middag wordt een van onze herdershonden ziek. Ze kan er niets aan doen, ze is duidelijk niet lekker, heeft diarree en laat het lopen in onze slaapkamer, vlak voor ons bed. Het stinkt ongelooflijk, er hangt een heel nare rotte lucht, het is geen normale diarree, ik kan het moeilijk negeren. Ik bel de dierenarts, die vraagt of ik een monstertje naar de praktijk kan brengen, dan kan hij de juiste medicijnen voorschrijven. De hond zelf hoef ik gelukkig niet mee te nemen. Kokhalzend schraap ik de diarree van de vloer en doe wat in een potje. Autorijden mag nog niet, dus ik loop naar de dierenartspraktijk. Onderweg heb ik het gevoel dat mijn borsten buitenaardse proporties hebben. Alsof ze voor me uit lopen: eerst mijn borsten, dan een tijdje niets en dan kom ik. Zou iedereen zien dat ik net een borstvergroting heb gehad? Vast wel.

Achter de balie van de praktijk staan twee jonge vrouwen, eentje heeft kleine, onopvallende borsten, de andere grote: NET ALS IK! Ineens dringt tot me door dat ik lid ben geworden van het bijzondere genootschap van vrouwen met grote borsten. Ik wil mijn medelid achter de balie bijna even aanstoten, als dat niet zeer zou doen, en haar een knipoog geven. Ik heb zelfs een beetje medelijden met het andere meisje, omdat zij niet bij ons genootschap hoort. Weer thuis geef ik onze hond haar pillen en kruip terug in bed.

De eerste dagen na de operatie verlopen volgens het boekje. Ik doe de oefeningen van de fysiotherapeut, draag dag en nacht een sportbeha met daarboven de elastische band. Mijn borsten zijn keihard en gevoelig, het doet me denken aan de tijd dat ik borstvoeding gaf en stuwing had, alleen komt er nu geen melk uit. Destijds ook bar weinig trouwens, maar dat is een ander verhaal. Ik ontwikkel een bijzondere methode om in bed te stappen, want dat is een pijnlijk momentje. Het is een soort halve koprol die voorkomt dat de zijkanten van mijn borsten het matras raken. Bart kijkt het geamuseerd aan en imiteert mijn acrobatische toeren: hij maakt tientallen koprollen door het bed voordat hij gaat liggen.

'Maak me nou niet aan het lachen, dat doet zeer, dan trekken mijn hechtingen.'

Na vijf dagen mag ik weer autorijden. Na twee weken mogen de hechtingen eruit. Ik maak geregeld foto's zonder hoofd en plaats die op het Borstenforum. Nu is het mijn beurt om de complimentjes in ontvangst te nemen. Veel respons krijg ik niet, waarschijnlijk omdat ik zelf te weinig heb gezegd de afgelopen tijd. Je moet vriendinnen maken op het forum en dat is me niet echt gelukt.

'10 dagen PO – Houd nog veel vocht vast,' schrijf ik bij een foto.

PO betekent postoperatief, ja, wij vrouwen op het forum spreken ons eigen jargon.

Boobgirll*: 'Al heel mooi! Ja, al dat vocht, hatelijk hè? Voelde me er dik door.'

BrownieX: 'Mooi al.'

Dat is alles. Ik had op meer gehoopt.

Als ik een foto plaats met een nieuwe beha met een kanten rand, krijg ik veel positieve comments. Nou ja, veel, een stuk of vier.

'Vier weken PO – Eindelijk! Een nieuwe beha. Geen pushup en toch volume.'

Lipgloss86: 'O wat een prachtige bh! Staat je geweldig.'

Boobgirll: 'Mooie beha, zeg. Ook mooie borsten.'

Zeemeermin: 'Werkelijk prachtig hoor.'

DoubleD: 'Heel mooie beha! Heb erover gedroomd, haha. Issie duur?'

Met Zeemeermin heb ik daarna een heus gesprekje. Ik kan aan haar Ticker zien dat ze haar ingreep nog niet heeft gehad.

'Succes met je operatie straks, je bent vast aan het aftellen,' schrijf ik onder haar comment.

'Ja, ik ben zeker aan het aftellen hihi! Nog drie nachten en dan heb ik, hopelijk, ga ik wel van uit, twee vriendinnen erbij hihi :-)'

'Vast en zeker! Het klinkt gek, maar ergens vind ik het jammer dat de grote dag zo snel voorbijging. Het was gebeurd voordat ik het wist. Weet vooral nog hoe superblij ik na afloop was. Ik was echt door het dolle! Nu, meer dan vier weken later, nog steeds.

Mijn vriend ook, lol. Twee prachtige borsten rijker. En ik mag ze houden, hiephoi!'

Tijdens onze chat schiet er gek genoeg een steek van jaloezie door me heen. Zeemeermin heeft het nog voor de boeg: zij gaat de feestdag nog meemaken, ze boft. Het moment dat ik ontwaakte met nieuwe borsten en de euforie die daarop volgde, staan in mijn geheugen gegrift. Er ging een diep gekoesterde wens in vervulling, een wens die groter was dan ik dacht.

De operatie is vandaag precies twee jaar geleden. Ik heb er geen seconde spijt van gehad. Beste aankoop ooit. En helemaal zelf betaald: 4.150 euro om precies te zijn. De ingreep en het ongemak vielen reuze mee, ik had geluk. Mijn borsten zijn misschien nep, maar ze voelen 'eigen' en allang niet meer enorm. Het overtollige vocht is eruit, ze zijn veel zachter geworden, dat duurde zeker een halfjaar. Ze staan minder recht vooruit, er is een natuurlijke hang in gekomen, zoals mijn chirurg het noemt. Van de gevreesde kapselvorming heb ik gelukkig geen last. Klop het af.

Is mijn seksleven veranderd? Ja en nee. Dat ik het de voorgaande jaren met kleine borsten moest doen, heeft me nooit gehinderd. Ik trok mijn beha ongegeneerd uit, sekste niet in het donker, was niet onzeker en voelde me honderd procent vrouw. Toch had ik graag meer gehad dan het restant van mijn ooit zo volle boezem. Geregeld speelde ik met de gedachte om er iets aan te doen, maar twijfels en angsten hielden me tegen.

Bart en ik hadden twee jaar een relatie toen ik het wel aandurfde. Het initiatief kwam van mij. Het was fijn dat hij me steunde en lol had in het project. Hij vond het niet per se nodig – 'Jij hoeft het niet van je tieten te hebben. Jij bent zo ook cool' –, maar wel heel spannend. En toen ze er eenmaal waren, was hij net zo in de wolken als ik. Hij noemt ze liefkozend mijn pornoballen. Hij kan er niet van afblijven. 'Hallo tieten!' is zijn nieuwe favoriete begroeting. Ik kon voor het eerst zijn harde lul tussen mijn borsten laten glijden, een memorabel moment. Mijn decolleté is prachtig en mijn beha uittrekken is een feest. Ik ben een reeks nieuwe zelfportretten aan het maken waarin mijn nieuwe aanwinsten een prominente rol spelen. Dat wordt *Selfmade II*.

Ik stond al bekend als een vrouw met ballen, maar sinds ik vijftig ben, heb ik ze echt. Het werd hoog tijd.

DONDERDAG 27 JULI

Het reisje naar Moskou, Lissabon en Porto duurde vijf dagen, maar door vier vliegreizen, een paar fikse vertragingen en alle nieuwe indrukken leek het veel langer. Ik kom thuis met het gevoel een halve wereldreis achter de rug te hebben en kan niet wachten om Bart te zien, maar hij is aan het werk en ik tref alleen onze schoonmaakster en de honden aan. Mijn avondmaaltijd bestaat uit spaghetti met een opgewarmd restje saus uit de vriezer. Bart arriveert pas na negen uur, veel later dan verwacht, ik kan mijn ongenoegen niet verbergen, we maken ruzie. Het is ongetwijfeld kinderachtig, maar dat er niet eens een briefje op het aanrecht lag, vind ik stom. Bart loopt geïrriteerd naar boven en gaat slapen. Ik kijk beneden een serie. Als ik een uurtje later naast hem in bed kruip, wil ik hem negeren maar dat houd ik niet lang vol. Hij ligt op zijn rug, ik klim op hem en begin hem te zoenen. We tongzoenen lang en onstuimig, ik neem me weer voor dat vaker te doen. Tongen mag echt niet uit ons seksarsenaal verdwijnen, dat zou eeuwig zonde zijn. Ik trek de boxer van Bart uit en leidt zijn erectie bij me naar binnen. Bart pakt mijn heupen beet en neukt me, ook al ligt hij onder, hij zet veel kracht. De aangename combinatie van goedmaakseks en inhaalseks zorgt ervoor dat ik snel in trance raak. Bart draait me om, zodat ik op mijn rug lig en neukt me tot ik klaarkom. Daarna zet hij me op handen en voeten, geeft me een pets op mijn billen, penetreert me van achteren en lost zijn lading luttele minuten later in me.

VRIJDAG 28 JULI

Er wordt een pakket voor Bart bezorgd. Het is van mijn uitgeverij.

> Hoi Bart, het seksdagboek dat Heleen maakt is hard werken, kunnen we ons voorstellen. Ook voor jou. Om te zorgen dat je standhoudt tot de publicatie willen we je graag een hart onder de riem steken met deze energybox. Hup Bart! Liefs, Team Lebowski.

In het pakket: een appel, Bolletje Goed Bezig-graanrepen, Dextro Energy, vitaminetabletten, kauwgom en glijmiddel. Bart kan er smakelijk om lachen.

ZONDAG 30 JULI

De ruzie van een paar dagen geleden was als een veenbrand, hij bleef sluimeren en laaide vrijdag weer op, toen Bart weer pas na elf uur 's avonds thuiskwam. Ik ging uit pure nijd op zolder slapen. 's Ochtends voor hij weer weg moest kwam hij kusjes geven, ik negeerde hem. Als zoiets achter de rug is, denk je: waar maakte ik me druk over, maar als je er middenin zit, kom je er maar moeilijk uit, zeker als je zo koppig bent als ik. Zaterdagnacht zelfde verhaal. Ik lag er al in, Bart laat thuis. Hij pakte me beet, maar ik gaf geen krimp. Als hij toenadering zocht, wat hij ook al per whatsapp had gedaan, vond ik dat alleen maar fijn omdat ik hem dan kon negeren. Zondag barstte de bom. Knallende herrie en geschreeuw. Verwijten over en weer. Het hielp. De impasse was doorbroken, we vonden elkaar terug en gingen samen naar een feest. Zondagnacht kropen we dicht tegen elkaar aan, Bart zo moe van de lange dagen dat hij geen pap kon zeggen. Toch had hij een harde. 'Die heeft zijn eigen systeem, dat loopt buiten mij om,' verklaarde hij. Ik draaide me om, mijn billen tegen hem aan en wurmde zijn geslacht in me. Bart bewoog amper. Hij was niet tot actie te bewegen. Ik vond het niet erg, in slaap vallen terwijl we in elkaar geklonken zaten leek me heerlijk. Dat gebeurde ook, we zakten langzaam weg, totdat het geblaf van een van onze honden ons deed opschrikken. De erectie van Bart was dusdanig geslonken dat hij uit me gleed.

MAANDAGOCHTEND 31 JULI

Bart heeft pijn in zijn rug en is nog steeds moe. Ik ben al beneden geweest om de honden eten te geven, laat mijn ochtendjas zakken, stap weer in bed, kruip tegen hem aan en snuif zijn geur op. 'Hé, een naakte vrouw in mijn bed,' zegt Bart zogenaamd verbaasd. 'Blijf je nog even? Je mag me pijpen, hoor. Of aftrekken.' Ik klim op hem. Eerst neuken, de oerdrang. Ik wil hem in me voelen. Bart heeft weinig energie. Ik klim van hem af en pijp hem, in combinatie met aftrekken. Het duurt even, maar ik zie zijn opwinding toenemen. Eigenlijk moet hij opstaan en weg en eigenlijk verwacht ik nog iemand aan de deur, maar ik ben nu goed op streek, the point of no return is nabij.

Mijn vaardige pijp- en handwerk worden onderbroken door het geblaf van onze honden en de deurbel.

'Ik wist het!' roep ik. 'Dat zal je altijd zien.' Snel schiet ik een joggingbroek aan.

‘Pak mijn trui maar,’ wijst Bart.

Ik wurm me in de trui. De bel gaat weer, de honden worden gek, ik ren de trap af, duw de honden weg, zodat ik kan opendoen.

Tegen de man bij de deur jok ik dat ik de zolder aan het opruimen was. En terwijl ik het zeg, besef ik dat dat de norm is. Je zegt niet: sorry dat het even duurde, ik was mijn man aan het pijpen. Zoiets is sociaal onwenselijk.

Ik handel mijn zaken met de man af en ga weer naar boven. Bart ligt nog steeds in bed. ‘Je moet toch weg? Zullen we dit later afmaken?’ vraag ik. Hij knikt.

ZONDAG 6 AUGUSTUS

Ik moet dit nog even dubbelchecken bij Bart, maar volgens mij is het er niet meer van gekomen. Die maandag niet, die hele week niet. Geen seks. Afgelopen weekeinde hebben we ons gestort op het aanschaffen van een barbecue en het uitzoeken van een nieuwe keuken. Zondagochtend klim ik op Bart en neuken we kort. Onder de douche zet zich dat nog even voort. Bart verzucht dat hij lange en uitgebreide seks wil, maar we moeten om 11 uur bij Ikea in Amersfoort zijn voor onze afspraak met de keukenplanservice, dus het zit er niet in. Ik stap uit de douche, Bart blijft er nog even onder. Vanavond dan, opper ik. Vindt hij een goed idee. Ik breng alvast een goedje in, dat ik af en toe gebruik, als ik eraan denk. Op recept gekregen. Estriol is een vaginale hormooncrème, het vult de hoeveelheid oestrogenen aan en helpt de boel soepel te houden. Bart weet niet dat ik dit gebruik, maar hij ziet me nu hannesen met de applicator en vraagt wat ik aan het doen ben. Hij veegt de stoom van de douchewand om me beter te kunnen zien.

‘O, dat is een spulletje…’ zeg ik vaag.

'Is het voor mij? Heb ik er wat aan?' vraagt hij.

Ik knik.

Hij steekt zijn duim omhoog. 'Meer hoef ik niet te weten.' Maar bedenkt zich dan: 'Je hebt toch geen infectie?'

'Nee, natuurlijk niet. Ik heb dit van de huisarts. Het is handig.'

De applicator is een langwerpige spuit van hard plastic, waarvan je alleen het laatste eindje vult met crème, waarna je hem diep in je vagina duwt. Daarna druk je de applicator dicht, zodat de crème eruit komt.

Die avond wijden we de barbecue in met een buurman, waarbij de drank rijkelijk vloeit. Bart steekt de vuurkorf aan en blijft eindeloos lang in de tuin hangen, ook als de buurman al naar huis is. Ik probeer hem mee naar binnen te tronen, maar hij geeft geen sjoege. Moe van alle opwinding over de aanstaande nieuwe keuken en van de lange avond, ruim ik de boel binnen op en ga naar bed. Bart volgt drie kwartier later en valt als een blok in slaap zonder me aan te raken.

MAANDAG 7 AUGUSTUS

Ineens is Bart wel in de stemming, maar ik niet. Ben nog een beetje gepikeerd over het verloop van gisteravond. Bart pakt mijn borsten en probeert me te zoenen, maar ik houd hem af. Als we samen onder de douche staan ook. 'Moet ik me dan maar aftrekken?' vraagt hij zogenaamd zielig. 'Ja,' zeg ik terwijl ik de douche uit stap.

Hij heeft avonddienst en is pas na twee uur 's nachts thuis. Ik heb in bed op hem gewacht, we knuffelen uitgebreid, dan vertrekt Bart naar de keuken om wat te eten.

WOENSDAG 9 AUGUSTUS

Ik had het gisteravond met Bart over het dagboek. Hij wordt steeds vaker aangesproken over dit project, wat zo zoetjesaan ons gezamenlijke project is geworden, en weet steeds beter te formuleren waarom dit belangrijk is.

'Ik schaam me nu voor mijn schaamte,' zei hij. 'Ik schaam me niet voor wat we doen, want dat is normaal. Seks is normaal. Het is een onderdeel van het leven. Maar ik schaam me dat ik me ervoor schaamde. Want waarom zou je?'

Eind volgende maand is het een jaar geleden dat ik met dit dagboek begon. Heel consequent ben ik niet geweest. Er zit een gat tussen eind januari en half mei. Daarom zal ik doorgaan tot en met het einde van dit jaar. Dan heb je in totaal ongeveer een heel jaar gehad en kun je je een aardig beeld vormen van ons seksleven.

Ik ben vandaag naar mijn nagelstudio geweest en heb dit keer gekozen voor knalroze. Fel gelakte nagels doen het goed op een harde pik. Ik draag een bloesje met een diep decolleté en als we 's avonds zitten te eten, zie ik dat Bart van het uitzicht geniet. Ik show mijn nieuwe nagels en maak met mijn rechterhand wat obscene trek- en pijpgebaren in de lucht, terwijl ik mijn mond open voor een denkbeeldige lul. Het beoogde effect is daar. Bart vertelt later dat de gebaren een kettingreactie teweegbrengen in zijn hersens met als resultaat: hij wil seks. Lange, uitgebreide seks. Het is te lang geleden, daarover zijn we het eens. We schenken wijn in en kijken het laatste stukje van een film die we online hebben gehuurd. We zitten naast elkaar op de bank, Bart gaat met zijn hand onder mijn blouse om me te strelen en trekt en passant mijn beha uit.

Als de film is afgelopen, begint hij me uitgebreid te zoenen.

Hierna volgt een sekssessie met alles erop en eraan. Hij trekt zijn kleren uit, hij trekt mijn kleren uit. We bevinden ons nog steeds op de bank. Hij likt me, masseert mijn borsten, likt mijn borsten en neukt me. Ik trek hem af en pijp hem. De wodka komt op tafel. Ik pijp hem met wodka in mijn mond. Bart giet op mijn verzoek wodka over mijn clit en mijn schaamlippen en likt het op. Het brandt meer dan ik had verwacht. Hierna troont hij me mee naar de eettafel. Hij neukt me van achteren. Daarna draait hij me om zodat we elkaar kunnen aankijken terwijl hij me neukt. Hij verzet mijn armen en benen in posities die hem bevallen. Ik ben zijn marionet. Op zeker moment is zijn linkerarm om mijn rechterbeen gedraaid. Hij heeft mijn middel vast met zijn beide handen. Zijn mannelijke, dominante aanpak bevalt uitstekend. Ik maak me los, zeg hem dat hij moet blijven staan en ren naar boven om glijmiddel en mijn vibo te halen. Ik ben zo geil dat ik mijn stappenteller niet meeneem, die zit nog aan mijn beha, dus deze verplaatsing wordt niet meegerekend in het dagtotaal aan stappen en verdiepingen. Met het glijmiddel en mijn roze vibo kom ik weer beneden. Ik heb mijn vagina rijkelijk ingesmeerd. We nemen dezelfde positie in, ik zit op de tafel, hij staat tegenover me. Bart penetreert me. Ik zet de vibo op mijn clit. Hij neukt me en kijkt me vorsend aan. Het duurt niet lang voor ik heel hard en lang klaarkom. 'Nu ga ik je in je kontje neuken,' kondigt Bart aan. Ik gooi er nog wat glijmiddel tegenaan. Hij draait me niet op mijn buik, wat ik had verwacht, maar tilt mijn billen op en duwt hem er voorzichtig in. 'Doe je dildo er ook in,' zegt hij. 'Dan zijn al je gaatjes gevuld.' Ik voldoe aan zijn verzoek en dat maakt het anale gebeuren makkelijker te verstouwen. Verrassend. Bart kijkt gebiologeerd toe. Na een paar minuten verplaatst hij zijn geslacht weer naar de gebruikelijke ingang. Hij draait me ook nog een keer op mijn buik, zet me met mijn knieën op een van de stoelen – 'Maak je maar mooi klein' – en neukt me van achteren.

Het gebeuk begint zijn tol te eisen, ik vraag hem, nou, smeek hem of hij wil spuiten. Vlak voordat hij komt, trekt Bart zijn geslacht uit me, keert me om, dwingt me op mijn knieën en kleistert daarna mijn gezicht onder, terwijl mijn tong een deel van de lading probeert te vangen. Het klinkt misschien plat, maar ik kan het echt niet anders verwoorden, na afloop heb ik een baard van sperma, die ik met mijn slip afveeg.

We blazen samen uit op onze loungestoel, ik op schoot bij Bart. Hij overlaadt me met complimentjes over mijn lichaam en mijn borsten. 'Als je geil bent, kijk je zo mooi. Je lijkt dan wel dertig. Je gezicht is dan echt anders en je hebt een bijzondere, donkere blik in je ogen. Die kun je niet opwekken, die heb je alleen tijdens de seks.'

ZONDAG 13 AUGUSTUS

We hebben een logeetje. Het is een meisje van vijf. Met een kleuter in huis gaat je seksdrive automatisch op een wat lager pitje. Als we zondag even samen douchen (Bart en ik, voor alle duidelijkheid) grijpt Bart zijn kans, zet me met mijn handen tegen de zijwand en penetreert me van achteren. Het is lekker, maar ik blijf alert.

'Straks stormt ze ineens binnen...'

'Ze zit beneden *Casper en Emma* te kijken, die komt nu écht niet naar boven,' probeert Bart me gerust te stellen.

Ik laat hem eventjes begaan en breek het feestje dan af. Heleen is aan het moederen.

MAANDAG 14 AUGUSTUS

'Ik heb nog iets van jou tegoed.' Bart herinnert me fijntjes aan onze onvoltooide seks van gisteren. Hij heeft een vrije dag. Alle tijd, maar we storten ons gezamenlijk op klussen in en om het huis en seks komt er niet van.

'Zullen we vanavond vroeg naar bed gaan?' stelt Bart ergens halverwege de dag voor. Ik vind het een goed idee en breng vast wat van die hormooncrème aan waarover ik vorige week vertelde. Door dit dagboek werd ik me ervan bewust hoe vaak ik het vergeet. Daarom heb ik met een herhaalrecept een nieuwe tube gehaald. De bijsluiter ook gelezen, had ik beter niet kunnen doen. Bijsluiters negeer ik meestal. Als je niet weet welke bijwerkingen een medicijn heeft, is de kans kleiner dat je ze krijgt, is mijn redenering. De bijsluiter van Estriol liegt er niet om. Die waarschuwt voor meer ellende, ziektes en bijwerkingen dan je lief is. Hartklachten, kanker, hersenbloedingen: *you name it*, je kunt het van dit goedje allemaal krijgen. En dat alleen om wat minder droog te zijn. Door de bank genomen doet de overgang me weinig. Af en toe heb ik iets voorbij voelen komen dat op een opvlieger lijkt, maar tot nu toe – ik neem aan dat ik 'erin' zit, misschien ben ik er zelfs alweer uit -- is het in de verste verte niet de helse ervaring die ik me erbij voorstelde. Ik heb zo'n Mirena-spiraal, dat schijnt ook te schelen. Het enige wat me stoort is dat alles daarbeneden soms wat droger aanvoelt dan vroeger, in de gouden, kletsnatte tijden. Vandaar de crème.

Bart blijft de hele dag in de klusmodus, hij wil onze kelder ombouwen tot een drumstudio. Hij zit tot laat in de avond achter zijn laptop 'zelf drumstudio bouwen' te googelen. We liggen pas na twaalven in bed. Bart is onrustig, zijn hoofd tolt, hij trekt me naar zich toe, graait lukraak naar mijn borsten en billen. Ik denk dat hij hoopt dat de daad hem zal afleiden, waardoor hij makkelijker in slaap valt.

'Sorry schat, mag het morgen?' vraag ik. 'Je hebt toch avonddienst? Morgenochtend ben je de eerste.'

Bart is een avondmens, ik een ochtendmens, soms botst dat.

'Ik ben nu wakker,' zegt Bart.

'We zouden vroeg naar bed gaan, weet je nog? Ik ben nu moe.'

Hij legt zich erbij neer.

DINSDAG 15 AUGUSTUS

Ik word uitgerust en vrolijk wakker. Geen kleuter in huis, alleen Bart en ik en de honden, maar die slapen nog. Ik geef Bart kusjes tot hij zijn ogen opent. Daarna ga ik op mijn knieën zitten, trek zijn boxer naar beneden en pak zijn geslacht, dat half hard is. Mijn nagels zijn nog steeds roze. Ik trek hem af en pijp hem en wissel dat af. Hij gaat wat meer rechtop zitten, zet een kussen achter zijn rug en kijkt tevreden toe.

'Wat wil je?' vraag ik na een paar minuten.

'Niks. Ga maar gewoon door.'

Ik neem zijn ballen een voor een in mijn mond en zuig eraan. Ze zijn gevoelig, vooral de rechter, Bart houdt zijn adem in van schrik en mompelt daarna dat het een beetje pijn doet. Ik doe het nog een keer, voorzichtiger. Zijn lul wordt knalhard, dat dan weer wel. Vlijtig ga ik verder en dan, zonder enige waarschuwing, begint het sperma te stromen, het eerste beetje druipt eruit en dan volgen golfjes die wat meer geprojecteerd lijken. Het verrast me. Bart zit onder. 'Je deed het te goed,' zegt hij. Ik kruip tegen hem aan en trek het dekbed onhandig omhoog, waardoor het onder het zaad komt te zitten. Bart duwt het weer omlaag, ik pak mijn T-shirt dat op de grond ligt en drapeer dat over hem heen om de boel te deppen. Eigenlijk had ik geneukt willen worden, maar dat komt er niet meer van.

ZATERDAG 19 AUGUSTUS

We verblijven dit weekeinde in een hotel in Groenlo. Bart werkt als producer voor een programma over raceauto's. Voor hij naar de locatie vertrekt waar de opnames plaatsvinden, stap ik bij hem onder de douche. De badkamer is enorm en de douchecabine ook. Bart is nog moe. Geen erectie te bekennen. Dankzij een beetje sjor- en trekwerk komt er toch leven in. Ik heb vannacht over seks gedroomd. Het was een rare droom, ik ga hem hier niet opschrijven, er waren mensen bij betrokken die dat niet zouden appreciëren. Het eindigde er wel mee dat ik klaarkwam. In mijn droom, dan. Het was zo levensecht dat ik niet zeker weet of ik in mijn slaap ook echt klaarkwam. Ik heb er in elk geval zin door gekregen. Bart zet me tegen de douchewand en penetreert me. Eerst van achterlangs. Later terwijl we tegenover elkaar staan en daarna weer van achterlangs. Staande seks onder de douche is lekker. Ik word er geil van, maar op deze manier een orgasme krijgen lukt me met geen mogelijkheid. Het is te nat en te onhandig. Bart leunt met zijn rug tegen de achterwand van de douche en houdt mijn heupen vast. Ik til een been op en zet mijn voet ook tegen de achterwand. Hij neukt harder en vraagt of hij me vol mag spuiten. Dat mag. Voor mannen lijkt het allemaal toch wat makkelijker, dat blijft irritant.

Als Bart is vertrokken, probeer ik het enorme bubbelbad uit. Lekker. Na afloop loop ik in mijn blootje door het appartement. Er hangen drie grote spiegels, het zijn vriendelijke spiegels, prettig belicht. Ik maak een paar foto's van mezelf terwijl ik spiernaakt voor de grote passpiegel sta. Eentje stuur ik naar Bart. Als ik zestig word, wil ik mijn naakte zelfportretten exposeren, een vervolg op de *Selfmade*-expositie uit 2014. Ik ga nog even op bed liggen. Heb mijn vibo meegenomen in mijn koffertje, dat treft. Iets zegt me dat dit niet een weekeinde van erotische uitspattingen zal worden. Bart is gefocust op zijn werk, niet op mij. Zoals het hoort. Maar toch. Een hotel en seks is zo'n fijne combinatie. Ik duw de vibo tegen mijn clit. De droom van vannacht komt weer even terug, maar die swipe ik denkbeeldig weg. Echt te raar. Ik denk terug aan Bart en de douche en hoe hij me neukte en kom snel klaar.

ZONDAG 20 AUGUSTUS

Mijn voorgevoel klopte. Gisteravond heb ik samen met Bart en zijn collega's gegeten. Daarna ging Bart nog borrelen met ze, ik vertrok alvast naar ons appartement. Hij was niet heel laat terug, maar van seks kwam niks. Vanmorgen versliepen we ons allebei. We waren nog net op tijd voor het ontbijt. Bart ging na het ontbijt snel douchen en vertrok weer naar de opnamelocatie. Ik ben alleen en werk mijn dagboek bij.

MAANDAG 21 AUGUSTUS

Er is gisternacht toch nog iets voorgevallen. Weer thuis uit Groenlo, in ons eigen bed. Bart had me al gewaarschuwd toen we na onze thuiskomst nog een wijntje dronken in de woonkamer. 'Ik wil je neuken straks.' Het was een tamelijk plompverloren mededeling, zonder verdere context. We gingen naar bed, lagen lepeltje-lepeltje, ik dacht dat zijn opmerking grootspraak was geweest maar na een minuut of tien trekt Bart zijn boxer uit. 'Slaap je al?' fluistert hij in mijn oor. Ik kreun. Ben al aan het vertrekken, maar nog niet helemaal weg. 'Geeft niet. Slaap maar gewoon door.' Hij sjort een beetje aan mijn heupen, zodat ik half op mijn buik lig en penetreert me van achterlangs. Je zou het een verkrachting met stilzwijgende toestemming kunnen noemen, al is dat een contradictio in terminis. Bart kust me in mijn nek terwijl hij me neukt. Zijn stootkracht neemt toe en na een minuut of vijf deelt hij mee dat hij me zal volspuiten. Ik onderga het. Als hij klaar is, gaat hij op zijn rug liggen, ik beweeg met hem mee, zodat ik ook op mijn rug beland, half op zijn onderlichaam. 'Blijf in me,' zeg ik. Het is nu mijn beurt. Ik pak mijn vibo erbij, doe wat glijmiddel op mijn clit. Bart streelt en likt mijn borsten en blijft hard, en van onderlangs stoten. Ik doe mijn benen wat wijder. De vibo snort. Het is snel gedaan. Ik probeer het geslacht van Bart in me te houden, het lijkt me fijn om zo in slaap te vallen, maar natuurlijk glijdt hij er even later toch uit.

ERGENS DEZE WEEK, WAARSCHIJNLIJK DONDERDAG OF VRIJDAG

Ik weet niet meer welke dag, maar het was ochtend en Bart was weg en ik zag mijn vibo liggen op mijn nachtkastje. Onze werkster is met vakantie, dus ik berg hem niet zo netjes op. En ik dacht: ach, waarom niet? Eventjes. En inderdaad, eventjes, een quick fix. Het gaat snel en makkelijk, het is zo gepiept. Ik ben er blij om. Blij met de lustgevoelens, die iets toegenomen lijken de laatste tijd. Zou dat die Estriol-crème zijn? Ik weet het niet. Dit dagboek is bedoeld om alles te registreren en te analyseren en de zone tussen mijn benen lijkt levendiger en gevoeliger. Waarvan akte.

ZONDAG 27 AUGUSTUS

We zijn over de helft, beste lezer. Het is jammer dat ik je niet even kan bellen om je een paar vragen te stellen: waar wil je meer over weten? Lees je dit alleen, of samen met je partner? Heb je al gelachen?

Maar uiteindelijk zou overleggen niet werken. Dit boek moet zonder inmenging van buitenstaanders tot stand komen, zoals elk boek, of het nu fictie is of niet. Het heeft geen zin om het aan tien mensen te laten lezen, want ze zullen alle tien iets anders zeggen. En naar wie moet de schrijver dan luisteren? Autonomie is een groot goed.

Dit boek heeft maar één baas en dat ben ik. Ik bepaal wat erin komt. Het is begonnen met een belofte. Een belofte dat ik alle seks eerlijk zou opschrijven en dat ben ik aan het doen. Je eigen seks beschrijven is wonderlijk, maar het went snel. Het demythologiseert de seks, dat bevalt me. Uiteindelijk is elke vrijpartij terug te brengen tot een serie handelingen die twee mensen met elkaar uitvoeren. Handelingen die prettige gevoelens en een hoogtepunt teweegbrengen. Niets om je voor te schamen. Niets om moeilijk over te doen. Ik vind het soms jammer dat seks zo beladen is. *It's just sex.* Al kan die beladenheid er wel voor zorgen dat we het extra lekker vinden. Verboden vruchten smaken het best, nietwaar? Plus: dankzij het taboe blijft seks een thema waarover ik tot aan mijn dood kan blijven schrijven. Elk nadeel heeft zijn voordeel.

Schrijven over seks heb ik altijd leuk gevonden. Het begon toen ik nog journalist was en korte, romantische verhalen schreef voor het intussen reeds ter ziele gegane meisjesblad *Yes.* Later werkte ik als freelancer voor *Cosmopolitan* en *Marie Claire.* Artikelen over de vrouwelijke seksualiteit werden graag aan mij uitbesteed, vanwege de nuchtere en grappige toon die ik erin wist te leggen. Ik vertel dit niet om op te scheppen, maar om de weg naar dit dagboek nader te duiden.

Wat ongetwijfeld ook helpt, is dat ik seks altijd lekker heb gevonden. Ik heb geluk gehad. Natuurlijk ben ik weleens een potloodventer tegengekomen, maar die vond ik vooral sneu. Natuurlijk heeft iemand weleens iets bij me geprobeerd wat ik niet wilde, maar dankzij mijn grote Amsterdamse bek droop diegene met zijn staart tussen zijn benen af. Tijdens een vakantie ben ik weleens in mijn kruis gegrepen door een buitenlandse man, maar die heb ik een knal verkocht. Geen trauma's op dit vlak. Ik vrees dat ik sommige mannen eerder heb afgeschrikt met mijn seksuele agressie dan omgekeerd.

Seks heeft me altijd gefascineerd. Toen ik stage liep bij *Haarlems Dagblad* mocht ik een bejaard echtpaar interviewen dat hun zestigjarig huwelijksfeest vierde. Er was appeltaart met slagroom, de burgemeester bracht een bloemetje, de fanfare speelde en de lokale persfotograaf schoot foto's. Ik stelde de obligate vragen over hun eerste ontmoeting en het geheim van hun liefde.

'Hebt u eigenlijk nog seks?' vroeg ik ter afsluiting nieuwsgierig. De fotograaf keek geschokt. Hij was zijn tas al aan het inpakken.

'Ach,' zei de man. 'Als we 's avonds naar bed gaan, geef ik haar een kus. En soms nog een kus. En dat is het.'

'Wat vroeg ze?!?' Zijn echtgenote was hardhorend.

'OF WE NOG SEKS HEBBEN!' schreeuwde de jubilaris.

'O, dat.' Ze haalde haar schouders op. 'Ik heb er eigenlijk nooit wat aan gevonden.'

Waarna de taart werd geserveerd.

Ik heb er eigenlijk nooit wat aan gevonden. En dat na zestig jaar huwelijk. Zij was ongetwijfeld een van de honderdduizenden en misschien wel miljoenen vrouwen wier seksleven zich zo liet samenvatten. Ik vond het sneu. Zestig jaar droge biscuitjes in plaats van appeltaart met slagroom. Je weet niet wat je mist als je het niet hebt, maar toch. Je gunt ieder mens, iedere vrouw, de sensatie van ongebreidelde geilheid. Van een spetterend orgasme. Daarover gesproken, ik moet je nog even bijpraten over vanochtend.

We worden uitgerust en blij wakker. Het is mooi weer. Het raam staat wijd open. We zijn allebei naakt gaan slapen. Ik klim op Bart. Hij verzucht dat hij de hele week te druk is geweest om ook maar iets met zijn piemel te doen. Ik kus hem en snuffel in zijn nek. Hij ruikt lekker. Hij ruikt naar een mengeling van zomer en zichzelf, zoet en zalig, ik blijf mijn neus maar tegen zijn huid drukken en hem diep insnuiven. Bart moet lachen. Hij is intussen hard en schuift zijn erectie behendig in me. We neuken en tongzoenen. Na een tijdje wisselen we van plaats. Ik onder, hij op me, op zijn knieën. Ik pak even mijn vibo erbij, maar die leg ik al snel weer weg. 'Kom je op me liggen?' vraag ik. Dat doet hij. Het is makkelijk. Ik kom snel klaar. Bart komt weer overeind, pakt mijn benen en zet mijn voeten tegen zijn borst. Hij neukt me tot hij bijna klaarkomt. Het laatste stukje trekt hij zich af, zijn zaad eindigt op mijn middenrif en over mijn borsten.

NACHT VAN DINSDAG 29 OP WOENSDAG 30 AUGUSTUS

Bart draait veel avonddiensten. Hij is pas laat thuis, meestal na halftwee. Vaak wacht ik op hem, vechtend tegen de slaap. En soms ben ik over mijn slaap heen als hij eenmaal thuis is en klaarwakker als hij bij me in bed ligt. Vannacht ook. We kruipen tegen elkaar aan. Bart is moe. Ik maak het hem moeilijk door een pijpbeurt aan te bieden. 'O schat...' zucht hij als ik afdaal en zijn geslacht in mijn mond neem. Na een paar minuten kom ik weer boven en kijk hem verwachtingsvol aan. 'Nu moet ik je zeker neuken, hè?' Inderdaad. Zijn trots overvleugelt zijn moeheid. Ik weet de standjes niet meer precies. Misschien lag ik eerst op hem, allebei op ons rug, hij onder mij, dat kan. Ik weet in elk geval zeker dat hij op een zeker moment overeind kwam, me omwentelde, mijn heupen optilde om me vanachter te kunnen penetreren terwijl hij mijn armen omlaagdrukte, zodat ik niet op mijn ellebogen kon steunen. Na een paar minuten deed ik mijn rechterarm tussen mijn benen, mijn wijs- en middelvinger om mijn buitenste schaamlippen, zodat ik hem indirect aftrok terwijl hij stootte. Ik bleef dit doen totdat hij klaarkwam. We vielen samen zijwaarts in de lepeltje-lepeltjehouding en bleven zo liggen, zijn geslacht nog in me, totdat ik opstond om te plassen.

MAANDAGOCHTEND 4 SEPTEMBER

De laatste seks is te lang geleden, vind ik. Ik heb de afgelopen week mezelf een keer gevingerd terwijl Bart naast me lag te slapen. Hij heeft het niet eens gemerkt. De avonddiensten eisen hun tol: als hij in bed ligt, is hij kapot. Vandaag is Bart vrij. Als we allebei wakker zijn, verleid ik hem. Hij hapt gretig toe. Draait me op mijn buik, tilt mijn heupen op, legt mijn armen plat langs mijn hoofd en gaat in me. Als hij het stoten even pauzeert, kijk ik omhoog. Hij is een foto van me aan het maken. Die zie ik een paar dagen later terug. Mijn billen lijken van bovenaf op een groot hart. Zijn pik zit in me. Mijn string is opzij geschoven, zodat hij erin kan, en de kanten bovenrand ervan loopt in een flauwe v-vorm over mijn rug.

'Het is te lang geleden,' kreunt Bart. 'Ik kom al bijna.'

Hij belooft dat hij me later die dag nog een keer zal neuken, langer en harder, en ik ga ermee akkoord, al weet ik dat het waarschijnlijk een loze belofte is.

Hij spuit me vol.

Verder geen seks meer die dag.

DINSDAGAVOND 5 SEPTEMBER

We hebben een feestje vanavond. Ik kom net uit de douche en heb mijn haren geföhnd en gekruld. Als Bart bellend thuiskomt, loop ik rond in zijn oude houthakkersoverhemd, dat maar met één knoopje vastzit. Hij heeft zijn vader aan de lijn, zijn ogen worden groot als hij ziet dat ik naakt ben onder het hemd. Hij streelt mijn borst. Ik kus hem. Als het gesprek voorbij is, lopen we samen naar boven.

'Een vluggertje kan nog wel, toch?' vraagt Bart.

Jazeker. Als mijn haar maar niet te veel geplet raakt, want het zit net zo leuk in de krul. Als Bart me op mijn rug legt en me begint te likken, drapeer ik mijn haar omhoog.

Er is weinig tijd, likken wordt al snel penetreren, terwijl hij met zijn duim mijn clit bewerkt. Hij heeft in de gauwigheid zijn harde ingesmeerd met Viacream, dat is die prikkelende gel die ik ooit heb besteld onder het mom van: alles uitproberen. Bart vindt hem lekker en pakt hem er af en toe bij, hij smeert het ook weleens op mijn clit. Soms ongevraagd en soms te veel, dan sta je even in brand. Het effect doet denken aan Vicks of tijgerbalsem, maar dan voor je geslachtsdeel. Als hij me neukt met dat spul op zijn lul, voel ik het vanbinnen ook.

Ik pak mijn vibo erbij. De roze, die op batterijen werkt, ik geloof dat ik inmiddels wel kan vaststellen dat dit mijn favoriet is.

Bart staat voor het voeteneinde, ik lig op mijn rug. Hij neukt me hard, ik druk de vibo stevig tegen mijn clit. Ik voel dat ik ga klaarkomen, dat ik aan het komen ben. Het is zo'n orgasme dat maar duurt en duurt, zonder een specifiek hoogtepunt, eigenlijk is het één langgerekt hoogtepunt.

'Ben je er al?' vraagt Bart.

'Ik kom de hele tijd,' antwoord ik.

Groen licht voor hem. Hij komt ook klaar, in me. En mijn

orgasme blijft maar door golven. Ik denk dat als ik nog langer door zou gaan, er nog een hogere piek zou kunnen komen, maar daar is geen tijd voor. Bart pakt een T-shirt en houdt het onder mijn billen om zijn sperma op te vangen.

WOENSDAGOCHTEND 6 SEPTEMBER

We kunnen uitslapen. Bart heeft een vrije dag. Ik ben eerder wakker dan hij. Laat hem slapen en ga even naar beneden. Uurtje later kom ik terug. Met alleen een stringetje en een hemdje aan ga ik weer naast hem liggen. En als hij dan nog niet echt tot leven komt, klim ik op hem. We knuffelen en maken grapjes die ik niet kan navertellen. *You had to be there*. Mijn ondergoed bevalt hem. 'Geil stringetje heb je aan, hoe kom je daaraan?' Ik weet het niet meer. Hij schudt zijn hoofd. 'Sukkel, dat heb ik voor je gekocht.' O ja.

Hij schuift het stringetje opzij, doet zijn boxer omlaag en penetreert me terwijl ik op hem zit. Na enig neuken, legt hij me op mijn zij. Hij pakt me bij mijn nek. Dat doet hij soms en het is lekker. Geen wurggreep of wurgseks, maar wel een stevige greep. Het heeft iets. Hij neukt me. Draait mijn lichaam rond. Probeert wat standjes uit. Beneden beginnen de honden te blaffen.

'Dat is het pakketje dat je gister al verwachtte, wedden?' zeg ik, terwijl ik hem van me afduw.

De bel gaat. Bart schiet een joggingbroek aan.

'Ik heb een harde, dit kan toch niet?'

'Ga nou maar gauw, straks is-ie weer weg.'

Als hij weer bovenkomt met het pakketje, doet hij zijn kleren weer snel uit en gaat langs de zijkant van het bed staan. Zijn half harde wordt weer helemaal hard. Hij wil mijn billen naar zich toe trekken, maar ik kruip op handen en knieën naar hem toe om hem te pijpen.

‘Waar heb ik dit aan te danken?’ vraagt hij verrast.

‘Omdat je lief bent.’

Ik pijp hem en trek hem af, dat gaat eigenlijk altijd hand in hand. Hij komt in mijn mond klaar. Ik slik het door.

ZONDAG 10 SEPTEMBER

Bart is een weekeinde op stap met vrienden, ze bezoeken een vliegshow in België. Vanavond komt hij terug. Ik heb een nieuw rokje aan. Het is kort, kittig en rood, eronder draag ik een zwarte panty. Ik maak twee foto’s van mijn achterwerk en mijn bovenbenen, eentje met het rokje omlaag, eentje met het rokje omhoog en stuur ze naar Bart met de tekst ‘nieuw rokje’. Het werkt. ‘Wil je neuken. Moet je neuken. Ziet er goed uit’, appt Bart terug. Maar het gaat nog wel even duren, waarschuwt hij vast. Hij is inderdaad pas laat thuis. Heel laat en hij is heel moe. Kruipt tegen me aan op de bank. We knuffelen. Het is kinderachtig, maar ik ben toch een beetje teleurgesteld. Na zo’n weekeinde hoopte ik op een: Ga Liggen, Vrouw! Ik Wil Je Nemen. Je Bent Van Mij.

MAANDAG 11 SEPTEMBER

We douchen samen. Dat doen we vaak en daar ben ik blij om. Het is zoiets dat makkelijk uit een relatie verdwijnt, lijkt me. Nou ja, eerlijk gezegd heb ik nooit een relatie gehad waarbij ik met mijn partner onder de douche ging. Hooguit een of twee keer aan het begin en daarna nooit meer. Bart en ik staan graag samen onder de douche. Soms is het het begin van seks, soms vooral knuffelen. Soms – ik aarzel om dit op te schrijven, want het voelt intiemer dan welke seksuele handeling ook – scheert hij haartjes onder mijn oksels weg waar ik niet goed bij kan.

Deze maandagochtend kussen en knuffelen we. Hij zuigt aan

mijn tepels, ik zuig even aan zijn harde. Het is speels, maar we weten allebei dat er geen tijd is voor meer, want we moeten op pad vanwege vertoningen van de film over mijn moeder. Vandaag Vlissingen en Middelburg, morgen naar Filmfestival Oostende in België.

DINSDAGAVOND 12 SEPTEMBER

We slapen in het Thermae Palace Hotel in Oostende, pal aan het strand. Ik heb een ster op de boulevard gekregen, de film is vertoond. We hebben gedineerd met de festivaldirecteur, de pr-dame en nog een medewerker van het festival. Onze stemming is opgetogen als we de hotelkamer binnenvallen.

Ik draag mijn nudekleurige Louboutins en een bruinrode kokerjurk, met een lange rits aan de achterkant, tot over mijn billen. Bart trekt de rits omlaag, ontdoet me van de jurk, zet me voor het open raam en neukt me terwijl we naar het schaars verlichte, verlaten strand en de zee kijken.

Oké, dit is niet helemaal eerlijk. Dit is hoe ik het me wil herinneren, maar feitelijk ging het iets anders. Ik had mijn tienduizend stappen nog niet gedaan en mijn dertig verdiepingen ook niet, dus na binnenkomst hees ik me in mijn joggingpak en ben als een malle door de brede hotelgang gaan rennen. En de brede, majestueuze trap van de begane grond naar de eerste verdieping telde wel als vier verdiepingen, dus die heb ik ook diverse keren op- en afgerend. Ik ben consequent in mijn obsessies, dat is mijn enige excuus.

Enigszins bezweet keer ik terug in de hotelkamer. Dit is het moment waarop Bart me uitkleedt en voor het raam zet en me van achteren neemt. Het bed staat vlak naast het raam, we rollen erop. Er ontstaat een vrijpartij die ik in de categorie 'wildebeestenseks' zou willen onderbrengen. Het is van die seks waarbij je in een soort trance raakt, bijna niet nadenkt en alles alleen ondergaat en wel registreert, maar dan een beetje in de verte, alsof je het niet zelf meemaakt. Het is ook alsof je je partner niet kent, alsof het een vreemde is met wie je helemaal losgaat en dat maakt het extra lekker. Hotelkamers helpen altijd om dit soort seks op te wekken. Bart likt me, pakt me hard beet, bij mijn haar. Als hij op me zit en me neukt, doet hij zijn hand om mijn keel en drukt me tegen het matras. Hij doet het met beleid, ik ben niet bang dat hij me zal wurgen. Ik vind het lekker.

Als we de dag erna terug naar Nederland rijden, vraag ik hem waarom hij zijn hand zo om mijn keel legde. 'Als ik boven op je zit, rechtop, en je neuk, is je gezicht ver weg, het is een manier om je dichtbij te krijgen. Ik wil je vastpakken, maar niet lief. Het wordt intenser. En je gaat er hard van kreunen, dus volgens mij werkt het. Ik zal je nooit slaan, dat is niet mijn ding, hooguit een pets op je billen, maar ook dat is afstandelijk. Je gezicht is intiem. Pijn is goed, maar het moet gecontroleerd zijn.'

Het is een fijne bijkomstigheid van het dagboek: dat we alles bespreken. Ik denk dat we dat anders niet zouden hebben gedaan. Dit project dwingt ons tot een ongekende openheid. Op papier, maar ook in het echt. Misschien is het zijn leeftijd of misschien zit het in zijn karakter, maar de openhartigheid en eerlijkheid van Bart over dit onderwerp raken me. Het maakt seks nog meer iets van ons samen. Ik begrijp dat er een tegenstrijdigheid in zit, omdat ik het dagboek openbaar zal maken, heb gemaakt, als jij dit leest. Maar ik ken jou niet. En al kende ik je wel, het maakt me niet uit. Je bent een mens, misschien een vrouw, net als ik. Je hebt een seksleven. Of niet. Je krijgt een zo waarheidsgetrouw mogelijk verslag van ons seksleven en ik hoop oprecht dat dit je tot nadenken stemt.

Terug naar de hotelkamer in België waar ik Bart intussen aan het pijpen ben. Daarna wil hij me weer neuken.

'Ik wil dat je straks over mijn borsten spuit,' zeg ik vast. Ik pak wat glijmiddel en mijn vibo uit mijn tas. Bart zet me op handen en knieën en neukt me hard van achteren. Hij streelt mijn kontgat. Ik heb het gevoel dat dit weleens op een anale actie kan uitlopen. En inderdaad, even later duwt hij zijn vinger diep naar binnen. Hij wisselt het af met zijn geslacht, maar dat is echt een stuk groter en harder, zijn vinger bevalt me beter. Als zijn vinger en zijn geslacht diep in me zitten en de vibo tegen mijn clit drukt, kom ik heel intens en makkelijk klaar. Bart legt me op mijn rug, trekt zichzelf af, ik help door zijn ballen te pakken. Hij spuit over mijn borsten, zoals ik wilde. We liggen uitgeput naast elkaar. Bart blijft nog lang hard.

VRIJDAGAVOND 15 SEPTEMBER

Bart is weer een weekeinde weg, werk dit keer. Ik kan niet slapen, pak mijn vibo en mijn iPhone, zoek een stukje porno op, op de site Perfect Girls. Porno is echt de makkelijkste manier om snel klaar te komen. Na tien seconden is het al raak. Daarna kan ik nog steeds niet slapen, dus kijk ik op Netflix een aflevering van *Mad Men*.

ZONDAG 17 SEPTEMBER

Vanavond komt Bart weer thuis. We maken elkaar lekker via whatsapp. Ik stuur een foto van mijn borsten in een strak, zwart hemdje, waar mijn tepels doorheen priemen. 'Je tieten zien er heerlijk uit. Krijg een beetje een harde,' zegt Bart. Hij stuurt een foto van zijn erectie, genomen in een toilet, zijn broek afgezakt, zijn schoenen eronder, zijn hand onder zijn zaakje. Mannen die foto's van hun lul maken, letten minder op styling en details dan vrouwen die foto's van hun naakte lijf schieten, is mijn indruk.

Het boeit ze niet of de foto esthetisch verantwoord is, als hun geslacht er maar goed en groot op staat. 'Laten we er een feestje van maken vanavond,' stelt hij voor. 'Als ik mijn ETA weet, kun je alvast klaar gaan liggen.'

Even na zevenen laat hij weten dat hij onderweg is. 'U ready?'

'Ik kom net bij de buren vandaan. Zal me haasten.'

'U better.'

Ik ga douchen en duik in de kast om mijn voorraad sexy lingerie te inspecteren. De meeste setjes en pakjes heb ik van Bart gekregen, hij bestelt ze online. Een van de zwarte gevalletjes kan ik met geen mogelijkheid thuisbrengen. Ik weet niet of het een bovenstukje is of een onderstukje. Ik snap niet hoe ik het moet aantrekken. Het is een zwart lapje met een soort lange lus eraan. Morgen aan Bart vragen.

Mijn outfit wordt een zwarte, doorschijnende beha van gaas, met daaronder een zwarte string. Daarbij kleefkousen met een kanten rand en mijn zwarte Louboutins eronder. Eroverheen een nieuwe, zachtgroene kimono bedrukt met fleurige, grote bloemen. Beetje jarenzestigsfeertje.

Ik ga boven aan de trap zitten en wacht Bart daar op. In de slaapkamer branden kaarsen. Als Bart thuiskomt, stormt hij meteen de trap op en begint me ter plekke te zoenen en onder mijn kimono te voelen. Hij maakt de ceintuur los, zodat de panden openvallen. Opgetogen bekijkt hij mijn lichaam. We vertrekken naar de slaapkamer. Bart gooit me op bed en begint me te likken. Als ik hem even later pijp, terwijl ik op mijn buik op bed lig met mijn voeten omhoog, maakt hij een paar foto's. Het licht is beroerd en de foto's ook, zien we later.

We neuken in de missionarishouding. Ik heb zin in wodka, zo'n avond is het. Bart gaat het halen. Als hij terugkomt, ben ik al met mijn vibo bezig. We drinken. Ik zuig Bart even af terwijl ik wodka in mijn mond heb. Hij gaat voor het achtereinde van het bed staan en trekt me naar zich toe terwijl ik op mijn rug lig. Hij neukt me. Even later draait hij me op mijn buik. Hij loopt naar mijn nachtkastje en begint erin te rommelen. Op de vraag: 'Wat pak je?' komt geen antwoord. Hij trekt mijn billen omhoog, smeert glijmiddel tussen mijn benen. Daarna drukt hij iets tegen mijn achterste. Een van mijn buttplugs, ik kan niet voelen welke maat het is. Bart duwt voorzichtig door. Hij penetreert me ook. Als hij me neukt terwijl de buttplug mijn anus vult, kom ik snel en intens klaar. Bart volgt na mij. Hij spuit in me. We rollen tevreden in elkaars armen, waarna Bart vertelt dat hij de schoppenboer in mijn kontje had gestopt.

MAANDAGOCHTEND 18 SEPTEMBER

Ik toon Bart het lapje dat ik tussen mijn lingerie aantrof. Hij denkt dat het een beha is en dat de lus die eraan hangt een soort halter vormt, die ik om mijn nek moet leggen. Als ik het over mijn hoofd aantrek, ziet het er heel vreemd uit. 'Heb je de verpakking nog?' vraagt Bart. 'Daar staat altijd een foto op van een lekker wijf in het setje.'

'Die heb ik allang weggegooid.'

Bart ontdekt dat de zijkanten van het lapje aan elkaar kunnen worden gekoppeld door een sluiting, maar ook dat lost het mysterie niet op. Het blijft een vreemd gevormd geval dat nergens op lijkt te passen. Ik leg het lapje terug in de sexy-setjesbak. Ooit zal duidelijk worden waar dit kledingstuk voor is bedoeld.

DONDERDAGOCHTEND 21 SEPTEMBER

We zijn allebei thuis. We moeten de keuken leeghalen, die wordt morgen gesloopt. Ik heb gedoucht en loop in mijn nieuwe kimono naar de slaapkamer. Eronder ben ik naakt. Bart vindt de kimono nog steeds heel sexy, zeker als hij openvalt. Ik zeg dat hij moet opstaan, hij trekt me op bed, schuift de kimono open, haalt mijn borsten tevoorschijn, streelt ze en kust ze.

'Je moet me eigenlijk nog een keer tegen het oude aanrecht neuken,' zeg ik. 'Want morgen is alles weg.'

We zoenen. Het ontaardt al snel in seks. Bart schuift mijn string opzij en dringt zich in me terwijl ik op hem zit. Hij geniet zichtbaar van mijn schone lijf dat naar bodylotion ruikt. Er moet een hoop gebeuren vandaag, dus ik opteer voor een vluggertje. Hoef zelf niet klaar te komen. Bart trekt me naar zich toe en neukt me hard. Verbazingwekkend hoeveel opwaartse druk hij kan toepassen terwijl hij onderop ligt. Lekker ook. Ik laat me van hem af glijden, want Bart zegt dat hij over mijn borsten heen wil spuiten. 'Eigenlijk wil ik dat altijd,' voegt hij eraan toe. 'De hele dag door.' Hij doet alsof hij met zijn pik in zijn rechterhand over mijn borsten spuit en intussen een pakketje aanneemt bij de voordeur met zijn linkerhand, de bezorger bedankt, uitzwaait, de deur dichtdoet en intussen maar door spuit.

Ik moet lachen.

Even later is het menens. Hij legt me op mijn rug, gaat op zijn knieën over me heen zitten. Ik trek hem af. Volg zijn aanwijzingen. Stop even vlak voordat hij komt, trek dan weer door. Het eerst golfje sperma belandt in mijn nek, de rest over mijn borsten. Bart heeft zijn mobiel gepakt en alles gefilmd, ook zijn eigen orgasme.

'S AVONDS

We liggen in bed. 'We hebben niet meer tegen het aanrecht geneukt,' zeg ik.

'Het aanrecht is vies en het plakt. Ik neuk je liever tegen het nieuwe aanrecht,' antwoordt Bart.

ZATERDAGNACHT 23 SEPTEMBER

We komen laat thuis van een bruiloft. Bart heeft veel biertjes gedronken, ik ben nuchter, maar wel moe van een middag en avond op hakken lopen. We gaan meteen naar bed en vallen allebei snel in slaap. Na een kwartiertje wordt Bart half wakker, we liggen lepeltje-lepeltje. Hij trekt me dichter naar zich toe, sjort aan mijn slip en probeert me te penetreren, zonder enige vorm van aankondiging of voorspel. Ik besef wat hij aan het doen is, maar wil verder slapen. Zijn pogingen lukken niet echt omdat ik niet meewerk. Bart duwt nog een beetje, probeert mijn billen uit elkaar te doen, hij krijgt het niet voor elkaar, of misschien een stukje. Na korte tijd staakt hij zijn pogingen en valt weer als een blok in slaap. Ik vraag me af of we een woord hebben gewisseld, volgens mij niet.

ZONDAG 24 SEPTEMBER

Ik herinner Bart aan zijn poging tot aanranding van de afgelopen nacht. We moeten er allebei om lachen. Ik deed het in mijn slaap, verdedigt hij zich. Je probeerde naar binnen te dringen, houd ik hem voor, in elk gat dat je kon vinden.

'Ook in je billen?' vraagt hij. 'Wilde ik in je billen vrijen?'

'Ja.'

Bart vindt 'in je billen vrijen' een prachtige uitdrukking voor anale seks omdat het zowel vies als lekker klinkt.

Later die dag zijn we op bezoek bij een vriendin wier dochter een borstvergroting overweegt. Ze is nieuwsgierig naar mijn ervaring en naar mijn borsten. Of ze ze even mag zien en voelen. Natuurlijk mag dat.

Als we weer naar huis rijden, komt Bart erop terug.

'Dus jullie hebben even aan elkaars borsten gevoeld?' vraagt hij ietwat verlekkerd.

'Nou, ik heb niet aan haar borsten gevoeld. Zij wel aan de mijne. En er was niets erotisch aan. Het kind wil een borstvergroting. Ze is nieuwsgierig.'

Typisch iets voor een man om dat stiekem toch geil te vinden. Ik moet erom lachen, maar het ergert me ook een beetje. Bart als vieze, stiekeme man vind ik geen leuk beeld.

MAANDAG 25 SEPTEMBER

Al een paar dagen geen seks. Mooi moment om je te trakteren op een erotisch verhaal. Het heet 'De bruid'. Ik schreef het voor *Oh*.

DE BRUID

'Hoe heet je?'

Voor het eerst van zijn leven had Lars geen betere openingszin paraat. De jonge vrouw die hij al de hele avond in de gaten had gehouden, had aanstalten gemaakt om te vertrekken. Ze gebaarde naar de ober dat ze wilde afrekenen en probeerde zich in haar jas te hijsen, die achter haar lag. De vriendin met wie ze had gegeten, was naar het toilet vertrokken. Hij kon haar niet zomaar laten gaan, ze fascineerde hem. Ze was klein en tenger en droeg haar lichtblonde haar in een nonchalant knotje op haar hoofd. Met haar bijna doorschijnende huid en fijne gelaatstrekken zou hij haar eerder in een Parijse bistro verwachten dan in zijn eetcafé, dat hij niet voor niets Robuust had genoemd. Terwijl hij achter de bar stond, had hij verschillende pogingen tot oogcontact gedaan en hoewel ze hem een vriendelijke blik had teruggeschonken, was het daarbij gebleven. Het maakte hem onzeker. Doorgaans had hij ze voor het uitkiezen. Lars was boomlang, breed, blond, charmant en reed in een knappe wagen. 'Ga jij vanavond met mij mee naar huis?' was meestal voldoende om zijn bed voor een nacht gevuld te krijgen. Chicks die zich zo makkelijk lieten lijmen, kregen de volgende ochtend een perfecte latte macchiato van hem, waarna hij ze niet meer hoefde te zien. Dit meisje was anders. Ze oogde te teer en te bijzonder om als inwisselbaar te beschouwen. Lars besloot zijn soepele praatjes achterwege te laten. Toen hij zag hoe ze met de jas worstelde, schoot hij op haar af om haar te helpen en vroeg haar naar haar naam.

'Sterre,' antwoordde ze.

'Ik ben Lars, de eigenaar, aangenaam.'

Ze glimlachte.

'Kom je hier vaker?' O god, zo diep was hij nog nooit gezonken.

'Dat zou jij toch moeten weten. Als eigenaar,' voegde ze er met een knipoog aan toe.

'Ja, nee, natuurlijk. Ik had je hier nog nooit gezien,' stamelde hij. 'Kom je binnenkort weer, dat bedoelde ik.'

Ze gaf geen antwoord.

De vriendin van Sterre kwam terug van het toilet. Haar gezicht klaarde op toen ze Lars aan hun tafel zag staan, maar betrok toen ze ontdekte hoe hij gehypnotiseerd naar Sterre staarde.

'Zullen we gaan?' vroeg ze.

Sterre knikte.

'Mag ik je nummer?' Lars liet niet los. 'Ik wil je nog een keer zien.'

'Vergeet het maar. Horecamannen zijn haar type niet,' liet de vriendin ongevraagd weten. Lars haatte haar nu al. Waarom werden de leukste meisjes altijd vergezeld door gifslangen?

'Mag ze dat zelf uitmaken?' vroeg hij zonder zijn blik van Sterre af te houden.

'Geloof jij in de ware?' vroeg ze. Ze keek er doodserieus bij.

Lars aarzelde. Een verkeerd antwoord zou hem definitief buitenspel zetten, maar hij wilde niet liegen.

'Ik weet het niet. Wil je me dat nog een keer vragen als we samen uit zijn geweest?'

De vriendin rolde met haar ogen, maar tot zijn verbazing gaf

Sterre zich gewonnen. Ze wisselden nummers uit en terwijl ze dat deden en zich naar elkaar overbogen, rook hij spoortjes van mandarijn en bergamot. Het liefst had hij zijn neus diep in haar nek begraven om haar geur beter te kunnen inhaleren, in plaats daarvan liet hij zijn hand even op haar schouder rusten en zei nadrukkelijk dat hij snel wilde afspreken.

De rest van de avond bleef Sterre door zijn hoofd spoken. Nooit eerder was Lars zo ondersteboven van een meisje dat hij amper kende. Iets in haar had hem volledig van zijn stuk gebracht. Hij hunkerde naar haar lijf alsof ze al tijden zijn minnares was. Zonder haar naakte lichaam te kennen, wist hij wat hij kon verwachten. Een lange, sierlijke nek. Kleine, stevige borsten met zachtroze tepels. Een platte buik. Een hoge venusheuvel. Donshaartjes op haar billen. Zachte benen. Getergd haalde hij zijn linkerhand door zijn haar. Zijn vingers zweefden boven zijn mobiel. Contact zoeken was makkelijk, maar hij hield zich in. Te vroeg. Hij wilde haar niet afschrikken, hij zou geen tweede kans krijgen. Als hij wilde dat ze voor hem viel zoals hij voor haar was gevallen, moest hij vooral niets forceren en niet overhaast te werk gaan. Sterre was een cadeautje dat hij heel voorzichtig zou openmaken. Hij kon niet wachten tot ze de zijne was.

Een week later zaten ze tegenover elkaar in een Japans restaurant. Sterre dronk thee. Lars had een kannetje sake laten aanrukken, maar ze bedankte.

'Ik drink geen alcohol.'

'Nooit?'

'Nee. Ik hou er niet van.'

'Daar gaat mijn plan om je dronken te voeren en je daarna vreselijk te misbruiken,' zei Lars zogenaamd sip.

'Sorry dat ik je teleurstel.' Sterre grinnikte.

'Je stelt me niet teleur. Ik zal mijn strategie aanpassen. Je ziet er prachtig uit, trouwens.'

'Dank je.' Haar lichtgroene, grote ogen keken hem verheugd aan, alsof ze in geen tijden een complimentje had gehad. Alles aan haar leek volmaakt. Het was hem een raadsel waarom ze geen vriend had.

'Ik weet niet hoe het met jou zit, maar ik heb de hele week aan je lopen denken.' Lars besloot er geen doekjes om te winden. Hun contact in aanloop naar deze afspraak was kort en bijna zakelijk geweest. Toen hij twee dagen na hun ontmoeting een bericht had gestuurd om te vragen of ze nog met hem uit wilde, had ze direct een dag, tijdstip en locatie voorgesteld. Enigszins overdonderd had hij toegestemd. 'Tot dan', was alles wat ze nog liet weten. De meeste meisjes maakte hem hoorndol met hun oeverloze stroom aan berichtjes en foto's waarop ze à la minute een reactie verwachtten. Sterre zweeg. Hij had haar whatsapp-status vaker gecheckt dan hij ooit zou toegeven en zag haar zelden online. Haar koele opstelling zorgde ervoor dat hij zich net zo onzeker voelde als de vrouwen die achter hem aan zaten en dat beviel hem maar niks.

Sterre leek verbaasd door zijn bekentenis.

'Dit is toch een rare situatie?' ging hij verder. 'We hebben elkaar vrijdag amper een minuut gesproken. Ik heb geen idee waarom je hebt ingestemd met deze date. Je vriendin zei dat je niet van horecamannen houdt.'

'Bianca probeert me te beschermen,' zei Sterre vergoelijkend. 'Ze bedoelt het niet kwaad.'

De ober verscheen aan hun tafel om de bestelling op te nemen. Ze hadden de menukaarten nog niet aangeraakt.

'Doet u maar een sushimix,' zei Lars. 'En sashimi van zalm en tonijn. Voor twee personen?' Hij keek Sterre vragend aan. Ze knikte.

'Je vroeg me in Robuust of ik in de ware geloof,' memoreerde hij toen de ober was verdwenen.

'Klopt.'

'Waarom?'

'Omdat ik daarnaar op zoek ben,' zei Sterre.

Lars begreep steeds minder van deze vrouw. Beschouwde ze hem als een potentiële kandidaat? Dan liet ze dat op een wonderlijke manier blijken.

Sterre nam een slokje thee.

'Ik heb haast.'

'Hoezo?'

'Ik heb niet zo lang meer.'

Lars schoot onwillekeurig in de lach.

'Over zulke dingen mag je geen grappen maken,' sprak hij zogenaamd vermanend. Hij pakte zijn glaasje sake en zette het aan zijn mond.

'Ik maak geen grap.'

Ze keek ernstig. Net zo doodserieus als in Robuust. Lars zette zijn glaasje weer neer.

'Misschien had ik het je eerder moeten vertellen,' vervolgde Sterre verontschuldigend. 'Of misschien pas aan het einde van deze avond. Linksom of rechtsom, ik zou er toch niet aan ontkomen. Het was zo leuk om versierd te worden door een aantrekkelijke onbekende.'

Ze vond hem aantrekkelijk. Ondanks alles kon Lars een gevoel van triomf niet onderdrukken. Hij pakte de sake, dronk het in een teug op en vulde het glaasje meteen bij. Deze avond leek anders te verlopen dan hij zich had voorgesteld. Hij had hartversterking nodig.

Onbedoeld zorgde zijn zwijgen ervoor dat Sterre bleef ratelen. 'In mijn omgeving weet iedereen het al. Daar ben ik alleen nog maar de zielige Sterre. Ze kunnen hun medelijden amper verbergen, soms word ik er gek van. Daarom ga ik graag om met Bianca. Zij is zo heerlijk bot. Zij staat er niet constant bij stil dat ik ziek ben, je hebt geen idee wat voor een verademing dat is.'

Bianca was een gifslang van wie hij iets kon leren, begreep Lars.

'Hoe ziek ben je?' vroeg hij zo nonchalant mogelijk.

'Uitbehandeld, zoals dat heet.'

'En dat betekent? Dat je doodgaat?'

'Dat gaan we allemaal, maar ik iets eerder,' grapte ze.

'Weet je wanneer?'

'Ik ben eenentwintig en zal geen tweeëntwintig worden.'

'Wat klote.' Lars kneep zijn ogen samen en schudde langzaam zijn hoofd. 'Ik weet even niet wat ik moet zeggen.'

'Nou, ik wel,' zei Sterre opgewekt. 'We gaan zo lekker eten, jij mag straks heel galant de rekening betalen, me thuisbrengen en me veel sterkte wensen. Daarna mag je me vergeten en kan ik hopelijk terugkijken op een mooie avond in goed gezelschap.'

'Doe je dit vaker?' vroeg hij argwanend. De opsomming klonk hem iets te geroutineerd.

'Je bent niet de eerste,' zei ze enigszins schuldbewust.

Hij bestudeerde haar gezicht en pakte haar hand. Nu begreep hij waarom ze zo frêle oogde. En waarom ze zich zo anders dan andere meisjes gedroeg. Sterre had geen toekomst. Ze was nog op aarde, maar stond al met één been in het hiernamaals.

'Ik leef met de dag,' zei ze alsof ze zijn gedachten raadde. 'En dat is prima. Ik heb er vrede mee en geniet intens.'

Ze klonk oprecht.

'En toch zoek je naar de ware?'

'Het klinkt misschien heel kinderachtig, maar ik wil graag trouwen. Mijn moeder is overleden toen ik jong was, aan dezelfde ziekte. Mijn vader is er kapot van dat hij zijn dochter ook zal kwijtraken. Het zou zo mooi zijn als hij me kon weggeven.'

Ze gaf hem een kneepje in zijn hand.

'Ik gooi wel veel op je bord, hè? Sorry. Je mag ook weggaan, hoor. Ik snap dat je hier niet op zit te wachten.'

Lars schudde zijn hoofd. 'Natuurlijk ga ik niet weg. Zijn er mannen die dat doen? Wat een sukkels.'

De ober zette een enorme sushiboot op tafel. De krankzinnigheid van de situatie drong ten volle tot hem door. Hij had een date met een stervende vrouw die op zoek was naar een echtgenoot en er stond een boot vol sushi op tafel. Zijn leven, dat tot nu toe ongecompliceerd was verlopen, kon vanavond een scherpe wending nemen. Als hij zich liet meeslepen in dit avontuur zou alles anders worden. Sterre veroveren betekende dat hij haar onherroepelijk zou verliezen.

'Er is nog iets,' zei zijn tafelgenoot met een twinkeling in haar ogen.

'Nog meer? God sta me bij.'

'Neem eerst maar een slok sake,' raadde ze hem aan.

'Alleen als jij er ook eentje neemt.'

Hij schonk de twee porseleinen vingerhoedjes vol. Ze proostten – Lars slikte 'op je gezondheid' nog net op tijd in – en leegden hun glaasjes. Sterre trok een vies gezicht.

'Kom maar op,' zei Lars.

'Ik ben nog maagd.'

Die nacht bleef Sterre bij Lars slapen.

'Alleen slapen,' had ze hem gewaarschuwd.

'Uiteraard,' had hij geantwoord. Hij wist dat de aanwezigheid van zijn grote, warme lichaam een vrouw week kon maken. Week en vooral willig.

Ze lagen naast elkaar in bed, allebei op hun rug.

Lars alleen in een boxershort, waardoor zijn brede, behaarde bovenlijf uitnodigend boven het dekbed uitstak. Sterre had een T-shirt van hem geleend dat veel te groot was. Toen ze zich omkleedde, had hij gegluurd. Ze droeg een rood, kanten setje. Waarschijnlijk was Sterre de enige vrouw op aarde die daarin onschuldig kon lijken. Zoals hij al vermoedde, had ze kleine, puntige borsten, die hij het liefst direct in zijn mond had genomen. Deze nacht zou een oefening in zelfbeheersing worden.

Sterre vertelde dat ze ziek werd toen al haar vriendinnen vriendjes kregen. 'Ik was niet met seks bezig, ik wilde alleen beter worden. Dat werd ik niet. Ik stopte met de chemo, mijn haar kwam terug, ik begon me langzaam maar zeker vrouw te voelen, maar ik weet nog steeds niet goed wat ik daarmee aan moet.'

Lars ging op zijn zij liggen en nam haar van onder tot boven in zich op.

'Heb je nog nooit iets met een man gedaan?'

'Alleen zoenen.'

'Echt alleen dat?'

Ze bloosde.

Zijn erectie groeide. Het drong ten volle tot hem door wat het betekende om met een maagd in bed te liggen. Sterre was nog nooit bemind. Haar lichaam was onontgonnen terrein, puur, blanco, ongerept. Het wond hem op. De tijd dat hij onervaren dames in bed trof, lag ver achter hem. En in die tijd was hij zelf nog een stuntel, onbeholpen, zonder de fijne kneepjes te kennen die een vrouw helemaal gek kunnen maken.

'Kijk eens.' Hij sloeg het dekbed open zodat ze de bobbel in zijn boxer kon zien. 'Dit doe je met me.'

Sterre giechelde.

'Luister, ik zal je niet aanraken als je dat niet wilt, maar je mag mij wel als proefkonijn gebruiken. Beschouw me als oefenmateriaal.'

'Oefenmateriaal,' herhaalde Sterre.

'Als je straks de ware ontmoet, is het wel fijn als je enige ervaring hebt.'

'Dat is waar. Ik moet ergens beginnen.'

'En bedankt,' grijnsde Lars. Hij stapte uit bed, stak een paar kaarsen aan en zette zijn mobiel in een docking station op het nachtkastje. De slaapkamer vulde zich met R&B-muziek. Sterre was rechtop in bed gaan zitten. Hij ging voor haar staan, zijn kruis bevond zich ter hoogte van haar gezicht.

'Je mag hem eruit halen, hoor.'

Voorzichtig trok ze de elastieken band naar voren. Zijn pik, die hij rechts droeg, sprong tevoorschijn. Sterres mondhoeken krulden omhoog terwijl ze de boxer met een zekere gretigheid omlaagtrok.

'Dit is wat je moet weten,' zei Lars zacht. 'Mannen houden van hun lul. Het is hun beste vriend. Ze kunnen er alles mee. Zie je hoe fier hij rechtop staat? Hij is klaar voor je. Pak hem maar beet, voel hoe hard hij is.'

Voorzichtig nam ze zijn geslacht in haar hand.

'Wat is hij warm,' zei ze.

'Jouw hand is een beetje koud,' zei Lars.

Ze keken elkaar even aan. Sterre wilde iets zeggen, maar Lars legde zijn vinger over haar lippen. 'Niet nadenken, niet praten. Focus op wat je ziet, voelt, ruikt en proeft,' zei hij. 'De rest gaat vanzelf.'

Ze begon hem voorzichtig af te trekken.

'Heel goed,' moedigde Lars haar aan. 'De huid moet omlaag. Het mag best stevig. Neem mijn ballen losjes in je andere hand. Je mag ze kneden.'

Haar geconcentreerde blik en ietwat schutterige handelingen maakten Lars gek, maar hij hield zich in.

'Zie je dat druppeltje vocht op mijn eikel dat nu al is ontsnapt? Wil je dat er even aflikken, alsjeblieft?'

Gehoorzaam stak ze het puntje van haar tong uit. Hij duwde zijn eikel ertegenaan, zodat de druppel wegsmolt.

'Wil je meer? Wil je mijn lul in je mond?'

Ze knikte.

'Doe je handen achter je rug.'

'Waarom?'

'Dat maakt het geiler. Zowel voor jou als voor mij. Ik wil dat je geil wordt. Ik wil dat je me straks smeekt om je te neuken.'

'Dat kan je vergeten,' zei Sterre vastberaden.

Lars negeerde haar, pakte haar handen en deed ze achter haar rug, waarna hij zijn erectie in haar mond duwde. Sterres ogen werden groot.

'En nu zuigen.'

Ze deed wat hij haar opdroeg.

'Heerlijk,' kreunde Lars. 'Je zou niet zeggen dat dit je eerste keer is.'

Het moedigde Sterre aan om hem nog harder te pijpen.

Lars greep haar bij haar haren en duwde zijn pik dieper in haar mond. Pas toen ze protesterende geluiden begon te maken, liet hij los.

'Jezus,' zei ze met een verhit gezicht.

'Ben je al nat?' vroeg hij. 'Wil je het zelf voelen? Of zal ik het doen?'

Hij gaf haar geen tijd om na te denken, legde zijn hand tussen haar benen, en bevoelde haar kanten rode slipje.

'Drijfnat,' sprak hij tevreden. 'Heel goed.'

Hij duwde de stof opzij en begon het gebiedje rond haar clit te masseren.

'Doe ik het goed? Vind je dit lekker?'

Sterre ademde zwaar.

'Ga eens liggen.'

Ze gaf zich gewonnen. Lars kroop bij haar in bed en trok haar slipje omlaag.

'Benen wijd,' gebood hij.

'Je mag me niet neuken,' waarschuwde ze weer. 'Beloof het me.'

'Ik beloof het.'

Enigszins aarzelend spreidde ze haar benen voor hem.

'Laat me eens zien wat je kan. Vinger jezelf. Ik wil je geil zien worden.'

Haar handen gleden naar haar venusheuvel.

'Goed zo,' moedigde Lars haar aan. Hij zat op zijn knieën tussen haar benen en begon zich af te trekken.

'Kijk naar mijn pik. Die gaat straks spuiten. Als jij komt, spuit ik mijn zaad over je heen.' Hij trok met steeds snellere halen.

Sterres ogen werden groot. De vuige taal van Lars wond haar op. Ze bleef naar hem staren en kreunde terwijl ze zichzelf vingerde.

'Doe dat shirt uit. Ik wil je tieten zien,' zei Lars na een paar minuten.

Hij stopte met rukken, hielp haar het shirt over haar hoofd te trekken en nam daarna haar borsten een voor een in zijn mond.

'O Lars,' steunde ze. 'O god.'

Zijn rechterhand gleed tussen haar benen, zijn middelvinger draaide een paar keer rond haar clit, waarna hij hem diep in haar vagina drukte.

'Mijn vinger neukt je,' gromde hij. 'Wil je meer? Wil je mijn pik in je?'

Sterre kreunde luider.

'Zeg het!'

Ze kwam overeind en trok zijn hand tussen haar benen vandaan.

'We gaan niet neuken,' herhaalde ze. 'Nu niet. Ik wil het bewaren, Lars. Ik wil met je neuken tijdens onze huwelijksnacht. In een grote suite met een kingsize bed, witte lakens, champagne en rozenblaadjes op het bed. Ik wil dat het gaat zoals in de film. Beloof je me dat?'

Lars vloekte. Zijn pik barstte bijna uit elkaar. Hij zou haar alles beloven om haar te kunnen neuken, ze had hem in haar macht met die grote, geilgroene ogen van haar.

Sterre ging op handen en knieën zitten en nam zijn lul in haar mond. Ze zoog hem hard. Toen hij bijna kwam, stopte ze. 'Beloof je het?' vroeg ze dringend.

'Ga alsjeblieft door,' zei hij met een schorre stem.

Ze opende haar lippen, stak haar tong uit en hield zijn harde er vlak voor zodat hij haar net niet raakte.

'Ik beloof het! Ik trouw met je en ik neuk je kapot in onze huwelijksnacht.'

Ze knikte tevreden, sloot haar mond om zijn pik waarna hij zijn lading schokkend loste.

De bruiloft regelen kostte een maand. Een maand waarin de gezondheid van Sterre achteruitging. Een maand waarin sommige mensen Lars voor gek verklaarden en andere hem prezen en bewonderden om zijn moed. Lars handelde op instinct, alles in hem zei dat hij moest doorzetten. Dat Sterre niet voor niets op zijn pad was gekomen. Hij wilde haar gelukkig maken, al was hun liefde geen lang leven beschoren. Hun huwelijk moest haar ultieme hoogtepunt worden, zowel de dag als de nacht.

Hij stelde een interim-manager aan bij Robuust om zo veel

mogelijk tijd bij zijn aanstaande te kunnen doorbrengen. Kocht een verlovingsring, waarna ze bij hem introk. 'Heb ik ook nog samengewoond,' zei ze lachend toen ze met haar koffer op de stoep stond. Hij vergezelde haar bij ziekenhuiscontroles, daarnaast brachten ze vooral veel tijd door in bed, waar ze geen seconde van elkaar afbleven. Ze vrijden, aten en dronken, keken series, vielen in elkaars armen in slaap en werden lepeltje-lepeltje wakker. Lars raakte meer en meer bedreven in de kunst van het beminnen zonder penetratie en wist precies hoe hij Sterre tot een hoogtepunt moest brengen. Telkens als een van de twee het hoofd dreigde te verliezen in een moment van opperste extase, greep de ander in: 'Niet neuken!'

Het verbod maakte het verlangen almaar heviger en de vrijpartijen geiler. Soms lachte Lars Sterre vierkant uit. Dat ze nog steeds als maagd het huwelijk in wilde, terwijl haar seksuele vaardigheden intussen veel gelijkenissen vertoonden met die van een pornoster. 'Je zou zo op een site met geile studentenmeisjes kunnen,' plaagde hij haar.

'Staat ook nog op mijn bucketlist,' riep ze uit. 'Een sekstape!'

'Wat let ons?' vroeg Lars. Hij pakte zijn laptop erbij, zette de webcam aan en maakte een video waar hij pas jaren later met droge ogen naar kon kijken.

Ze trouwden op een koude vrijdag in september. In De Bilt werd die nacht de eerste vorst aan de grond gemeten. Sterre leunde tegen het altaar toen ze elkaar het jawoord gaven en bracht de drukbezochte receptie grotendeels zittend door omdat ze te zwak was om te staan. Ze droeg een schitterende witte, strapless jurk en om haar bovenbenen twee kousenbanden van lichtblauw kant die Bianca haar te leen had gegeven. '*Something old, something new, something borrowed, something blue*. En dat allemaal tegelijk, lekker handig,' had ze gezegd. Lars fluisterde in Sterres oor dat hij niet kon wachten om onder haar jurk te duiken en de kousen van haar lichaam te stropen.

'Nog een paar uur geduld,' antwoordde ze. 'Dan ben ik echt van jou.'

De ceremoniemeester had tussen de receptie en het diner een rustpauze voor Sterre ingelast. Lars bracht haar naar de bruidssuite, waar de champagne koud stond en het kingsize bed bezaaid was met rozenblaadjes. De kersverse bruid klapte verrukt in haar handen en Lars wist dat hij het juiste had gedaan door met haar te trouwen.

'Ga maar liggen, ik kom je zo weer halen.'

Sterre strekte haar armen naar hem uit.

'Kom je niet even bij me?' vroeg ze met een verleidelijke glimlach. 'We zijn nu getrouwd. Je mag me ontmaagden. We hoeven niet meer te wachten.'

'Alsjeblieft schat,' smeekte Lars. 'Ik moet beneden nog wat mensen gedag zeggen. Die paar uurtjes overleef ik wel.' Hij drukte een kus op haar voorhoofd, verliet de kamer, sloot de deur zachtjes achter zich en nam de lift naar de receptie, waar naaste familieleden bijeenzaten. De vader van Sterre veegde voor de zoveelste keer de tranen uit zijn ogen.

'Het was een geweldige plechtigheid,' vertrouwde hij Lars toe. 'Ze is zo gelukkig. Ik weet niet hoe ik je moet bedanken.'

'U hebt een geweldige dochter,' zei Lars. 'Ze heeft van mij de man gemaakt die ik wilde zijn.'

Een uurtje later stapte hij de suite weer binnen. Sterre lag op haar zij, in diepe rust. Lars keek vertederd naar de ietwat verfomfaaide Stephanotis-bloemen op het kussen. Sterres moeder had witte Stephanotissen in haar haren gedragen tijdens haar bruiloft, Sterre had hetzelfde gewild. Hij liep naar het bed en streelde haar over haar wang.

'Tijd om wakker te worden, schat.'

Geen reactie.

Lars' hart sloeg over. Sterre was een lichte slaper, als hij ook maar even draaide in bed, schrok ze wakker. Hij schudde zacht aan haar schouder. Er gebeurde niets. Koortsachtig legde hij zijn vingers in haar nek, die veel te koel aanvoelde. Hij bevoelde haar polsen, eerst links, toen rechts, maar kon geen polsslag ontdekken.

'Nee toch. Alsjeblieft niet. Sterre, alsjeblieft,' mompelde hij terwijl hij haar van haar zij op haar rug draaide. Hij legde zijn hoofd op haar borst. Ze ademde niet.

Het onherroepelijke begon langzaam maar zeker tot hem door te dringen. Ontzet staarde hij naar zijn bruid, half en half verwachtend dat ze haar ogen zou openen, haar armen naar hem zou uitstrekken zoals ze amper een uur geleden had gedaan en hem keihard zou uitlachen.

'Denk je nou echt dat ik dood ben? Mafkees! Zo snel ben je niet van me af.'

Sterres ogen bleven dicht. In de bruidssuite bleef het muisstil. Haar armen lagen levenloos naast haar lichaam. Lars haalde zijn handen door zijn haar en trok er hard aan, de pijn bracht hem enigszins bij zinnen.

'Sterre!' zei hij harder nu. 'Sterre, word wakker!' Weer schudde hij aan haar schouders, ruwer dit keer. Weer geen respons. Zijn ontzetting sloeg om in paniek. Het kon niet waar zijn. Het kon niet zo zijn dat er geen nacht zou volgen op hun huwelijksdag. Het mocht niet zo zijn dat hij niet kon waarmaken wat hij haar vele malen en op vele manieren had bezworen. Dat hij haar niet ongeopend retour zou sturen. Dat ze niet als maagd haar graf in zou gaan.

Hij dacht aan de woorden die hij zojuist tegen haar vader had uitgesproken: ze heeft van mij de man gemaakt die ik wilde zijn. Hij wist wat Sterre van haar man zou verlangen. Met lood in zijn schoenen pakte Lars het bordje NIET STOREN en hing het aan de buitenkant van de deur. Hij dimde het licht, liep naar het voeteneind van het bed, dook onder haar rok en stroopte de jurk op tot de blauwe kousenbanden tevoorschijn kwamen en hij ontdekte dat zijn bruid geen slipje droeg.

***

WOENSDAGAVOND 27 SEPTEMBER

Het wordt een korte nacht. Morgenochtend vliegen we om zes uur naar Portugal voor een bruiloft. Bart wil nog een aflevering van *Narcos* kijken, maar ik overtuig hem ervan dat hij beter naar bed kan gaan. Bart is geil. 'Ik heb te lang niet gespoten,' zegt hij.

'Dat kunnen we regelen,' antwoord ik.

Hij betast mijn borsten en billen, legt me op mijn zij en penetreert me. Je mag ook gaan slapen, hoor, voegt hij er vriendelijk aan toe. Maar mijn slaappil werkt nog niet. Bart stapt uit bed en trekt me naar de rand. 'Blijf op je zij liggen,' commandeert hij. Ik lig met mijn billen naar hem toe. Hij penetreert me weer, terwijl hij mijn billen blijft vasthouden, een hand onder de rechter, de ander op de linker. Hij neukt me terwijl hij naast het bed blijft staan. We kijken elkaar aan. Na een paar minuten vraagt hij of hij mag spuiten. Dat mag. Na afloop veeg ik me schoon met zijn T-shirt en vallen we in slaap.

ALGARVE, ZATERDAGOCHTEND 30 SEPTEMBER

De ochtend na de bruiloft stappen we samen in de grote inloopdouche van het appartement. Bart heeft een harde. Ik had gisteravond laat een migraineaanval en ben blij dat mijn hoofd weer helder is. Bart penetreert me van achterlangs. Ik zoek steun maar kan me niet goed ergens aan vastgrijpen. Uiteindelijk buk ik en zet mijn handen op de grond. Bart houdt mijn heupen vast. Ik vraag of hij snel kan klaarkomen. Dat kan hij. Na afloop staat hij te tollen op zijn benen, zijn ogen zijn gesloten.

'Gaat het?' vraag ik.

'Even bijkomen. Ik zie sterren,' antwoordt hij, terwijl hij zijn kin optilt om het water over zijn gezicht te laten stromen.

ALGARVE, ZONDAGOCHTEND 1 OKTOBER

We liggen in bed, kroelen tegen elkaar aan. Bart is helemaal naakt en hard, ik heb alleen een string aan, die ik onder het laken uittrek. We zijn niet alleen in het appartement, een vriendin van ons is er ook, dus we moeten zachtjes aan doen. Natuurlijk horen we haar na een paar minuten door de woonkamer van het appartement scharrelen. We rollen van elkaar af. Ze klopt, wacht niet op antwoord en steekt haar hoofd om de deur. 'Koffie?'

Die middag lunchen we met Mika, mijn kapper, die ook te gast was op de bruiloft en in een hotel verblijft. Hij vertelt met een ondeugende blik in zijn ogen dat hij die nacht seks heeft gehad met een heel knappe man. 'Ik ben hier zo populair,' zegt hij vrolijk. 'In Nederland krijg ik amper respons op Grindr, maar sinds ik hier ben, heb ik al dertig berichten.' Wellicht ten overvloede: Grindr is de app voor mannen die acute seks zoeken met mannen. Een app voor vrouwen die acute seks zoeken met vrouwen bestaat niet. Geen markt voor, denk ik. Zij gebruiken Tinder.

Ik hoor Mika uit, wil alle details weten voor mijn dagboek. Vindt Mika geen probleem: 'Ik schaam me nergens voor.'

De man met wie Mika via Grindr aan het chatten raakte, blijkt in hetzelfde hotel als hij te verblijven. Mika in kamer 538, de man in 536. Hij heeft geen profielfoto, Mika vraagt hem om een foto, de man stuurt er eentje, Mika is meteen verkocht.

'Zal ik naar je kamer komen?'

'Dat kan niet, ik ben niet alleen,' zegt de man.

'Van mij mag hij mee,' zegt Mika.

'Het is geen hij.'

'O. Dan kan je beter naar mijn kamer komen.'

Mika zet zijn kamerdeur een stukje open en gaat onder de douche staan. Na enige tijd arriveert de man. Hij is jong en net zo knap als op de foto. Hij laat zijn broek zakken. Er wordt over en weer gepijpt zonder voornamen uit te wisselen, na een minuut of twintig vertrekt de man weer naar kamer 536.

Mika laat nog via de chat weten dat hij het lekker vond, maar daarop komt geen antwoord.

'Dus die man had gewoon een vriendin, met wie hij op vakantie was?' vraag ik hoofdschuddend.

'Ja,' zegt Mika grijnzend. 'Je wilt niet weten hoeveel heteromannen het "on the side" met een homo doen.'

'Vind je dat niet erg?'

'Ik vind het alleen maar extra geil.'

'Voelde je je niet schuldig?'

'Nee. Maar ik dacht wel: als ik ze morgenochtend maar niet tegenkom bij het ontbijt. Dat leek me heel gênant.'

Na de uitgebreide lunch besluiten we een siësta in te lassen in ons appartement. Het is dertig graden, ook voor de Algarve is dit uitzonderlijk in oktober. We trekken onze kleren uit en kruipen in bed. Bart is een tikje opgewonden geraakt door al het gepraat over pijpen onder de douche. Hij trekt zijn boxer uit, zijn harde springt direct tevoorschijn.

'Ik wil mijn eten laten zakken,' protesteer ik zwakjes.

'Ik zal je helpen,' zegt Bart en hij duwt zijn erectie in mijn mond. 'Waar waren we vanmorgen gebleven?'

Nadat ik hem kort heb gepijpt, neukt Bart me terwijl ik op mijn rug lig. Zijn mond staat een stukje open, zijn lippen zijn gezwollen, zijn ogen half geloken. Hij is geil. Ik vind het fijn om zijn gezicht zo van dichtbij te zien. We zoenen. Dan gaat Bart rechtop zitten. 'Houd jezelf maar even bezig.' Terwijl ik mezelf vinger, pakt hij een flesje glijmiddel en mijn vibo uit de koffer. 'Doe je benen wijd.' Hij druppelt wat op mijn vagina en overhandigt me de vibo. Dan neemt hij op zijn knieën plaats tussen mijn benen, pakt mijn enkels en houdt ze omhoog. Hij neukt me, mijn benen staan in een wijde v-stand.

Na een aantal minuten wil ik Bart toch weer dichtbij hebben. Ik leg de vibo weg en trek hem naar me toe. Hij fluistert geile woordjes in mijn oor. Weer moeten we zachtjes doen, Mika en onze vriendin zijn vlakbij. Door de druk van zijn schaambot tegen mijn clit kom ik snel klaar. Ik bijt in het laken om het geluid te onderdrukken. Bart zet me na afloop op mijn knieën.

'Waar wil je het?'

'Over mijn billen,' zeg ik.

Dertig seconden later voel ik de warme golfjes over mijn billen en hoor ik Bart onderdrukt kreunen. Na afloop gaat hij onder de koude luchtstroom van de airco staan.

NACHT VAN DONDERDAG 5 OP VRIJDAG 6 OKTOBER

We gaan even voor twaalf uur naar boven. Over een paar minuten wordt Bart eenendertig jaar. Als hij zijn tanden staat te poetsen lijkt het me een leuk idee om hem te pijpen terwijl hij jarig wordt. Soort oud en nieuw, maar dan anders. Ik trek zijn broek naar beneden. Hij kijkt verbaasd omlaag. Probeert iets te zeggen en te gebaren, ongetwijfeld iets van: 'Hallo, ik sta mijn tanden te poetsen.' Ik negeer het. Hij is nog niet hard, maar wordt het al snel.

Bart stelt voor dat ik in bed verderga. Goed idee. Als we daar eenmaal liggen, ontdek ik dat ik best moe ben.

'Nou? Waar blijft mijn cadeau?' plaagt Bart me.

'Ik wil je pijpen, echt,' zegt ik terwijl ik een geeuw probeer te onderdrukken. Hij lacht me vierkant uit en doet me na. Maakt aftrekgebaren met zijn hand en pijpbewegingen met zijn mond, gaapt, zet een vrouwenstem op: 'Ja, schat, ik wil je pijpen, echt...' Sluit zijn ogen, doet alsof hij in slaap valt en weer wakker schrikt. 'O ja. Pijpen!' Gaapt weer. Valt zogenaamd weer weg, snurkt overdreven hard. Herhaalt de sequens. De nieuwste voorstelling van het Bart-imitatietheater beleeft zijn première in ons bed. Het is een grappige voorstelling. Eentje die de toeschouwer aan het denken zet. Belofte maakt schuld. De inmiddels eenendertigjarige job heeft een punt.

Ik ga overeind zitten, neem plaats tussen de benen van Bart en hervat de pijpbeurt. Er valt veel eer in dit werk te behalen. Ik trek, lik, zuig, kneed zijn ballen. Als dit een wasstraat zou zijn, kreeg het voertuig van Bart nu het vip-programma inclusief actief voorschuim, velgenreiniger, hogedrukspuit, schuimwas, onderkant wassen, extreme wax en *lava polish* afgerond met intensief nadrogen.

Bart heeft een kussen in zijn rug gelegd en kijkt tevreden toe. Ik gooi mijn borsten in de strijd, druk ze naar elkaar toe, laat zijn harde ertussendoor glijden, zuig aan zijn eikel en spuug erop. Als ik hem daarna weer aftrek, zie ik ineens sperma uit de top komen. Het glijdt omlaag over mijn handen. Bart komt geluidloos klaar. Ergens vind ik het jammer dat hij me niet even heeft geneukt. Ik probeer hem daartoe te verleiden, de volgende ochtend, de dag dat hij 'echt' jarig is, maar het lukt niet. Hij wil opstaan, douchen, de dag beginnen. 'Vanavond,' belooft hij. Maar die avond gaan we uit eten en ik weet al hoe dat zal aflopen. Hij zal veel wijntjes drinken. Te veel om nog te presteren.

ZONDAG 8 OKTOBER

'Je bent al twee dagen eenendertig jaar en je hebt me nog steeds niet geneukt,' zeg ik bij het ontwaken. Ik vind het kinderachtig van mezelf, maar ik kan het niet nalaten om het even te memoreren. Als ik iets van zijn nachtkastje wil pakken, kruip ik over hem heen.

‘Hallo billen!’ zegt Bart. ‘Doe je nou expres je kontje in de lucht?’

Ik trek een nieuwe zwarte beha aan die ik in Portugal heb gekocht, met een brede kanten rand aan de onderzijde. De beha heeft aan de voorzijde een diepe v-vorm. Mijn borsten komen er mooi in uit.

Bart vindt het prachtig.

’s Avonds als hij staat te koken, trek ik mijn shirt omhoog om mijn borsten nogmaals te tonen.

Bart grijpt ze gulzig beet. ‘Heerlijk. Ik heb zin in je.’

Precies wat ik wil horen.

Maar het komt er weer niet van, die avond.

WOENSDAGAVOND 11 OKTOBER

Het is nu donderdagavond, we hebben net gegeten. Ik vraag Bart of hij wil beschrijven hoe hij de seks van afgelopen nacht heeft beleefd.

Bart: ‘We liggen in bed. Het is halftwaalf. Ik ben een beetje chagrijnig door een verhaal uit de actualiteit dat veel te breed wordt uitgesponnen op Twitter. Daar hebben we het aan tafel uitgebreid over gehad. In bed gaat het er nog steeds over. Ik heb geen zin in seks en ook geen zin om het op te wekken. We liggen lepeltje-lepeltje en praten over wat we de volgende dag gaan doen. Jij bent een beetje aan het jengelen. Je zegt dat je je seksdagboek wilt bijwerken, maar dat er weinig te melden is. Ik doe het licht uit. Het lijkt erop dat we allebei in slaap gaan vallen, we liggen te doezelen. Ik voel dat je er een beetje van baalt dat we al een paar dagen geen seks hebben gehad, en ik heb dat ook, maar ik ben moe en het is al donker. Ik zoen je in je nek en doe mijn boxershort uit. Als mijn piemel jouw kont raakt, schiet hij meestal wel de lucht in. En inderdaad, ik krijg al snel een harde. We zoenen. Het wordt tongen. Ik masseer je tieten die heerlijk zacht en vol zijn. Je wiebelt met je billen tegen me aan, pakt mijn lul vast en probeert hem in je te stoppen.

Het lijkt erop alsof je hem in je kontje wil stoppen.

"Zal ik hem er in één keer in doen?" grap ik.

"Eh nee, dat gaat niet," zeg jij.

Ik neuk je. Jij ligt op je zij. Met mijn vingers doe ik je lippen een beetje uit elkaar zodat je jezelf kunt vingeren, wat je ook doet. We zoenen heftiger. Ik doe het licht aan en pak wat glijmiddel erbij. Jij gaat op je knieën, een been over mijn been heen en ik neuk je vanaf de zijkant.

Ik leg je op je buik en doe de ridderstand, mijn *signature move*, op een knie. Ik duw je omlaag. Je arm tegen je rug. Het is zo lekker dat ik bijna klaarkom. Ik kan niet veel bewegen. Jij pakt je Womanizer erbij. Gaat nu op handen en knieën en terwijl ik je neuk, kom je klaar. Ik draai je om terwijl jij klaarkomt, want ik wil nu spuiten.

'Pak dat ding er weer bij,' zeg ik snel. Dat doe je.

Ik spuit hard, er komt veel uit, ik sproei het over je heen, het zit overal, tegen het behang, in je haar. Alsof ik een brand blus met mijn sperma.'

Tijdens zijn beschrijving van het laatste stukje pakt Bart zijn mobiel en zoekt op YouTube de 'Rocky Balboa Theme Song' op die hij afspeelt om de uitbeelding van zijn bedprestatie muzikaal te begeleiden. 'Dit is hoe het voelt!' zegt hij. Hij doet weer na hoe hij stond te spuiten en glimlacht van oor tot oor, jongensachtig trots.

DONDERDAG 12 OKTOBER

We krijgen logees. Ik heb een opruimaanval en besluit eindelijk mijn nachtkastje uit te mesten.

Het zit vol met seksspeeltjes en aanverwante artikelen. Aan het begin van dit dagboek heb ik je al een overzicht gegeven. Intussen is er meer bij gekomen, zoals je hebt kunnen lezen. Ik heb je ook een uiteenzetting over glij- en hulpmiddelen beloofd. Die krijg je nu van me.

Lang niet alle vrouwen gebruiken hulpmiddelen tijdens de seks. Een deel van hen zal er geen behoefte aan hebben, ze vinden seks lekker genoeg zonder, maar een deel is te beschroomd om ze aan te schaffen. En dan zijn er nog vrouwen die ze wel in huis hebben, maar alleen tevoorschijn halen als ze masturberen, want ze schamen zich ervoor en/of hun partner wil het niet hebben, omdat hij zich gepasseerd voelt.

Ook ik heb het tijdens mijn seksuele leven lange tijd zonder hulpmiddelen gedaan. Deels omdat ik seks prettig genoeg vond, deels omdat ik het gênant vond om een hulpmiddel aan te schaffen, laat staan te gebruiken. Het leek op een of andere manier op valsspelen. Het moest zonder toch ook kunnen? Toen ik dankzij de onvolprezen Sandy een vibrator kreeg, ontdekte ik de geneugten ervan. Hetzelfde gold voor glijmiddel. Ergens was het een erezaak, misschien zoiets als viagra voor mannen: je vindt dat je het niet nodig hebt, je bent toch nat genoeg? Maar als je het wel probeert, ontdek je hoe prettig het is, die extra soepelheid, de zachtheid. Het maakt alles fijner. Waarom heb je er ooit moeilijk over gedaan?

Als je zelf overtuigd bent geraakt van het nut van glij- en hulpmiddelen, sta je voor de volgende uitdaging: hoe vertel je het je partner? Dit brengt me bij het begin van mijn relatie met Bart. Ik heb het je al eerder verteld, maar wil graag nogmaals benadrukken hoe fijn het was om vanaf dag één alle schaamte en schroom overboord te gooien. De 'spulletjes' er gewoon bij pakken en doen alsof het normaal is. Laten weten wat je lekker vindt en wat niet. De schone start is een groot voordeel van een nieuwe relatie. Wanneer je al tien jaar of langer op een bepaalde manier seks hebt, is het veel lastiger het roer om te gooien en nieuwe elementen in de mix te gooien. Dat kan pijnlijk zijn. Want wat zegt dat over de jaren ervoor?

Toen Bart en ik een paar maanden een relatie hadden, bespeurde ik bij hem enig egoïsme. Of ik al dan niet een hoogtepunt beleefde, leek hem niet uit te maken en hij deed er weinig moeite voor. Ik vond het moeilijk om er iets over te zeggen, maar vermande me en sprak hem erop aan tijdens een etentje. Bart schrok. Dit had hij nog nooit meegemaakt, een vriendin die klaagde over zijn bedprestaties. Hij was zich er niet van bewust. Beloofde beter op te letten. Het hielp. Ik was blij met mijn nieuwe strategie.

Onlangs sprak ik met een visagiste over dit dagboek. We hadden het over de Womanizer. Haar gezicht begon te stralen. 'Die heb ik ook!' riep ze opgetogen uit. 'Hij is echt elke cent waard geweest. Ik ben zo benieuwd wie dat ding heeft uitgevonden, die verdient een prijs.'

Dankzij mijn e-mails met Laura kon ik haar precies vertellen wie het was. Ze bleef maar knikken en stralen.

'Weet je, ik hou er gewoon van,' zei ze. 'En dit ding is ongelooflijk. Al die andere apparaten doen het niet voor mij, ik vind dat getril niks. Maar deze! Mijn vriend moet altijd grinniken als ik hem tevoorschijn haal. "Is het weer zover?" zegt hij dan. Hij ziet er ook elegant uit. Het is geen lelijk apparaat. Ik heb hem aan al mijn vriendinnen aangeraden.'

Ik luister naar haar met een brede glimlach. Ze zou het goed doen op Tel Sell, deze dame. Maar hoe heerlijk om een vrouw te spreken die zonder te stotteren of te blozen uit de doeken doet dat ze baat heeft bij hulpmiddelen.

Ik sorteer de speeltjes. Terwijl ik ze door mijn handen laat gaan, ontdek ik dat ik nog wat geprikkeld ben door de seks van gisteravond. Er is niemand thuis. Ik pak mijn mobiel en surf naar Perfect Girls en zoek een filmpje uit dat twaalf minuten duurt. Het gaat over een vriend die zijn vriendin wil straffen omdat hij van een vriend hoort dat ze is vreemdgegaan. De acteurs zijn Russen. Gelukkig is het ondertiteld. Eerst zie je de twee vrienden, die samen smoezen en een plan smeden. De ene vriend verstopt zich achter een gordijn. De vriendin van de bedrogen jongen komt binnen in een kort jurkje. Ze is blond. Ze klimt bij hem op schoot, geeft hem kusjes en zegt dat ze van hem houdt. De bedrogen jongen zegt dat hij wil spelen. Hij legt haar op de bank, en bindt haar handen vast. Ze ondergaat het kirrend. De jongen doet een blinddoek voor haar ogen. Dan komt zijn vriend tevoorschijn, die zich achter een gordijn had verstopt. Hij heeft zijn broek al laten zakken en is zich aan het aftrekken. Ze gebaren naar elkaar, want het meisje mag natuurlijk niet horen dat hij er is. Hij is het die het meisje begint te neuken, terwijl de bedrogen vriend op een stoel zit en toekijkt. Het meisje kreunt en steunt. De jongen vingert haar, neukt haar, stopt zijn vinger in haar mond. Zij blijft hard kreunen en roepen dat ze het heerlijk vindt en van hem houdt. De bedrogen jongen blijft toekijken. Ik verwacht half en half dat hij zich ook zal gaan aftrekken, maar dat doet hij niet. Hij houdt zijn kleren aan.

Op zeker moment maakt de bedrogen jongen de blinddoek los. Het meisje ziet door wie ze wordt geneukt en gilt: 'Schoft, wat flik je me nou?' Hij zegt dat ze hem niet had moeten bedriegen en dat dit haar straf is. Het meisje roept dat ze hem bedriegt omdat hij een slechte minnaar is. Intussen neukt de vriend haar gewoon door. Ze zit nu op handen en knieën en hij geeft haar af en toe een pets op haar rechterbil. De bedrogen jongen maakt de touwen los. 'Vind je het lekker om me met een ander te zien neuken?' vraagt zijn vriendin. 'Is dat het?'

Hij zegt dat het hem niet meer interesseert, dat ze vooral moet doen waar ze zin in heeft. Hij gaat weer op de stoel zitten. Het neukende tweetal is intussen helemaal naakt en heeft de smaak duidelijk te pakken. Op zeker moment wil het meisje dat haar vriend haar hand vasthoudt. Dat doet hij onwillig. Ze seksen tot de jongen die het meest baat heeft bij de situatie klaarkomt en over het meisje heen spuit. Ze staat op, plaagt haar inmiddels ex-vriend nog wat. Of hij zin heeft? Nee, dat heeft hij niet. Ze trekt haar jurkje weer aan en verlaat de kamer. De vrienden praten nog even na. 'Het is een bitch, ik ben helemaal klaar met haar,' zegt de bedrogen Rus. 'Ik hoef haar nooit meer te zien.'

Terwijl ik naar het filmpje kijk, snort mijn vibrator vrolijk mee en kom ik twee keer klaar. Het effect van porno op lustbeleving moeten we niet onderschatten. Het werkt als een malle. Ik weet niet of jij porno kijkt, beste lezer, maar als je libido je even in de steek laat, kan ik het je aanraden. Overwin die goeie ouwe schaamte, surf naar een gratis site en klik eens wat aan. Wedden dat er een fysieke reactie volgt? Heerlijk toch? Ook als opwarmertje van harte aan te bevelen.

Ik kan aan het filmpje zien dat Bart ook de nodige porno heeft gekeken in zijn leven, want een groot deel van de handelingen en standjes die hij in bed verricht, komen overeen met wat de Russische acteurs voor hun dagelijks brood uitvoeren.

ZATERDAG 14 OKTOBER

Ik ben eerder wakker dan Bart, neem een douche en kom in mijn kimono de slaapkamer in. De kimono hangt halfopen. Bart ziet mijn borsten.

Hij doet alsof hij schrikt.

'Ik zie je borsten.'

'Wil je ze aanraken?'

Ik loop naar het bed, pak zijn hand en leg hem op mijn rechterborst.

Bart zet grote ogen op alsof dit de eerste keer is dat hij een vrouwenborst aanraakt. Zijn lichaam begint te schokken onder de dekens. Hij doet een puber na die zich niet in bedwang kan houden en door een simpele aanraking al klaarkomt. Hij blijft maar schokbewegingen maken en praat hakkelig, half kreunend. Als we half serieus, half grappend aan rollenspel doen is dit zijn favoriete rol. De rol van een jongen die zijn eerste seksuele ervaring heeft met een Echte Vrouw. Of de rol van een jongeman op een eerste date die uitmondt in seks. Hij doet dan alsof hij doodsbang is voor onze honden, wat me al eens de slappe lach heeft bezorgd, omdat hij op de koelkast probeerde te klimmen. Bart heeft me weleens een fantasie verteld over een kasteel, omringd door een ondoordringbaar woud, waar een koningin in de torenkamer verveeld in bed ligt. Een woud waar hij, de ridder, zich doorheen hakt met een zwaard, waarna hij de toren beklimt en door het raam naar binnen komt om de koningin te bevredigen.

De puberjongen komt deze zaterdag niet verder dan mijn borst. Ik ga me aankleden. Er staan To Do-dingen op het programma, maar op het moment dat ik dit noteer, weet ik al niet meer wat.

ZONDAG 15 OKTOBER

Prachtige nazomerdag. De herfst is even verdwenen. We lopen zonder jas door het bos met de honden. Het is niet ons gebruikelijke bos, het is niet de hei, we zijn elders, in de buurt van Paleis Soestdijk. Bart heeft een korte broek aan, ik een jurkje met een dunne, huidkleurige panty eronder. Het is rustig in het bos.

'Zullen we even een wippie maken?' zeg ik, terwijl ik om me heen gebaar.

Belachelijke uitdrukking, geen idee waarom ik het zeg.

Bart geeft geen antwoord, maar stapt iets vastberadener door het bos tot hij een plek onder een boom ontdekt waar hij onbespied hoopt te zijn. Hij trekt me van het pad af met zich mee.

We staan onder de boom, Bart neemt de leiding, hij draait me om, zodat ik met mijn achterkant naar hem toe sta. Hij laat zijn broek zakken en doet mijn jurk omhoog. Hij voelt aan mijn panty en ontdekt een gaatje. Hij steekt twee vingers erin en scheurt het gat groter. Ik breek wat takjes om me heen af, die in mijn haar prikken. Bart manoeuvreert zijn erectie van achterlangs bij me naar binnen. Ik buk een beetje naar voren. Het is lekker.

'Dit ga ik niet lang volhouden,' waarschuwt Bart. 'Ik kom nu al bijna.'

Ineens hoor ik stemmen dichterbij komen. Ik verstijf.

'Hoor je dat?'

Bart legt zijn hand over mijn mond.

Hij glijdt uit me. We kijken om ons heen en ontdekken de mensen die een paar meter verderop over een pad lopen. Ze zien ons niet.

Als ze buiten gehoorsafstand zijn, pakken we de draad weer op.

Bart herhaalt dat hij snel zal klaarkomen, hij is te geil.

'Geeft niet,' zeg ik.

Na een paar stoten begint hij iets harder te kreunen. Ik probeer naar hem te kijken, maar een paar dagen geleden heb ik een rare draai gemaakt met mijn nek, dus die is te stijf om goed achterom te kunnen kijken.

Na het orgasme van Bart hijs ik mijn panty weer op. Straks zal het kruis nat zijn. Dat is niet erg. Ik ga geen poging doen om ook klaar te komen. Te ingewikkeld, rechtop, in zo'n bos. Heb ook geen vibo bij me. Daarmee zou het misschien wel lukken. Iets voor de volgende keer.

'Kut,' roept Bart en duwt me een stukje opzij. Ik ben boven op zijn zonnebril gaan staan, waarvan een pootje een stukje verder tussen de bladeren ligt. 'Die laat ik de volgende keer wel thuis,' zucht hij en geeft me een knipoog.

MAANDAG 16 OKTOBER

Mijn redacteur Jasper heeft een voorlopige versie van het seksboek gelezen. 'Het wordt fraai allemaal,' mailt hij me. 'Een boek zoals er niet eerder was.' Ik bel hem meteen op, want ik ben razend benieuwd.

Jasper is behoorlijk belezen, hij vertelt me over dagboeken van andere schrijvers, die zeer gedetailleerd verhalen over hun dagelijkse gang naar de bakker, de ruzies met hun vrouw, hun correspondenties met collega's, maar die hun seksuele handelingen zorgvuldig buiten schot houden.

'Dit dagboek moet een diapositief zijn,' vertel ik hem. 'Alles wat je normaal niet leest, wordt uitgelicht. En als er al iets in staat over het gewone leven, dan moet dat in relatie staan met seks. Oftewel: een normale boswandeling wordt niet beschreven. Eentje die uitmondt in seks wel. 'Denk je dat het wat wordt?'

'Het wordt zeker wat. Het is al wat. Maar ik wil meer lezen, meer terzijdes, meer uitweidingen, meer essays. De handelingen op zich zijn niet eens zo interessant, de gedachten die ze bij je losmaken des te meer. Ga vooral door.'

WOENSDAG 18 OKTOBER

We gaan vroeg naar bed. Vroeg naar bed gaan betekent een woordloze belofte tot seks. We liggen in elkaars armen te kroelen. Het licht is al uit. Vanavond neemt Bart het voortouw. Hij trekt zijn boxer uit en toont zijn erectie. Vertelt dat hij eigenlijk echt vroeg wil gaan slapen. Ik zeg dat dat ook goed is. Bart grapt dat ik hem ook best mag pijpen, want dan kan hij gewoon blijven liggen. Ik zeg dat ik heel goed kan pijpen en duik even onder het dekbed om dat te bewijzen.

Bart doet het licht aan en verzucht dat hij me nu ook wil neuken. Hij gaat naast het bed staan, trekt me naar de rand en penetreert me terwijl ik op mijn rug lig.

Als ik deze vrijpartij goed wil beschrijven, moet ik noteren dat ik hem twee keer heb onderbroken, maar ik weet niet meer precies op welke momenten. Een keer om een blikje cola light uit de koelkast te halen, want ik heb ineens ontzettende dorst. En een keer om Bart te vragen of hij mijn vibo wil pakken, die nog in de werkkamer ligt, vanwege de logees die we onlangs hadden. Hij komt eerst met de verkeerde doos terug, de doos vol opladers, en daarna met de goede.

Hij neukt me, ik hanteer de vibo, maar na een tijdje trek ik Bart op me. Ik wil ouderwets neuken, zijn lichaam tegen het mijne aanvoelen, zijn schaambot tegen mijn clit. Ik geloof dat ik nog even terugdenk aan de Russische porno. Dan kom ik klaar. Bart gaat wat meer rechtop zitten, blijft me neuken.

'Doe je benen wijd voor me,' commandeert hij. Hij pakt mijn voeten en trekt mijn benen open in een grote v. Hij pakt met een hand mijn billen van onderen, de andere houdt een voet vast en niet snel daarna komt hij ook klaar. Hij spuit in me en geeft me daarna een T-shirt voor onder mijn billen.

ZONDAGOCHTEND 22 OKTOBER

Bart moet werken vandaag. We hebben al geknuffeld en willen net opstaan als ik besluit mijn hemdje en mijn string uit te trekken en mijn lichaam tegen dat van Bart aan te drukken. Kijken wat er gebeurt. Er komt een positieve respons. Bart trekt zijn boxer ook uit. Ik klim op hem, laat me over zijn erectie heen zakken. Hij legt zijn handen om mijn heupen, drukt me nog dichter tegen zich aan en neukt me. De opwaartse druk die hij van onderaf kan zetten, is opvallend krachtig. Ik hoef amper mee te bewegen, ik hoef niet te rijden. Soms leg ik mijn hoofd even in zijn nek, dan ga ik weer rechtop zitten. Bart pakt mijn polsen, duwt mijn armen achter me, zodat mijn borsten meer naar voren komen. Hij zuigt aan mijn tepels. Ik hoef niet klaar te komen, besluit ik, hij mag mijn lichaam gebruiken. Bart kondigt aan dat hij zo gaat spuiten. Zijn lippen zijn vol. Zijn gezicht oogt mannelijker, ouder. Hij trekt me nog dichter tegen zich aan. Mijn gezicht is vlak bij het zijne en ik blijf hem aankijken terwijl hij klaarkomt.

MAANDAG 23 OKTOBER

Soms denk ik dat dit dagboek niet over seks gaat, maar dat het een liefdesverklaring is aan Bart. Dit noteren valt me zwaarder dan het beschrijven van mijn verzameling vibrators en buttplugs. (*I love you more than double headed dildos.*) Een grote liefde benoemen is eng. Misschien omdat het benoemen voelt als een vooruitwijzing naar het einde ervan. Een premature nabeschouwing. Ik wil niet dat onze liefde eindigt. Ik hou heel veel van Bart. Het liefst wil ik dat hij altijd bij me is. Ik ben (bijna) altijd blij als hij bij me is en vind het (bijna) altijd jammer als hij ergens heen moet. Het is zalig om samen te slapen. Zalig om samen te eten. Een film te kijken. Op reis te gaan. Ons te verheugen op dat wat gaat komen. Alles is leuker als hij erbij is. Hij is prettig om naar te kijken. Hij maakt me vaak aan het lachen. Zelfs als hij boos is. Waarna hij nog bozer wordt, omdat hij denkt dat ik hem uitlach. We kunnen kinderachtig gelukkig zijn samen. Alsof we elke dag door de heg kruipen om in elkaars tuin te spelen. We zijn al bijna vijf jaar samen en nog steeds voel ik me verliefd. Verkleed ik me soms drie keer voordat hij thuiskomt. Wil ik mooi zijn voor hem. Heb ik geen behoefte aan seks buiten de deur. Dat ik al tweeënvijftig jaar ben en hij pas eenendertig vormt in het dagelijks leven geen probleem, maar mijn hoofd weet het natuurlijk wel. Mijn hoofd piekert daar soms over. Hoe moet dat straks als mijn lichaam echt bejaarde trekjes gaat vertonen? Seks met het licht uit? Of met steeds meer lingerie om rimpelingen en hangende vellen te verdoezelen? Is zijn liefde voor mij groot genoeg om de aanblik te verdragen? Aan dit soort gedachten valt moeilijk te ontkomen. Want stel dat Bart morgen ineens vierenzeventig jaar is, tweeëntwintig jaar ouder dan ik. Zou ik dan nog steeds van hem houden? Ik kan hard roepen van wel, maar het is moeilijk voorstelbaar. Net zo moeilijk voorstelbaar als de dag dat hij tweeënvijftig jaar is en ik vierenzeventig word. Gaan we het meemaken? Samen oud worden klinkt raar als een van de twee het al is.

DINSDAGAVOND 24 OKTOBER

Bart moet morgen heel vroeg op omdat hij naar Oss moet voor werk. Hij wil bijtijds naar bed. Ik vraag wat hij bedoelt: naar bed, seks, slapen? Of naar bed, slapen? Hij zegt dat hij echt vroeg wil slapen. Ik blijf nog even op. Ik ben nog klaarwakker en moet nog wat stappen zetten en verdiepingen lopen.

Wanneer ik een halfuurtje na hem de slaapkamer binnenkom, ligt Bart nog filmpjes te kijken op zijn telefoon. 'Tss, je wilde vroeg slapen,' zeg ik. We knuffelen even. Hij doet het licht uit. Ik ga mijn tanden poetsen. Als ik daarna in bed stap, voel ik dat Bart spiernaakt is. Hij heeft een niet te missen erectie.

'Pardon? Wat is dit?' vraag ik.

Deze erectie daagt me uit. Ik word er vrolijk van. Elke ongebruikte erectie is er eentje te veel.

Bart zegt dat het vanzelf ging toen hij zijn boxer uittrok.

'Wil je nou wel of niet seksen?' vraag ik voor de zekerheid.

Hij weet het nog steeds niet.

'Misschien moet je me even van achteren nemen, dan kan je in me in slaap vallen,' stel ik voor.

Ik keer mijn rug naar hem toe.

Hij dringt in me en kreunt. Van in slaap vallen zal geen sprake zijn, weet ik.

Bart neukt me.

'Zou jij je vibo er niet even bij pakken?' vraagt hij.

Dat doe ik. Seks is een dans waarvan je de choreografie ter plekke moet bedenken. Ik ga op mijn rug liggen, half over Bart heen, die op zijn rechterzij ligt, zet de Womanizer op mijn clit, zodat deze wordt gestimuleerd terwijl Bart me neukt.

Ik was de intensiteit van de Womanizer even vergeten. Mijn gekreun zwelt aan. Zodra ik over de piek heen ben, gaat Bart rechtop zitten en trekt zich af boven mijn gezicht. Mijn kut pulseert nog en ik neem zijn eikel gretig in mijn mond nadat hij begint te spuiten, zodat zijn sperma niet alleen op mijn kin en wangen belandt, maar ook op mijn tong. Nadat hij is klaargekomen en met zijn rug tegen de muur leunt, zuig ik nog even door. Soms maakt een orgasme je alleen maar hongerig naar meer.

MAANDAG 30 OKTOBER

Afgelopen zaterdag vierden we Bart zijn verjaardag en de dag erna had ik migraine. Vandaag weer een helder hoofd. Ik mest mijn kledingkast uit. Alle zomerkleding kan naar zolder en de winterkleding moet weer netjes worden opgehangen. Op bed ligt een enorme berg kleding. Ik vraag aan Bart of hij die wil vouwen. Hij heeft in een kledingzaak gewerkt en kan heel netjes vouwen. Ik ben jaloers op mensen die dat kunnen. Als ik iets vouw wordt het nooit strak. Nooit. Als ik iets aan een waslijn hang, hangt het rommelig. Als Bart of de werkster het doet, hangt het recht. Je zou Bart een koffer moeten zien inpakken. Militaire precisie. Zijn vader was marineman, kapitein ter zee, misschien is het erfelijk.

'Als je mijn kleren vouwt, pijp ik je,' beloof ik Bart.

Ik denk dat hij het zonder dit aanbod ook wel had gedaan, maar iets leuks in het vooruitzicht hebben is nooit verkeerd.

Hij transformeert de berg kleding tot nette stapeltjes, die ik naar zolder breng. Ik ben hem zeer dankbaar, zak door mijn knieën, trek zijn broek uit, sjor zijn boxer omlaag en neem zijn erectie in mijn mond. Aangezien het een beloningspijpbeurt is, doe ik mijn uiterste best om de variatie, zuigkracht en algehele dynamiek van het gebeuren op het hoogste niveau te krijgen. Bart trekt zijn shirt uit terwijl ik bezig ben. Ik pauzeer even zodat hij zich ook van zijn boxer, broek en sokken kan ontdoen. Blij dat hij de sokken uitdoet. Staat toch een beetje raar, een held op sokken pijpen.

Bart geniet. Hij kijkt naar zichzelf en mij in de spiegel. Pakt mijn achterhoofd en trekt me dichter naar zich toe, zodat zijn geslacht dieper in mijn keel gaat. Er loopt een dunne lijn tussen gulzigheid en braakneigingen. Je wilt je niet laten kennen, maar je wilt ook niet kotsen. Bart hoort aan mijn gegorgel dat ik enige moeite heb met de orale verwerking van zijn geslacht. Voor hem is dat extra geil, voor mij eigenlijk ook. Het is die rare mix van ongemak en seksueel plezier. Ik trek hem ook af, met twee handen. Bart zegt dat hij liever één hand wil. Ik leg de andere om zijn bil en even later om zijn ballen, van achterlangs. Het duurt best even voordat hij komt, ik had het iets sneller verwacht. Misschien heeft hij zich vanochtend afgetrokken onder de douche, ik weet het niet. Ik vraag het ook niet. Maar daar is het dan toch, het eerste warme golfje in mijn mond. Ik zuig en trek door. Er volgt meer. Bart kreunt. Als alles eruit is, verzamel ik wat extra spuug in mijn mond en slik het mengsel dan in één keer door.

ZATERDAGOCHTEND 4 NOVEMBER

We hebben een lijstje met dingen die we dit weekeinde willen gaan doen. Seks staat niet op de lijst, maar het is hoog tijd dat het er weer eens van komt, dat beseffen we allebei. Voor we gingen slapen stuurde Bart er al een beetje op aan. Hij vroeg of ik zijn piemel wilde zien en trok zijn boxer open om me een blik op zijn erectie te gunnen. Ik grinnikte maar gaf niet echt sjoege.

'Volgens mij moet jij al je kleren maar eens uittrekken,' zegt Bart als we zaterdagochtend wakker worden. Ik heb een hemdje en een slip aan. Die zijn snel uit.

'Hallo tieten!' roept Bart blij. De aanblik van mijn blote borsten wekt negen van de tien keer een enthousiaste reactie op.

Ik ga even naar het toilet, breng de Estriol-crème in, en als ik weer terugkom klim ik op Bart. We neuken. Het is lekker. Hij pakt me stevig beet. Hij vraagt me mijn rug recht te doen. Armen naar achteren. Ik ga op mijn hurken zitten, doe mijn benen wijd, zodat hij mijn kutje kan zien. Hij vingert me met zijn duim. We liefkozen elkaar, we tongzoenen. Gaan in elkaar op. We hervinden elkaar, verbinden ons met elkaar. Seks zoals seks is bedoeld, denk ik. Dankzij dit dagboek ben ik me meer bewust van de dynamiek van elke vrijpartij. Dit zijn Bart en ik zonder toeters en bellen. Seks met liefde.

Ik verander van positie, laat me van hem af glijden, ga als een bolletje naast hem zitten, maak me klein, zodat hij me van achteren kan penetreren terwijl hij op zijn zij blijft liggen.

Daarna draai ik me op mijn rug. Ik wil hem op me, in me. Ik voel de druk op mijn clit. Het is prettig. Een paar nogal lukrake beelden schieten door mijn hoofd, verdwijnen weer. De druk van zijn lichaam en zijn gezicht vlak boven het mijne zijn genoeg. Ik kreun harder en harder en geniet intens van het orgasme dat door mijn lijf dendert.

Na mij is Bart aan de beurt. Ik klim weer op hem, recht mijn rug, doe mijn borsten naar voren, knijp mijn bekkenbodemspieren samen. Bart duwt zijn gezicht tussen mijn borsten, zuigt aan mijn tepels. 'Je trekt me af met je kut, lekker,' zegt hij. Hij haalt me steviger naar zich toe. Ik knijp zo hard mogelijk. Hij komt intens en lang klaar, kreunt hard, zo hard, dat hij uiteindelijk moet lachen. Een bevrijdende, jongensachtige lach. Heel af en toe heeft hij dat. Ik kan me herinneren hoe het me aan het begin van onze relatie verraste: een man die aan het einde van een orgasme onbedaarlijk begint te lachen, dat was nieuw voor me.

PS: De eerlijkheid gebiedt me te zeggen dat ik deze vrijpartij pas op maandagmiddag 6 november noteerde. Ik dubbelcheckte per app bij Bart of ik inderdaad op hem zat toen hij klaarkwam. 'Je zat op mij, ja,' antwoordde hij. 'Dat kun je niet zomaar vergeten zijn!!!'

PPS: Ergens dit weekeinde, ik weet niet meer precies wanneer, hadden we nog een soort seksonderonsje in bed. 'Wil je mijn kutje zien?' vroeg ik aan Bart. 'Ja hoor!' Dat directe en positieve antwoord overviel me. Mijn vraag was een uitprobeersel. Bart zegt het altijd zo makkelijk: 'Wil je mijn lul zien?' Om vervolgens zijn boxer omlaag te trekken. Ik vertel Bart dat ik schaamte ervaar als ik die vraag stel. Ik ben niet zo verbaal in en om het bed. De woorden komen moeilijk over mijn lippen. Misschien is dit tegenstrijdig met dit dagboek en mijn imago, maar het is wel waar. Dirty talk vind ik lastig. Het opschrijven is een stuk makkelijker.

MAANDAGAVOND 6 NOVEMBER

Bart is op zijn zolderkamer aan het bassen. Dat doet hij graag, naast drummen, en het maakt een stuk minder herrie. Ik zit beneden. Hij stuurt me een appje.

'Gaan we zo naar bed? Ik wil je neuken!'

Dat is duidelijke taal.

Ik stuur een foto terug van mezelf met uitgestoken tong en een diep decolleté. Bart appt: 'Ja, kom maar op.'

Wanneer we even later in bed belanden is de toon al gezet. Bart ligt op zijn rug. Hij trekt zijn boxer omlaag, zijn erectie springt tevoorschijn. Ik krijg meteen zin in hem, buig me voorover en begin hem te pijpen. 'Oe!' Bart kreunt. Ik lik hem met lange halen en swaffel mijn gezicht met zijn lul. Hij vraagt hoe ik wil dat hij me straks neukt. 'Het maakt mij niet uit,' zeg ik.

'Van achteren,' vindt Bart. 'Dat is te lang geleden.'

'Je pik smaakt naar zeep,' zeg ik. 'Proef maar.' Ik geef hem een tongzoen.

'Dat is je eigen nachtcrème,' zegt Bart hoofdschuddend. 'Die zat op je wangen.'

Ik ga op mijn handen en knieën zitten.

'Moet je je vibo er niet bij pakken?'

Nee, niet nodig. Bart mag me gebruiken. Ik hoef geen orgasme.

Hij kiest voor de ridderstand. Een knie op het bed, de ander voor zich uit. Hij duwt mijn benen uit elkaar. Ik leun nu op mijn ellebogen. Hij penetreert me en neukt me net zo lang tot hij klaarkomt. Na afloop komen we bij in elkaars armen. 'Je was even mijn sekspop,' zegt Bart.

Ik denk aan mijn dagboek. Nog iets minder dan twee maanden, dan houdt het op. Het zal gek zijn om de seks niet meer te hoeven noteren. Als het einde van een boek nadert, word ik altijd overvallen door een lichte melancholie. Straks is het voltooid en daarmee verleden tijd. Tegen de tijd dat jij dit leest, heb ik er al afscheid van genomen. Is het niet meer van mij. Mijn uitgever zei dat ik ondanks de aankomende publicatie ook gewoon door kan gaan met het bijhouden. 'Je weet nooit waar het goed voor is. Straks word je de vrouwelijke Knausgård.' Ik betwijfel of ik de wereld wil lastigvallen met een zesdelige cyclus van seksdagboeken. Eerst maar even afwachten hoe het boek het gaat doen. En bovendien: waarschijnlijk valt er straks een last van me af. Onbekommerd seksen zonder huiswerk achteraf lijkt me geen straf.

ZONDAG 12 NOVEMBER

Bart is aan het klussen. Onze nieuwe keuken is bijna af en we zijn er erg blij mee. Ik heb vanmorgen een gestreept, nauwsluitend jurkje aangetrokken, waardoor de welvingen van mijn lichaam duidelijk zichtbaar zijn. Telkens als Bart me ziet pakt hij me even beet bij mijn billen en borsten. Hij houdt van dit jurkje, laat hij weten. Ik houd ervan dat hij niet van me af kan blijven.

Aan het einde van de middag bestellen we een verrassingsmenu via Thuisbezorgd bij een Afghaans restaurant, dat we straks van ons nieuwe servies gaan eten. Bart maakt twee gin-tonics in grote wijnglazen, ik doe er komkommerslierten in. We proosten en bewonderen – voor de zoveelste keer – onze keuken, die elke dag mooier wordt. De stemming is opperbest.

'Moet je dat jurkje niet eens uittrekken?' vraagt Bart. 'Dan kan ik je nog even tegen het aanrecht neuken voordat het eten komt.' Ik trek het jurkje uit. Mijn panty moet ook omlaag. We vozen een beetje en dan gaat de bel. De Afghanen bezorgen een stuk sneller dan verwacht.

Mijn jurk gaat weer aan. De panty laat ik uit. We verorberen het verrassingsmenu en drinken gin-tonic. Het nieuwe servies is prachtig, het eten heerlijk, dit wordt een goede avond.

Na de maaltijd gaat Bart in onze (nep) Eames-loungestoel zitten. Hij zet de tv aan, zoekt een radiozender met alleen filmmuziek. Ik doe nog wat stappen, wandel heupwiegend door de kamer en dans op de muziek van *Ghostbusters*. Bart moet lachen. Ik klim op zijn schoot. We tongzoenen uitgebreid. Daarna trek ik het jurkje uit. Bart vingert me, diep en dwingend. Hij wordt hard, trekt zijn kleding uit en wil me penetreren. Ik moet eerst even plassen. Als ik terugkom, volgt een zeer uitgebreide vrijpartij. Bart neukt me overal, in de hal tegen de muur, in de keuken tegen het eikenhouten aanrecht, op de nep-Eames. Op zeker moment tilt hij me van de nep-Eames naar de bank. Dit alles onder begeleiding van een totaal willekeurige selectie filmmuziekhits, zoals 'St. Elmo's Fire' van John Parr en Bonnie Tyler met 'Total Eclipse of the Heart'. *Turn around, every now and then I get a little bit nervous that the best of all the years have gone by…* We seksen eigenlijk zelden of nooit op muziek, en dat terwijl Bart drummer is.

Er wordt meer gin-tonic gedronken. Otis Redding zingt *I have been loving you too long* en ik besef ineens hoe geniaal

Otis Redding is. Ik heb te weinig aandacht aan Otis besteed in mijn leven.

Misschien is het de muziek, misschien is het de drank, want ook al geniet ik enorm van deze seks, mijn hersens associëren te veel, waardoor ik me moeilijk kan concentreren op klaarkomen. Ik weet nog dat mijn hersens in een fractie van een seconde drie lukrake sprongen maken, van het heden naar een moment tijdens mijn middelbareschooltijd, naar weer een ander herinnering. Van A naar Q, naar F, zeg maar, en dat ik dacht: dit moet ik onthouden voor mijn dagboek, maar ik ben het vergeten.

Hoe de seks precies verliep, de choreografie, heb ik ook niet meer heel helder voor ogen. Het begon op mijn knieën, daarna op mijn rug, ik ben nog naar boven gerend voor mijn vibo, de Womanizer en glijmiddel en dat heb ik allemaal gebruikt.

Het is ongegeneerde porno, ik denk niet na, ik handel en ga op jacht naar een orgasme. Als ik dat heb veroverd, met de Womanizer, terwijl Bart me neukt, leun ik voldaan achterover. Bart richt zich op en trekt zich boven me af, hij spuit over mijn borsten. Ik pak zijn pik en zuig de laatste restjes uit hem, terwijl hij schokt en kreunt.

ZATERDAGOCHTEND 18 NOVEMBER

Bart is niet thuis. Hij ging gisteravond uit met een vriend in Utrecht, het zou laat worden en hij zou bij hem blijven overnachten. Alleen slapen is gek. Ik slaap beter als hij naast me ligt. Wanneer ik wakker word, denk ik aan seks. Ik heb zin in een orgasme. Ik pak mijn favoriete vibo, de roze, en doe hem tussen mijn benen. Nog even overweeg ik een pornofilmpje op te zoeken, maar het is niet nodig. De plaatjes in mijn hoofd zijn genoeg. Ik denk aan een vrouw die op handen en knieën zit, billen naar achteren, haar vagina goed in zicht, en een man die haar zo van achterlangs kan vingeren.

Dit opschrijven duurt al langer dan deze fantasie en het hoogtepunt dat erop volgt. Verbazingwekkend hoe makkelijk een orgasme zich soms aandient. Ik kan de vibo na twee minuten afspoelen en opbergen.

's Middags heb ik een feestje in Den Haag. Een vriendin is vijfenvijftig jaar geworden, we lunchen met acht vrouwen, allen net boven of onder de vijftig. Mijn tafelgenote aan mijn rechterkant vraagt wat ik aan het doen ben en ik vertel over het seksdagboek. Het intrigeert haar.

'Mijn man is volgende week jarig,' vertelt ze. 'Hij vindt dat we niet genoeg seks hebben. Ik ben van plan hem voor zijn verjaardag een jaar lang elke dag seks te geven.'

'Elke dag? Een jaar lang? Dat is pittig,' antwoord ik.

Ze trekt haar wenkbrauwen op.

'Dus zelfs jij vindt dat te veel?'

'Zelfs ik?'

'Ja, nou ja, je weet wel...'

Blijkbaar sta ik nog steeds te boek als een onverzadigbaar seksmonster. Grappig hoe hardnekkig zo'n imago is. Zou het dagboek dit beeld voor altijd om zeep helpen of juist bevestigen?

'Nou, het lijkt me vermoeiend, elke dag,' zeg ik.

'Ik ga natuurlijk hopeloos falen.'

'Als je een overzichtelijke periode afspreekt, red je het misschien wel. Hoe oud wordt hij?'

'Tweeënvijftig.'

'Doe dan tweeënvijftig dagen. Dat is misschien wel te doen. En de kans is groot dat je het nog leuk gaat vinden ook. Dat je het raar vindt om een dag over te slaan.'

'Ja, dat is natuurlijk de bedoeling,' zegt ze. 'Dat ik er ook weer meer lol in krijg.'

ZONDAG 19 NOVEMBER

Bart is voor werk naar Monaco. Ik maak een lange wandeling over de hei met een vriendin en de honden. Ook zij vraagt naar het seksdagboek. Ik vertel er enthousiast over. Dat ik in het begin bij wijze van spreken met mijn ogen dicht en een afgewend gezicht zat te tikken, maar dat ik er steeds meer aan wen om het gewoon op te schrijven zoals het ging. Dat ik het met steeds meer plezier doe, het noteren van de handelingen. En waarom ook niet? *It's just sex.*

Het blijft bijzonder dat seks zelden een normaal gespreksonderwerp is. We praten met elkaar over ons werk, ons liefdesleven, onze gezondheid, familie. Maar niet over seks.

De vriendin luistert belangstellend. 'Ik weet alleen niet of ik het ga lezen,' zegt ze eerlijk.

'Dat snap ik,' antwoord ik. 'Het is ook niet bedoeld voor mensen die ons echt kennen. De familie van Bart en mijn kinderen zullen het ook niet gaan lezen, neem ik aan. Dat is te dichtbij.'

Ze knikt.

De vriendin blijft eten. We praten bij over van alles en nog wat en dan vertelt ze ineens dat ze al negen maanden geen seks heeft gehad. Ik kijk haar verbaasd aan.

'Het gaat niet,' zegt ze. 'Ik heb in juni de diagnose gehad. Het heet LS, google het maar, lichen sclerosus van de vulva, het is waarschijnlijk een auto-immuunziekte. Die veroorzaakt wondjes, littekens en witte plekken. Daarnaast zijn mijn bekkenbodemspieren verkrampt.'

'Jezus, wat naar. En ik liep vanmiddag maar te ratelen over mijn seksdagboek. Sorry.'

Ze haalt haar schouders op. 'Dit kon je toch niet weten.'

Ze vertelt me er alles over en geeft me toestemming om het op te schrijven. Het is een chronische aandoening die de huid rond de geslachtsorganen aantast. Mannen kunnen het ook krijgen, maar bij vrouwen komt het vaker voor. Waardoor LS precies wordt veroorzaakt, is onduidelijk. Het is in elk geval geen soa en ook niet besmettelijk.

'Misschien sluimert het al heel lang in me,' vertelt ze. 'Want ik heb nog nooit seks gehad zonder glijmiddel. Dat is voor mij een vereiste. En na seks ben ik altijd stuk.'

'Stuk?'

'Ja, stuk. Mijn vagina is dan heel schraal. Ik dacht altijd dat dat normaal was. Dat alle vrouwen dat hebben.'

Ik schud van nee. 'Je hoort niet stuk te gaan. Zeiden je vriendjes er dan nooit iets over?'

'Zoveel vriendjes heb ik niet gehad.'

'En nu?'

'Nu kan ik geen strakke broeken meer dragen. Ik ga naar een bekkenbodemspecialist, die me hopelijk kan leren mijn spieren te ontspannen. Er is een behandeling mogelijk met hormoonzalf, maar dat zie ik niet zo zitten. Daar kan je huid nog dunner van worden.'

In de dagen na haar bezoek verdiep ik me in LS en ik heb nog meer met haar te doen dan ik al had. Wat een ontzettende pech. Hopelijk vindt ze een arts die iets voor haar kan betekenen. Naar schatting één of twee op de duizend vrouwen heeft deze aandoening. Ik had er nog nooit van gehoord. Jij waarschijnlijk ook niet. Veel hartjes en sterkte voor iedereen die hieraan lijdt.

DINSDAGMIDDAG 21 NOVEMBER

Bart is gisteravond laat teruggekomen uit Monaco, ik heb hem van Schiphol opgehaald. Hij moet 's ochtends even weg, maar komt daarna terug, zet me in de keuken tegen het aanrecht, begint me uitgebreid te zoenen en mijn borsten te betasten.

'Ik moet je neuken,' laat hij weten. 'Het is te lang geleden. Toen we gisteravond tegen elkaar aan lagen, wilde ik hem er eigenlijk nog even in prikken, maar ik was te moe.'

Hij trekt me met zich mee de trap op, naar onze slaapkamer. We kleden ons uit en staan voor de spiegel als hij me van achteren neemt. Hij glijdt er soepel in. Vanmorgen had ik toevallig de crème al ingebracht.

'Kijk hoe lekker je bent,' zegt hij. Hij draait mijn billen naar de spiegel zodat ik goed kan zien hoe hij in me verdwijnt. Ik sta op mijn tenen, mijn benen lijken extra lang. Mijn taille smal, mijn borsten groot. Bart legt zijn handen om mijn middel en blijft in de spiegel kijken terwijl hij me neukt. Hij vraagt wat ik wil. Ik zeg dat hij wel snel mag klaarkomen als we het vanavond nog een keer dunnetjes overdoen.

Hij geeft me nog meer complimentjes, legt me op mijn rug op bed en likt me een paar minuten. Daarna penetreert hij me weer, terwijl hij voor het bed blijft staan.

'Waar wil je dat ik spuit?'

'In me,' besluit ik na enig nadenken.

Hij blijft me aankijken terwijl hij zijn zaad deponeert.

'Ik ben zo dol op je lijf,' verzucht hij na afloop.

'Nu wil ik eigenlijk ook klaarkomen,' zeg ik.

Toch doe ik het niet. Bart moet naar zijn werk en ik moet ook nog dingen doen.

Als Bart 's avonds weer thuis is, is hij nog steeds heel aanhankelijk. Pakt steeds mijn borsten. Komt veel kusjes brengen. Zegt dat hij me heeft gemist. Ik hou ervan als we zo verliefderig doen. Hoop dat dat voor altijd zo blijft.

’s Avonds is Bart moe, maar ik heb zijn belofte nog in mijn hoofd. Vlak voor we gaan slapen klim ik op hem. Hij reageert verrast, maar wordt toch hard en penetreert me. Na een paar minuten ga ik op mijn rug liggen en trek hem op me. Ik wil de klassieke missionarishouding, zodat ik hem goed op me en in me voel. Het is lekker en ik kom makkelijk klaar. Bart gaat uit me, richt zich op. Ik trek hem af en hij spuit over mijn bovenlichaam. Een deel van zijn lozing belandt op het kussen.

DONDERDAGOCHTEND 23 NOVEMBER

Bart moet ’s ochtends iets wegbrengen in Hilversum en hoeft dus niet meteen naar zijn werk in Amsterdam. Ik had hem gisteren een pijpbeurt beloofd als hij een klus in de keuken zou doen en die heeft hij gedaan. We kroelen en hij krijgt een stijve. Ik klim op hem. Hij penetreert me. Van pijpen komt niks. Hij neukt me hard van onderaf, schuift zijn hand onder mijn billen, tilt me een beetje op. Ik zet mijn rechtervoet op het matras. Een halve ridderstand. Bart vraagt of hij in me mag spuiten. Dat mag. Het is fijn om zijn sperma bij me te dragen.

ZONDAGOCHTEND 26 NOVEMBER

Belofte maakt schuld. Bart trekt me ’s ochtends mee onder de douche en herinnert me quasigrappend aan de pijpbeurt. Ik ben nog een beetje slaperig, ga op mijn billen in de douchecabine zitten en neem zijn harde in mijn mond. Natuurlijk probeer ik zo veel mogelijk eer in mijn werk te leggen, dus ik zuig en trek, swaffel zijn pik tegen mijn lippen, varieer, het is weer een pijpbeurt met alles erop en eraan. Het duurt nog best eventjes voor hij klaarkomt, maar als dat gebeurt, zakt hij door zijn benen en moet hij steun zoeken bij de douchewanden om overeind te blijven. We kijken elkaar aan terwijl hij komt. Ik laat het sperma langs mijn halfgeopende mond lopen. Het is me iets te vroeg om het door te slikken.

DONDERDAGAVOND 30 NOVEMBER

Ik kan niet slapen. Bart wel, die is al vertrokken. Terwijl ik echt moe ben, is mijn hoofd toch te onrustig. Ik draai me op mijn buik, doe mijn handen tussen mijn benen en vinger mezelf. De muizen van mijn duimen drukken tegen mijn clit. Heel lang geleden dat ik dat zo heb gedaan. Oldskool vingeren, zeg maar, zoals ik het vroeger deed, stiekem, toen ik net had ontdekt hoe lekker dat is. Tijdens het vingeren denk ik aan oudjaarsnacht. Zoals je weet hebben Bart en ik de traditie om die in een hotel door te brengen. Dit jaar hebben we nog niets geboekt, want hij moet de volgende dag werken. Het wordt de laatste vrijpartij die ik zal noteren en ik wil er iets bijzonders van maken. Afgelopen zondag kwam het seksdagboek nog ter sprake toen we op bezoek waren bij een stel homovrienden. Zij hoorden ons helemaal uit. Of we trio's of sm-achtige dingen hebben gedaan om het boek te pimpen. Nee dus. Dat was ook niet de bedoeling. Het dagboek is bedoeld om vast te leggen wat er is voorgevallen, niet meer en niet minder. Bart heeft nog nooit meegedaan aan een trio, biechtte hij op aan onze gastheren. Een keertje bijna, met een vriend en een meisje uit een bar, maar toen het puntje bij het paaltje kwam, had hij het niet doorgezet. Het verhaal was nieuw voor me.

Bart en ik hebben het idee van een trio weleens besproken, maar hij zou er dan eentje willen met twee vrouwen en ik met twee mannen. Dat laatste zou hij zeker niet trekken, zei hij. Dat een of andere gast zijn vrouw zou neuken, hij moest er niet aan denken. 'Als jij er eentje met twee vrouwen wilt, mag ik er eentje met twee mannen,' was mijn standpunt. Het werd een patstelling.

Punt is dat ik in het verleden al twee keer een trio met een vrouw en een man heb gehad. Een keer eentje met mijn vaste minnaar en een vriendin van mij. Ik was benieuwd of ik het aan zou kunnen en dat kon ik. Mijn tweede trio was met een onbekende vrouw die ik in een club versierde, waarna een man die ik kende zich bij ons voegde. Dit wonderlijke avontuur inspireerde mij later voor de trioscène in *De mannentester*. Misschien is een trio iets moois om het jaar én het dagboek mee af te sluiten. Ik gun Bart zijn trio met twee vrouwen en de gedachte eraan windt me op. De dame in kwestie zou ik dan wel willen inhuren, net zoals ik dat ooit deed met mijn gigolo. Dat het zakelijk is. Dan kan er weinig misgaan.

VRIJDAGAVOND 1 DECEMBER

'Wanneer begint het neuken?' vraagt Bart als we 's avonds tv-kijken. Hij is in de stemming en laat dat merken door grapjes en aanrakingen. Ik heb hem nog niets over mijn plan voor oudjaarsnacht verteld. Wil het even laten bezinken.

Eenmaal in bed zegt Bart dat hij echt wel heeft gehoord wat ik gisteravond deed, maar dat hij te moe was om zich erin te mengen. Hij imiteert mijn geschok en gekreun, wat ik een beetje gênant vind, maar waar ik ook om moet lachen.

Hij draait me om, zodat we lepeltje-lepeltje liggen en penetreert me zonder al te veel omhaal. Even later draait hij me terug op mijn rug, houdt zijn hand onder mijn billen en blijft me neuken. Daarna komt hij overeind, grist dat goedje uit zijn nachtkastje dat zijn pik doet tintelen en smeert zijn harde ermee in. En passant pakt hij mijn vibo uit mijn nachtkastje en overhandigt die aan mij. De man heeft een plan. Ik smeer ook wat van dat goedje op mijn clit en zet de vibo erop. Bart blijft rechtop zitten en neukt me. Hij legt zijn hand om mijn keel en oefent lichte druk uit. Als ik bijna klaarkom, legt hij een kussen half over mijn gezicht om het geluid te dempen. We zijn niet alleen thuis, vandaar. Daarna draait hij me om, tilt mijn heupen omhoog en penetreert me van achteren. Hij vraagt waar hij zal spuiten, ik wil het in me.

ZATERDAGOCHTEND 2 DECEMBER

'Wat voel ik?' vraag ik als we wakker worden.

'Ik heb een stijve,' antwoordt Bart.

'Hoe komt dat?'

'Die heb ik elke ochtend,' zegt hij.

Hmm.

Hij penetreert me terwijl hij op zijn zij naast me blijft liggen. Ik draai me na een tijdje op mijn rug. Hij haalt zijn harde uit me en trekt zichzelf af terwijl zijn eikel vlak boven mijn venusheuvel hangt. Dat is ook waar hij even later zijn zaad loost.

ZONDAGAVOND 3 DECEMBER

Na het eten vertel ik Bart over mijn plan voor oudjaarsnacht, heel terloops, terwijl ik de lege borden naar de keuken breng.

'Het leek me leuk om een escortdame in te huren voor oud en nieuw.'

'Wat?!' Bart draait zich met een ruk om.

'Je hoorde me wel.'

'Maar, wat? Hoezo? Waarom?'

'Nou, jij hebt nog nooit een trio gehad. Je bent eenendertig jaar, je hebt een seksachterstand op mij en dat is logisch, want ik ben veel ouder. Ik kan me best voorstellen dat je een keer iemand anders wilt neuken, maar dan liever niet stiekem.'

'En wil jij daarna dan een trio met een man erbij?'

'Dat zien we nog wel. Het is geen voorwaarde.'

Bart staart verbluft voor zich uit.

Ik ratel alweer door over de praktische kant van de zaak en de kosten, maar hij zegt: 'Ho! Laat me even genieten van dit moment. Mijn vriendin stelt net voor om een escort in te huren. Wat er ook gebeurt, dit is geweldig. Ik wil dit ten volle beleven.'

'Dus je vindt het een goed idee?' vraag ik.

'Ik vind het een geweldig idee.'

Vervolgens komt er iemand langs, waardoor we niet verder kunnen praten.

Die avond stap ik helemaal bloot in bed. Bart pakt me meteen beet, draait me om en penetreert me van achterlangs. 'Vertel me nog eens wat meer over dat vieze plan van je,' zegt hij.

We zijn allebei een beetje giechelig en geil tegelijk. Bart neukt me in verschillende posities, vanachter, van onderaf, terwijl mijn billen op zijn bovenbenen liggen en van voren, waarbij hij mijn benen wijd doet en ze vervolgens over zijn schouders legt. Op zeker moment beginnen mijn spieren pijn te doen, ik vraag of hij wil gaan liggen, vlij me naast hem en trek hem af. Ga op zoek naar glijmiddel en smeer zijn pik er flink mee in, doe het ook tussen mijn benen. Als ik hem daarna weer aftrek, maakt het een soort slurpend geluid.

'Wat wil je?' vraagt Bart.

'Ik wil naar je kijken.'

Dat doe ik, een paar minuten, maar dan wil ik toch dat hij me neukt.

Ik ga weer op mijn rug liggen, leg mijn benen over zijn linkerzij zodat hij bij me naar binnen kan terwijl we elkaar blijven aankijken.

Bart grijpt mijn borsten vast en trekt aan mijn tepels. Ik pak de Womanizer erbij.

'Ik ga je volspuiten,' waarschuwt Bart. 'Dat getril van dat apparaat gaat overal doorheen.'

Ik zie aan zijn gezicht dat hij komt. Gelukkig blijft hij me neuken tot ik ook kom, heel intens en lang. Die Womanizer blijft een wonderlijk ding.

We blijven een tijdje roerloos liggen, Bart is nog in me, zijn hand ligt op mijn buik, tussen mijn benen door. Ik voel zijn pik langzaam slap worden, maak een foto met mijn mobiel van onze verstrengelde lichamen en noteer er snel wat aantekeningen in opdat ik het verloop van de vrijpartij niet vergeet.

MAANDAGOCHTEND 4 DECEMBER

Ik ben amper wakker als Bart me penetreert. We liggen lepeltje-lepeltje, hij schuift zijn harde zo naar binnen. Nu weet ik zeker dat mijn plan voor oudjaarsnacht goed is gevallen. Het prikkelt hem. En het prikkelt mij ook, laat dat duidelijk zijn. Bart wil weten of ik het voor ons samen doe of voor het dagboek. Het eerlijkste wat ik erover kan zeggen, is dat ik het toch wel een keer wilde doen, maar dat het me eeuwig zonde lijkt om pas tot actie over te gaan als ik het dagboek niet meer bijhoud.

Terwijl ik langzaam maar zeker bij zinnen kom, is Bart me al stevig aan het neuken. Hij moet zo werken, net als afgelopen zaterdag en zondag. Ik laat hem even begaan. Daarna maak ik me los en begin hem te pijpen. Hij kreunt van genoegen. Ik pijp hem en trek hem af en laat hem over mijn borsten spuiten. Hij kust me en haast zich dan naar de badkamer. Prima begin van de week, wat mij betreft.

VRIJDAGAVOND 8 DECEMBER

Drukke week achter de rug, het is eindelijk weekeinde. We willen een film kijken. Ik ga naar boven om wat makkelijks aan te trekken. Bart volgt me. Hij kijkt toe hoe ik me uitkleed en zet me tegen het bed.

'Ik kan je natuurlijk even neuken,' zegt hij, terwijl hij mijn string opzij duwt. 'We hebben veel te lang niet geneukt.'

Hij pakt me in mijn nek, doet zijn eigen broek omlaag, we kunnen elkaar zien via de spiegel. Hij penetreert me heel kort, loopt dan weg, aarzelt even, komt weer terug en doet het nog een keer.

We kijken *Children of Men* uit 2006. Destijds jammerlijk geflopt, zonde, want het is een bijzonder, indrukwekkend verhaal.

Voordat we uiteindelijk in bed liggen is het halftwee 's nachts. Ik betwijfel of we nog puf hebben om af te maken waar we voor de film mee zijn begonnen. We kruipen tegen elkaar aan. Kletsen nog wat. Zoenen. Bart vingert me. Dan dringt hij zich in me terwijl we allebei op onze zij liggen, gezichten naar elkaar toe. Ik klim op Bart zodat ik hem kan berijden.

'Waar denk je aan?' vraagt Bart.

Blijkbaar ziet hij iets aan mijn gezicht.

'Aan de eerste keer dat we elkaar ontmoetten,' zeg ik eerlijk. 'Hoe ik je toen meenam. En we meteen losgingen.'

We lopen de stappen nog een keer door, zoals koppels dat achteraf graag doen. Het was 2013, ik woonde in Portugal. Was op bezoek in Amsterdam en verbleef in een grachtenpand. Had op 12 april met Bart afgesproken in Hotel Krasnapolsky, waar hij een radio-optreden moest doen met zijn band. We hadden wekenlang met elkaar geappt en een keer gebeld. Deze avond zouden we elkaar voor het eerst in levenden lijve zien. Ik was te laat voor het optreden, omdat ik die avond nog een andere afspraak had: met mijn vriendin Marlies Dekkers bezocht ik de pre-openingsavond van het verbouwde Rijksmuseum. Na de sneak preview reden we samen door naar Krasnapolsky.

'Volgens mij staat hij daar.' Ik wees Marlies Bart aan. Voortvarend als altijd ging ze hem voor me halen. Het moment dat hij tussen alle aanwezigen door naar me toe liep, staat in mijn geheugen gegrift. Zijn uitstraling was zo open en leuk, hij was zo knap en jongensachtig – logisch, hij was pas zesentwintig – ik besloot ter plekke dat ik hem die avond mee naar het grachtenpand zou nemen. We spraken kort met elkaar. Op een onbewaakt moment zoende ik hem eventjes, ik kon het niet laten. Hij schrok. Er liepen journalisten rond, ik was net gescheiden, het was niet handig, dat had ik hem zelf nota bene ingeprent voor onze ontmoeting. De rest van de avond bleven we uit elkaars buurt. Toen de band op zeker moment ging inpakken, vroeg ik aan de bassist of hij het drumstel van Bart wilde meenemen, omdat ik Bart wilde meenemen. Schijnt not done te zijn, hoorde ik later. Muzikanten vervoeren hun eigen spullen. Gelukkig was de bassist te overdonderd om het verzoek te weigeren.

Ik regelde een taxi, Bart en ik vertrokken. Hij was een beetje dronken en moest lachen omdat ik de taxichauffeur de hele rit vertelde waar hij rechts en links moest. Eenmaal op ons logeeradres troonde ik Bart mee voor een rondleiding. Ik had zo'n zin in hem dat ik hem halverwege de tour, we waren in het souterrain, tegen een muur duwde, zijn broek naar beneden trok en hem begon te pijpen. Hij reageerde verrast en enthousiast. We belandden op een bankje, rukten elkaar de kleren van het lijf, Bart nam me. We gingen terug naar boven, Bart penetreerde me op elke trede van de trap. 'Ik wil je nu overal neuken,' gromde hij. De rest van de nacht herinner ik me niet meer. Ik weet wel dat hij bleef slapen. 's Ochtends was hij niet wakker te branden. Ik zat al een tijdje te werken toen hij ineens in de woonkamer stond. Zijn haar totaal in de war, hij had alleen een strakke boxershort aan. Zo jong nog. Hoe was hij in mijn nest beland en hoe moest dit verder? Ik had geen idee.

Het ophalen van de herinnering maakt hongerig naar meer. Ik lig intussen op mijn rug. Bart stapt uit bed en doet wat glijmiddel op zijn pik. Hij blijft bij de zijkant van het bed staan, zet een knie op het bed en wil me op mijn zij leggen om me te penetreren, maar ik moet plassen.

Als ik terug ben, trek ik Bart op me en in me. Hij neukt me in de missionarishouding. Fluistert in mijn oor tot ik klaarkom. Daarna richt hij zich op, legt mijn benen op zijn schouders, zodat ik half opgevouwen onder hem lig. Hij neukt me tot hij bijna spuit, haalt zijn pik uit me, trekt zich af en spuit over mijn borsten, het belandt ook op mijn kin.

'Wat spoot ik veel,' constateert hij na afloop tevreden. We zoenen nog wat en vallen dan in slaap.

ZONDAGAVOND 10 DECEMBER

Ons plan voor 31 december komt even ter sprake. Ik vraag Bart of hij het nog steeds wil. 'Het hoeft niet, hoor.'

'Natuurlijk wel!' zegt hij met een brede grijns.

MAANDAGOCHTEND 11 DECEMBER

Ik ben eerder op dan Bart. Hij heeft vandaag avonddienst, dus ik laat hem uitslapen. Om een uur of tien ga ik bij hem kijken. Hij is wakker. Ik kruip bij hem in bed.

'Ik had je vannacht nog willen neuken,' zegt hij. 'Ik voelde je billen en had zin in je. Maar toen viel ik weer in slaap.'

'Ik heb er niets van gemerkt,' zeg ik.

'Laat je tieten eens zien,' zegt hij dan.

Ik moet lachen.

'Kom op, laat je tieten eens zien. Ik heb een harde.'

Ik trek mijn trui omhoog.

Hij pakt ze tevreden vast, vertelt hoe heerlijk hij ze vindt en zuigt aan mijn tepels.

'Mag ik je neuken?' vraagt hij.

Ik doe in een paar snelle bewegingen al mijn kleren uit, terwijl ik onder de dekens blijf liggen.

'Ik denk dat dat een ja is?'

Hij penetreert me terwijl we naar elkaar kijken. Pakt mijn billen vast, schud er lichtjes aan.

'Lekker dat alles trilt als ik je neuk,' zegt hij. 'Je bent mijn neukmachine.'

Ik trek mijn wenkbrauwen op.

'Misschien is dat geen goed woord. Je bent mijn neukeiland.'

Daarna legt hij me op mijn rug en komt op me liggen.

Ik vind het heerlijk, maar ben ook een beetje verbaasd, want het is niet zijn favoriete standje, eerder het mijne.

Na korte tijd kreunt hij dat hij zo gaat komen en of dat in me mag.

'Ja, dat mag,' antwoord ik.

Zijn hoofd ligt in mijn nek terwijl hij klaarkomt.

Als we later die dag in het bos lopen, begint Bart over 31 december. Dat hij zeker moet werken de volgende dag, dus dat we het niet al te laat kunnen maken.

'Dan moeten we de escort niet al te laat bestellen,' zeg ik. 'Maar dat moeten we sowieso nog even bedenken. Hoelang we het willen. Een uur, twee uur, drie uur... en waar? Ik moet dat bureau nog even bellen,' zeg ik. 'Kijken wat ze voor ons kunnen betekenen.' Via Sandy heb ik inmiddels, net als toen ik een gigolo zocht, de naam van een goed bureau gekregen, hetzelfde bureau als destijds. Alleen heet het nu anders: The Courtesan Club. Volgens haar is het zeer vrouwvriendelijk.

'Jij moet even bedenken wat je wilt,' zeg ik tegen Bart. 'Een blondine, een brunette? Welke leeftijd?'

'Dat moeten we samen bepalen, toch?' vindt hij. 'Maar voor mij geen meisje van twintig. Ik heb liever een echte vrouw.'

DINSDAGMIDDAG 12 DECEMBER

Van: Heleen van Royen
Aan: info@thecourtesanclub.com
12 december om 16:13 uur

Goedendag,

Lang geleden, in 2007, heb ik contact gehad met (toen nog) Women of the World, ik was op zoek naar een gigolo en dat resulteerde in een afspraak met 'Noah'. Over die ervaring heb ik een kort verhaal geschreven.

Sinds oktober 2016 werk ik aan een seksdagboek, dat in 2018 zal verschijnen. De laatste dagboeknotitie die ik zal maken, zal op 31 december 2017 zijn.
Het leek mij (en mijn vriend) leuk om die avond samen een paar uur met een escortdame door te brengen. Om daar plezier mee te hebben, uiteraard, maar ook om erover te schrijven.
Mijn vriend en ik hebben de traditie om op oudjaarsnacht onze intrek te nemen in een hotel en een privéfeestje met zijn tweeën te vieren tot het nieuwe jaar begint.

Mijn vraag: wat kan The Courtesan Club voor ons betekenen?

Hoor graag, dank vast,
hartelijke groet
Heleen van Royen

Precies een uur later rolt het antwoord binnen, ik hou ervan!

> Beste Heleen,
>
> Wat leuk om weer van je te horen! Vanzelfsprekend herinneren we ons je afspraak met Noah nog en je verhaal erover ;) Heel leuk dat je ons opnieuw benadert, we zien ernaar uit om je van dienst te zijn. Ik weet op dit moment nog niet welke dames beschikbaar zijn op oudejaarsavond, maar hebben jullie zelf wellicht al iemand in gedachten (of meerdere dames) wier beschikbaarheid we voor jullie na kunnen gaan? Als je ons wat meer kunt vertellen over het type dame waarnaar jullie op zoek zijn (zowel qua uiterlijk als persoonlijkheid), dan willen we met alle plezier iemand aanraden. Vanaf hoe laat tot hoe laat willen jullie afspreken?
>
> We horen graag weer van je.
> Vriendelijke groet,
> Esther

ZONDAG 17 DECEMBER

Het zijn hectische dagen, zo vlak voor kerst. Bart is druk aan het werk en draait lange diensten. Ik ben weer bezig met de film over mijn moeder die donderdag op televisie komt. We hebben nog niet eens de tijd genomen om een escort uit te zoeken voor 31 december. Het klinkt idioot als ik het zo opschrijf, maar de kerstboom, kerstverlichting en de kerstcadeau's gaan nu even voor. En de keuken is ook nog steeds niet helemaal af, dus ik moet de aannemer achter zijn broek zitten. Ook hadden we de afgelopen dagen een paar keer logees in huis en dan seks je toch minder makkelijk.

Vanmorgen hebben we het onder de douche eventjes gedaan. Ik wilde seks, maar ik was tegelijkertijd een beetje chagrijnig omdat we geen tijd voor uitgebreide seks zouden hebben, snap je?

'Jij mag niet klaarkomen, want ik kan ook niet klaarkomen, staand in de douche,' zei ik tegen Bart. 'En dat is niet eerlijk, want dan kom jij weer wel klaar en ik niet.'

Hij vond dat ik raar deed. En misschien was dat ook zo. Maar goed, we hadden toch even seks en hij zei: 'Je bent niet eens nat. Het lijkt wel of ik hem in een houten koker stop.' Dat zei hij letterlijk.

Dat kwam waarschijnlijk omdat ik een beetje chagrijnig was. Ik keek namelijk in de kleine spiegel die in onze douche hangt en zag hoe gehavend mijn gezicht is. De schoonheidsspecialiste die ik vrijdag heb bezocht, heeft van mijn gezicht een soort speldenkussen gemaakt. Ze heeft mijn wenkbrauwen geëpileerd met hars en met een pincet, en mijn gerstekorrels weggeprikt, ik heb nu allemaal rode bultjes onder mijn wenkbrauwen, op mijn wangen en bij mijn mond, en dat terwijl ik morgen op tv moet. Zal je altijd zien.

Eigenlijk was ik meer bezig met mijn gezicht dan met Bart, hij duwde mijn hoofd opzij zodat ik mijn spiegelbeeld niet meer kon zien, penetreerde me van achteren en probeerde me te vingeren. 'Niet meer in de spiegel kijken!' waarschuwde hij me. 'Anders stop ik hem in je kont.'

Ik draaide me om. We neukten nog een beetje. En ik pijpte hem eventjes. We zoenden wat. 'Vanavond maken we het af,' zei ik. Maar we gingen die avond naar *The Last Jedi* en van seks kwam niks meer.

Van: Heleen van Royen
Aan: info@thecourtesanclub.com
18 december om 17:58 uur

Dag Esther,

Dank voor je bericht!
Fijn dat je je de afspraak met Noah nog herinnert.
Weet je al wie er die avond werkt?
We hebben nog geen tijd genomen om even rustig naar je site te kijken. Bart zei dat hij wel de voorkeur heeft voor een vrouw, het hoeft geen meisje van in de twintig te zijn, zeg maar.
Een afspraak van twee uur lijkt mij wel voldoende, wat denk jij?
Tussen 20 uur en 22 uur bijvoorbeeld?

Hoor graag,
hartelijke groet
Heleen

Van: info@thecourtesanclub.com
Aan: Heleen van Royen
18 december om 19:57 uur

Dag Heleen,

Geen dank!
Op dit moment weet ik nog niet de beschikbaarheid van de dames op oudjaarsavond, maar ik heb zojuist iedereen een mail gestuurd om ernaar te vragen. Ik hoop deze avond meer duide-

lijkheid te hebben en anders zeker morgen. Tussen 20.00 uur en 22.00 uur lijkt me een prima tijd en twee uur is inderdaad een mooie duur. Het tarief wordt in dat geval 800 euro, exclusief eventuele reiskosten als de dame van buiten Amsterdam komt.

Je hoort van ons zodra we meer weten!

Hartelijke groet,
Esther

’s Avond zit ik aan tafel bij JINEK om over *Het doet zo zeer*, de film over mijn dementerende moeder, te praten. Hoofdrolspeelster Sofia Helin van de Zweedse serie *The Bridge* is ook te gast. Zij heeft kritiek op de Wallen, die ze vergelijkt met de Berlijnse Muur. ‘Het is idioot dat zoiets als de Wallen nog bestaat,’ vindt ze. ‘Dat je een vrouw kunt kopen die in een etalage zit.’

‘Nou, je kunt haar niet mee naar huis nemen,’ merk ik op. In Zweden is prostitutiebezoek illegaal. Helin vraagt al de hele dag aan iedere man die ze in ons land tegenkomt of hij weleens een prostituee heeft bezocht, waarop een ontkenning volgt. ‘Als jullie zo trots zijn op dit liberale systeem, waarom geeft niemand het dan toe?’ Ik steek mijn hand op en vertel over mijn ervaring met de gigolo. Ze kijkt me verwonderd aan. Ik besluit onze plannen voor oud en nieuw nog maar even niet te onthullen.

DINSDAG 19 DECEMBER

Van: info@thecourtesanclub.com
Aan: Heleen van Royen
19 december om 17:29 uur

Dag Heleen,

Ik wacht nog op antwoord van een aantal dames, maar één dame heeft al wel gereageerd en zij zou volgens mij fantastisch zijn. Het is June, naar mijn mening een van de mooiste dames die we vertegenwoordigen. Daarnaast is ze slim, heeft ze een goed gevoel voor humor en is ze heel gepassioneerd. Ze is Portugees van origine en spreekt op zich prima Nederlands, maar ze voelt zich comfortabeler in het Engels. Misschien dat jullie haar profiel en foto's kunnen bekijken en me kunnen laten weten hoe ze jullie lijkt?

Hartelijke groet,
Esther

ps: Tamar en Day hebben me net laten weten dat zij op 31 december ook beschikbaar zijn en het ontzettend leuk zouden vinden om naar jullie toe te komen. Ook twee ontzettend leuke dames! Hun profielen en foto's staan ook op de site.

Bart ligt net iets eerder in bed dan ik. Hij is moe. Lange dagen. Hij kijkt toe hoe ik me uitkleed. Als ik tegen hem aan kom liggen, heeft hij een harde.

'Zo, iemand heeft er zin in,' zeg ik geamuseerd.

'Ja, die gaat zijn eigen gang. Die heeft er altijd zin in,' mompelt Bart. ‘Maar de rest van mijn systeem is aan het uitschakelen.’ Even later is hij in diepe rust.

WOENSDAG 20 DECEMBER

Bart moet ’s ochtends vroeg even weg om een gehuurde bus terug te brengen. Weer thuis gebiedt hij me mijn kleren uit te trekken. Ik lig nog in bed, doe wat hij zegt en trek hem eventjes af. Dan moet ik plassen. ‘Schiet op, ik ben geil,’ zegt hij. Op een bepaalde manier is Bart heel primitief, je kunt het ook kinderlijk noemen. Als hij trek heeft, moet hij eten en wel zo snel mogelijk. Als hij zin heeft, wil hij neuken en wel zo snel mogelijk. Als hij moe is, wil hij slapen en wel zo snel mogelijk. Hij luistert goed naar zijn lichaam, laten we het daarop houden.

Terug van het toilet klim ik op hem. ‘Wat ben je nat,’ constateert hij tevreden. We praten even over het escortplan. Bart vindt het nog steeds een lekker idee.

We wisselen van positie. Hij ligt op mij, mijn favoriete standje. We neuken. Gieten er na een tijdje wat glijmiddel bij. Dan gaat mijn mobiel. Het is onze aannemer. Hij zal moeten wachten.

Ik denk terug aan het net-niet-trioverhaal dat Bart heeft meegemaakt en fantaseer er een ander einde aan. Een einde waarin hij wel meedeed. Waarin hij het meisje uit de kroeg wel neukte, hij als tweede en zijn vriend als eerste. Zij op handen en knieën, zijn vriend net uit haar na diens hoogtepunt en Bart daarna in haar. In mijn hoofd duurt zo’n fantasie misschien twee, drie seconden? Als het al zolang is. Het is meer een flits. Een pornografische scène die ik heel kort voorbij zie komen en die zich dan even herhaalt en maakt dat ik klaarkom. Het blijft wonderlijk, die verbinding tussen hoofd en lendenen. Je gedachten sturen de lust aan. Wat je denkt, vertaalt zich in een prikkeling in je geslachtsdeel.

Bart gaat rechtop zitten, zet mijn voeten tegen zijn borst en bereikt al snel zijn hoogtepunt. We eindigen in elkaars armen. Ik wil al snel de aannemer terugbellen, hopelijk heeft hij goed nieuws over de keuken die nog steeds niet af is. Bart reageert gepikeerd: 'Waarom verpest je dit moment? Je bent met mij. Als je de naam van die gast nu nog een keer noemt, spring ik uit het raam.'

DONDERDAG 21 DECEMBER

Bart en ik zijn samen te gast bij *RTL Live*. Het gaat over kerst en over de film over mijn moeder. Het seksdagboek komt ook ter sprake. De presentatrice is nieuwsgierig hoe Bart het ervaart, zo'n vriendin die alles opschrijft. Hij zegt dat het went.

Het mini-interview is een goede oefening voor volgend jaar, als het dagboek echt uitkomt, want dan zal deze vraag ongetwijfeld nog heel vaak worden gesteld.

ZATERDAGOCHTEND 23 DECEMBER

Bart was vannacht laat thuis vanwege een feest op zijn werk. Ik ben eerder opgestaan. Wil op zeker moment douchen, loop daarom naakt door de slaapkamer. Bart wordt wakker. Ik klim bij hem in bed. We kletsen. Hij wil seks. Ik ga op hem liggen. Hij penetreert me en neukt me. Na een tijdje beland ik op handen en knieën, Bart in de ridderstand. Ik draai mijn hoofd naar achteren zodat ik hem kan blijven aankijken terwijl hij in me klaarkomt. We liggen nog even tegen elkaar aan en beginnen daarna aan de rest van de dag.

MAANDAG, EERSTE KERSTDAG

Het is ochtend. We staan in de badkamer en kijken naar elkaar via de spiegel. Bart staat achter me. Hij slaat zijn armen om me heen en penetreert me. Waarschijnlijk denkt hij aan onze vrijpartij van laatst onder de douche, want hij vraagt waarom ik niet staand kan klaarkomen. Ik zeg dat het te ingewikkeld is, qua druk, dat het alleen met een vibrator zou lukken. Je zou het moeten leren, vindt Bart. Voor hem is het makkelijk. Hij duwt me voorover en even later loost hij zijn zaad in me.

DINSDAG, TWEEDE KERSTDAG, ’S AVONDS

Mijn gezicht is nog steeds gehavend door de behandeling van de schoonheidsspecialiste. Er zat een puistje in mijn mondhoek, dat zich heeft uitgebreid en een scheurtje is geworden, met korstjes erop en rode, geïrriteerde plekjes eromheen. Niet charmant. Ook heb ik brandwonden op mijn vingers. Op mijn linkerringvinger door de hete oven, op mijn rechterringvinger een grote brandblaar door opspattend vet. Daarnaast heb ik net vier kilometer gerend om me voor te bereiden op een Sylvestercross door het bos op 31 december. Vergeten een zooltje in mijn schoen te doen en nu heb ik pijn in mijn linkerheup. Na het douchen kruip ik bloot in bed. Op een of andere manier rijmen al deze lichamelijke ongemakken niet met seks. Maar als Bart bij me in bed kruipt, ook bloot, pijp ik hem toch even. En we zoenen.

‘Wat wil je graag?’ vraagt Bart. ‘Zeg het maar, ik ben helemaal van jou.’

Moeilijk te weigeren, dit voorstel. Ik denk na.

‘Ik wil wel een massage. Een uitgebreide massage, met glijmiddel. Jij hebt lekkere handen.’

Dat heeft hij. Bart heeft lange vingers. Sexy is dat.

Bart begint mijn borsten te masseren, likt mijn tepels. Hij pakt me bij mijn nek, legt zijn hand om mijn keel. Dan draait hij me om, zodat ik op mijn zij lig, met mijn rug naar hem toe. Hij zoent me in mijn nek, achter mijn oor en streelt me. Ik krijg er aangenaam kippenvel van. Natuurlijk kan hij het niet laten om van achterlangs in me te glijden en me te neuken. Vibo en glijmiddel worden erbij gepakt. Ik weet niet meer door wie, ik gok Bart. Hoop dat-ie niet helemaal leeg is, mijn vibo, flitst door me heen.

Bart legt me op mijn rug en trekt me naar de rand van het bed, zodat mijn benen eroverheen vallen. Hij staat naast het bed, penetreert me, doet zijn vingers erbij en masseert me rondom mijn clit. Ik doe de vibo opzij en hoor mezelf hard kreunen. Mijn vingers doen nu ook mee in de gevoelige zone. Alle pijntjes en ongemakken zijn even verdwenen. Dat is de wonderlijke werking van seks.

Ik draai me op mijn buik en pak de Womanizer. Mijn favo vibo is niet meer zo krachtig, de batterijen zijn waarschijnlijk bijna leeg. De Womanizer doet zijn naam eer aan, ik kom intens klaar. Bart volgt vlak erna, hij spuit in me. Daarna veegt hij me schoon met mijn eigen hemdje dat op de grond ligt. We vallen in elkaars armen. Het plan was om de escort uit te kiezen, maar het komt er niet van.

DONDERDAGMIDDAG 28 DECEMBER

We lopen over de hei als Bart over 31 december begint. Of het nog doorgaat.

'Ja, we moeten een keus maken en die doorgeven.'

'Hoe gaat zoiets?'

'Op de site kijken.'

'Nou, dan moeten we dat maar eens doen.'

Ik ben stiekem blij dat hij er niet al te geobsedeerd mee bezig lijkt. Als hij heel hijgerig was geweest, had ik dat toch minder gevonden.

'Het gaat 800 euro kosten,' vertel ik Bart. 'Exclusief reiskosten.'

We hebben de avond ervoor een huurauto geregeld voor onze vakantie op Curaçao in januari. Die kost 650 euro, inclusief verzekering. Ofwel: twee weken een jeep huren op een Caribisch eiland is goedkoper dan twee uur een vrouw inhuren. Ik denk dat Sofia Helin zich geen zorgen hoeft te maken over June. Zij heeft haar zaken goed geregeld.

's Avonds zitten Bart en ik naast elkaar op de bank, ieder achter onze eigen laptop en we surfen naar de site van de escortclub om de profielen van June, Tamar en Day te bestuderen. June is in de dertig, de andere twee in de twintig. June en Tamar zijn brunettes, Day is blond.

'Wil je blond of een brunette?' vraag ik Bart. Ik kan me zo voorstellen dat hij een blondine wil. Verandering van spijs doet eten.

Het maakt hem niet uit, zegt hij.

Fijn.

'Tamar en Day lijken me erg jong,' begin ik voorzichtig.

Ik weet niet hoe het uitpakt, maar het lijkt me toch gek om als tweeënvijftigjarige vrouw met een vrouw van begin twintig in bed te belanden. Zo'n meisje zit of ligt daar misschien ook niet op te wachten, ook al is het haar werk.

'Tamar lijkt een beetje mager,' zegt Bart. 'Ik wil liever een vrouwelijke vrouw.'

We komen al snel uit bij June. Die is in de dertig, dat scheelt. Dat ze van origine uit Portugal komt, vind ik leuk. Kan ik misschien een beetje indruk maken met de paar zinnen Portugees die ik nog spreek.

We hakken de knoop door. Het wordt June. En Bart boekt meteen een hotel, want hij wil het niet thuis doen. Ons huis is zijn heiligdom.

Van: Heleen van Royen
Aan: info@thecourtesanclub.com
28 december om 22:56 uur

Dag Esther,

June klinkt als een fijne kandidaat. Hopelijk is ze nog beschikbaar. We willen haar graag boeken.
We hebben een hotel geboekt.
Als ze daar om 20 uur kan zijn, kan het feest beginnen ;-)
Het is makkelijk bereikbaar, ligt vlak bij de afslag van de snelweg.
En je kunt er makkelijk parkeren.

Hartelijke groet
Heleen

Ik hoop er het beste van. We zijn best laat met onze definitieve boeking. Misschien is June al bezet en eindigen we toch met een blondine van twintig, je weet het niet. Als dat zo is, zal ik me schikken in mijn lot.

Van: info@thecourtesanclub.com
Aan: Heleen van Royen
29 december om 14:39 uur

Dag Heleen,

June is zondag nog beschikbaar en ze kijkt ernaar uit om jullie dan te ontmoeten! Hebben jullie wellicht kledingwensen die we aan haar kunnen doorgeven? De fee voor twee uren is 850 euro, inclusief de toeslag voor koppels en de reiskosten voor Hilversum. Hoe willen jullie betalen?

Hartelijke groet,
Esther

Ik tegen Bart: ‘Heb jij kledingwensen voor June?’

Bart: ‘Kledingwensen? Zij zal toch wel weten wat ze aan moet trekken, dat hoeven we haar toch niet te vertellen? Jij trekt toch ook wel iets moois aan, een mooi setje? Iets wat ik je heb gegeven. Kledingwensen hoef je toch alleen door te geven als je iets bijzonders wilt? Dat ze als schoonmaakster komt of agent of verpleegster? Of bouwvakker? Wat wil je dat ik aantrek, trouwens?’

Ik: ‘Gewoon, iets leuks. Een wit overhemd.’

Bart: ‘Een wit overhemd? Het is toch geen bar mitswa?’

Ik: ‘Een wit overhemd staat je goed.’

ZATERDAG 30 DECEMBER

Van: Heleen van Royen
Aan: info@thecourtesanclub.com
30 december om 13:01 uur

Dag Esther,

Fijn, wij kijken er ook naar uit. We hebben geen speciale kledingwensen. Ze zal niet in een joggingpak komen, toch? ;-)
Kan je een factuur sturen? Hoe werkt het normaal? Creditcard of pinnen kan ook.
Wat vindt ze lekker qua drank?

Groetjes
Heleen

Van: info@thecourtesanclub.com
Aan: Heleen van Royen
29 december om 13:57 uur

Dag Heleen,

Ik verwacht niet dat ze in joggingpak zal komen, maar ik zal het voor de zekerheid even navragen ;)
Een factuur is prima! Zou je me de gegevens voor op de factuur willen sturen, dan maak ik het in orde.
June meldt zich bij de receptie. Ze heeft er ontzettend veel zin in! Ik heb haar verteld dat de date de laatste dagboeknotitie wordt, dat is oké toch? Het is natuurlijk prima als haar en onze naam worden genoemd, zolang er maar geen details over haar in

komen te staan die haar eventueel herkenbaar zouden kunnen maken, maar dat spreekt denk ik vanzelf. Ze drinkt graag rode wijn en gin-tonic.
Heel veel plezier, ik hoor heel graag hoe het geweest is!

Hartelijke groet,
Esther

Tijdens het avondeten hebben we het weer over de date. Het is nu echt bijna zover. Bart verheugt zich. Hij heeft champagne gekocht.

'Zullen we nog wat spelregels afspreken?' stel ik voor.

'Wat wil je afspreken?'

'Nou, het belangrijkste is denk ik dat het wel iets van ons samen blijft. Dat jij je niet als een malle op de escort stort en ik eenzaam met een gin-tonic bij de minibar eindig.'

'En dat ik dan roep: doe ons nog maar een drankje, schat! Dat is niet de bedoeling?' vraag hij quasi-onschuldig.

'Je weet heus wel wat ik bedoel.'

'Maak je geen zorgen,' zegt Bart. 'Je kent me toch? Ik zal eerder voorzichtig en afwachtend zijn. Jij hebt hier meer ervaring mee dan ik. En ik wil het niet plannen. Ik wil me gewoon verheugen en het laten gebeuren.'

'Je moet wel een condoom gebruiken.'

'Ja, dat is maf. Dat hebben wij nooit gedaan.'

Dan hebben we het ineens over anale seks, ik weet niet meer precies waarom.

'Ik neem toch niet aan dat je haar in haar kont gaat neuken…' zeg ik.

'Nou nee, tenzij zij dat heel graag wil natuurlijk.'

Bart beeldt uit hoe hij dan zal reageren. Maakt gebaren alsof er zich een kont uitnodigend voor hem bevindt, kijkt me aan, trekt zijn wenkbrauwen vragend op, terwijl hij met een open handpalm naar de denkbeeldige kont wijst en weer terug.

Ik schud zuchtend mijn hoofd, maar kan een glimlach niet onderdrukken.

'Het komt echt goed, ik zal je niet uit het oog verliezen, dan merk ik vanzelf wel waar de grens ligt,' belooft Bart.

ZONDAG 31 DECEMBER

Ochtend

De laatste dag van het jaar en de laatste dag van dit dagboek. We hebben een druk programma vandaag en moeten bijtijds opstaan. Bart heeft een harde, ik kan het niet laten en klim op hem. Ik wil dat hij me neukt. En dat doet hij. Hij pakt me stevig beet en zet kracht. Het blijft me verbazen hoeveel opwaartse kracht hij kan zetten terwijl hij op zijn rug ligt. Na een paar minuten deelt hij mee dat hij over mijn tieten wil spuiten. Nu is het mijn beurt om op mijn rug te liggen.

'Wil je me aftrekken?'

Dat wil ik wel. Ik trek even met mijn rechterhand, daarna met mijn linkerhand. Als hij bijna klaarkomt, roept Bart: 'Stop!' En twee seconden later: 'Nu door!' Eerst glijden een paar druipende druppels uit zijn eikel, al snel gevolgd door krachtigere straaltjes die op mijn borsten belanden.

'Waarom wilde je niet in me komen?' vraag ik.

'Aftrekken is lichter dan een orgasme terwijl je neukt,' legt hij uit. 'Het is zachter zonder dat je hele lichaam meedoet. Zo blijf je fitter. Ik moet mijn energie sparen.'

Middag

We zijn op de terugweg van de crossloop en stoppen om te tanken. Bart loopt naar binnen om te betalen. Als hij terugkomt, gooit hij een pakje condooms in mijn schoot.

Ik stop het doosje in het dashboardkastje.

Bart grijnst vol bravoure. 'Ze lagen bij de kassa. Ik zei: doe die er ook maar bij.'

'Vond je het niet raar?'

'Helemaal niet.'

Avond

Om 19:15 uur hebben we allebei gedoucht en zijn we ons aan het aankleden. Ik twijfel over wat ik zal dragen. Een mooi setje, kousen, hakken? Moet ik me opdoffen? Voor wie doe ik dat dan, voor Bart of voor June? Moet ik me opdoffen voor June? Wij huren haar in. Zij hoort zich op te doffen voor ons. Het is verwarrend. Ik trek een lange, zwarte jurk aan, die ik nooit eerder aan heb gehad. Bart is er niet weg van. 'Hij tekent. En maakt lijzig. Je lijkt een monnik.'

Oké, die jurk kan rechtstreeks in de vuilnisbak.

Qua ondergoed kies ik voor een doorschijnende beha van een zwart gaas, die je over je hoofd trekt. Een soort topje in beha-vorm, zeg maar. Met een sexy rugpartij. Daaronder een kanten string en om het te completteren: netkousen met een frivole rand van kant.

Dan een andere jurk met een rits die van achteren helemaal van boven naar onder loopt, zodat hij in één keer uit kan. Ik trek Steve Madden-overknielaarzen aan van zwart fluweel met hoge hakken. Heel nauwsluitend, heel sexy.

Tijdens de verkleedpartij gaat mijn telefoon. Het is Esther van The Courtesan Club. Junes reis verliep voorspoediger dan verwacht. Ze is al bijna bij het hotel.

Shit. 'We komen er zo snel mogelijk aan,' beloof ik.

Bart heeft een koffertje gevuld met glazen, gin, tonic, rode wijn en een speakerbox. Ik heb er nog wat te knabbelen bij gedaan. Studentenhaver, geroosterde pinda's, olijven, dat werk. Geen idee of we eraan toekomen. Maar je moet toch iets te knabbelen kunnen aanbieden.

'Wat moet er verder nog mee?' vraagt Bart terwijl ik mijn haar föhn.

'Alles wat aan de laders hangt ! En glijmiddel!'

Gehaast trekt Bart de PalmPower-vibo en de Womanizer van de lader, mijn roze favoriet heb ik al voorzien van nieuwe AAA-batterijen. Hij stopt de hele handel in een discrete fluwelen schoenenzak en mikt er een flacon glijmiddel bij.

'We komen te laat, schiet op,' zegt hij. Dit was niet de bedoeling. We zouden er al zijn voordat ze kwam. Een drankje nemen, alles klaarzetten, zodat we haar rustig kunnen ontvangen.

'Het is niet anders,' zeg ik. Ik pak nog wat kaarsen en een aansteker en doe die in een plastic zak van Deen. Het koffertje van Bart zit al vol.

We trekken onze jassen aan en racen naar het hotel, waar June al in de lobby zit te wachten.

Eerste indruk: een mooie, elegante vrouw met heel lang, donker haar. Ze heeft een zwarte broek aan, en een nette jas. Ze is mooi opgemaakt, haar lippen zijn donkerrood gestift. Ze oogt netjes, zakelijk, zeker niet ordinair, eerder een tikje mysterieus.

Terwijl Bart incheckt, stel ik me aan haar voor. We wisselen beleefdheden uit alsof we gewoon twee mensen zijn die elkaar net op een receptie hebben ontmoet. Koetjes en kalfjes. Ditjes en datjes. Wij kunnen dit, wij beheersen de kunst van het converseren onder de meest krankzinnige omstandigheden.

Bart heeft de pas voor de kamer, we struinen door het hotel, het is even zoeken, maar uiteindelijk vinden we de juiste deur. Bij binnenkomst blijkt het er bloedheet. Ik loop naar het raam en zet het open, June zoekt naar een thermostaat die niet te vinden is.

Ze blijkt ook een speakertje bij zich te hebben, ze legt het op tafel en zet muziek op. Ik steek de kaarsen aan. Bart pakt de glazen uit zijn koffertje om gin-tonics te maken. Eentje blijkt gebroken. Hij wil een fles wijn openmaken voor zichzelf, maar is de opener vergeten. June zet het glas zonder steel in een koffiekopje: 'Zo werkt het ook, hoor.'

Ik vind haar nu al leuk. Zo relaxed. En voortvarend.

'Jij moet de leiding maar nemen,' vertel ik haar nadat ze Esther van het escortbureau heeft gebeld om te vertellen dat ze veilig en wel is gearriveerd. 'Wij zijn redelijk onervaren, jij hebt dit ongetwijfeld vaker aan de hand gehad.'

'Klopt,' zegt ze lachend.

Bart voelt zich op dit moment volslagen hopeloos – zo zou hij me later vertellen – omdat niets loopt zoals gepland. Hij vertrekt om bij de receptie een opener en een nieuw glas te halen.

Als hij terugkomt, zitten June en ik op de rand van het bed aan onze gin-tonic te nippen en te kletsen. June is al jaren vrijgezel, heeft ze me verteld. Dit werk en een relatie gaan niet samen, tenzij je partner extreem open-minded is. Ze is nu wel weer toe aan een relatie en heeft Tinder op haar mobiel geïnstalleerd. Of ze ooit kinderen wil, weet ze niet. Ze vraagt me of ik denk dat zij er spijt van zou krijgen als ze geen kinderen krijgt. Lastige vraag. 'Iets wat je niet hebt, kun je eigenlijk ook niet missen,' antwoord ik. 'Kinderen zijn heel leuk, maar niet zaligmakend. Je leven aangenaam maken, dat moet je toch vooral zelf doen. Uiteindelijk zijn we allemaal alleen.'

Jaja, dat krijg je als je een trio aangaat met een schrijfster.

Een filosofisch antwoord waar Schopenhauer nog een puntje aan kan zuigen.

Bart pakt een stoel en gaat tegenover ons zitten.

'Mag ik je zoenen?' vraagt June.

'Maar natuurlijk,' antwoord ik.

Ze legt haar hand in mijn nek en begint me op mijn mond te zoenen, wat al snel ontaardt in tongen. Bart kijkt gebiologeerd toe.

In het begin blijf ik een beetje stijfjes zitten. Het is even schakelen. Maar June kan goed zoenen, ze heeft een fijne, zachte, vrouwelijke aanpak en al snel ontdooi ik.

June vraagt wat ik wil: alleen interactie met haar of mag er ook sprake zijn van interactie met Bart?

'Sommige vrouwen hebben daar moeite mee,' legt ze uit. 'Dus ik check het liever even.'

Zelf houdt ze zowel van seks met vrouwen als met mannen, maar uiteindelijk gaat haar voorkeur uit naar mannen. '*I love dick.*'

'Je mag met ons allebei interactie hebben,' antwoord ik. 'Als jij dat tenminste ook wilt.'

Ik moet ineens weer aan Sofia Helin denken.

'Voor alle zekerheid: ben je hier vrijwillig? Is er niemand die je dwingt?' Ben je geen slachtoffer van mensenhandel, wil ik vragen, maar ik weet zo gauw het woord voor mensenhandel niet in het Engels.

Ze stelt me glimlachend gerust, ze wil dit zelf en niemand dwingt haar. Mooi zo. Is dat ook weer uit de wereld.

Dan kan het nu allemaal echt beginnen. Ons eerste trio. June vraagt of ik mijn laarzen uit wil doen. Zij doet haar schoenen ook uit. En haar doorzichtige blouse, waar mijn hand al onder is geweest. Ze helpt mij daarna uit mijn jurk en bewondert mijn setje. Doet haar blouse en haar broek uit. Ze draagt een kanten body en ook kousen. We gaan op bed liggen.

Ik zal proberen de vrijpartij zo nauwkeurig mogelijk te beschrijven, voor zover ik me deze kan herinneren. Niet elk detail staat in mijn geheugen gegrift, daarvoor gebeurde er te veel tegelijk.

Belangrijk om te noteren is dat mijn lichte angst voor uitsluiting totaal ongegrond bleek. Het waren June en ik die een setje werden en de dienst uitmaakten. Wij namen het voortouw en bepaalden wanneer Bart erbij werd betrokken. Dat kwam mede doordat Bart net zo afwachtend en rustig was als hij had voorspeld. En zo onder de indruk, dat hij er niet als een dolle in dook.

'Ik was vergeten hoe lekker het is, met een vrouw,' zucht ik na een paar minuten. June heeft professionele vaardigheden. Ze streelt, zoent en vingert me dusdanig lekker dat ik niets anders kan dan me eraan overgeven.

We vragen Bart om ook iets uit te trekken en nodigen hem uit om bij ons op bed te komen. Dat doet hij.

Ik lig op mijn rug, June is me aan het vingeren. '*Watch and learn*,' floep ik eruit. Ik kan mijn tong wel afbijten. Ik heb na afloop, toen June alweer lang en breed in haar taxi zat, gemeend sorry gezegd voor de onaardige opmerking. Gelukkig pakt Bart het goed op. Hij wil het graag zien, zegt hij. June beaamt dat een vrouw een andere vrouw nu eenmaal beter kan bevredigen, omdat zij precies weet hoe het voelt.

Nu we met zijn drieën op bed liggen, begint het matras een beetje te schuiven en te wijken. We ontdekken dat het twee losse eenpersoonsmatrassen zijn.

'Ik had nog wel om één groot tweepersoonsbed gevraagd,' zegt Bart hoofdschuddend.

'In dit hotel willen ze niet dat mensen seks hebben,' lacht June.

Bart duwt de matrassen weer naar elkaar toe. Hij beweegt zich om ons heen en zoekt naar een goede positie, neemt af en toe een slok van zijn wijn om het geheel even van een afstand te bekijken. Hij begint langzaam te ontspannen en zich voorzichtig te mengen in ons spel. Vanaf dit moment in de vrijpartij wordt alles iets meer wazig, met hier en daar een heldere herinnering. Bart en June zoenen elkaar over mij heen. June en ik zoenen. Bart en ik zoenen. We strelen elkaar, wisselen intimiteiten uit. Er liggen drie lichamen in bed die hebben besloten elkaar te beminnen. Ik wil niet al te sentimenteel worden, maar ik vind het ontroerend dat mensen hiertoe in staat zijn. En het blijft wonderlijk hoeveel grenzen er geslecht moeten worden voordat het zover is. We zijn prima tot trio's (of kwartetten en alles daarboven) in staat, maar het zit toch niet dusdanig in onze natuur of cultuur verankerd dat we er heel makkelijk toe overgaan.

Voordat ik afdrijf: het is zalige seks. Omdat June een professional is, heb je voortdurend het gevoel in goede handen te zijn. Dat is een groot voordeel. Tweede voordeel: de verhoudingen zijn volstrekt duidelijk, niemand gaat verliefd worden of zich rare dingen in het hoofd halen. Enige nadeeltje: voor June is het werk. Ze lijkt te genieten, maar waarschijnlijk is dat part of the deal: doen alsof je het lekker vindt. Ze doet dat heel overtuigend, laten we het daarop houden. Ze lijkt de twee uren die ze is ingehuurd niet tegen heug en meug en met veel tegenzin uit te liggen. Zeker weten zullen we het echter nooit.

Ik weet nog dat ik op zeker moment aan haar vraag of ze het niet lastig vindt om ineens seks te moeten hebben met een tweeënvijftigjarige vrouw. Ze zegt van niet. De oudste mannelijke klant die ze heeft gehad was bijna zeventig. 'Als je eenmaal bezig bent, laat je dat los,' vertelt ze. Waarna ze me complimentjes maakt over mijn lichaam, dat volgens haar nog appetijtelijk genoeg is.

Daarna begint het grote genieten met af en toe een klein pauzemoment voor een slok gin-tonic. Junes playlist brengt ons van het ene erotische nummer naar het andere. 'Je t'aime... moi non plus' zit er ook tussen, dat vind ik dan toch een tikje afgezaagd.

Ik lig op mijn rug, June zit op haar knieën en heeft een tandje bijgezet als het gaat om vingeren. Je moet je voorstellen dat ik op dit moment haar al een keer heb gelikt en zij mij. Allemaal heel organisch, niet te veel over nadenken. Bart masseert mijn borsten en die van June. Hij gaat gehurkt aan het eind van het bed zitten en vingert en likt June achterlangs. Ze kreunt, schudt een beetje met haar heupen en zet weer aan.

Ik voel een opkomend orgasme en het verbaast me. Juist in zo'n nieuwe, toch wat onwennige situatie verwacht je niet makkelijk klaar te komen. Maar het hangt in de lucht, onmiskenbaar. June voelt het ook, ik hoef haar niets te zeggen, ze pakt door. Ik kreun en besluit me eraan over te geven. *You might as well let go,* moedig ik mezelf aan. En zo gebeurt het dat ik als eerste een orgasme bereik terwijl June en Bart, die weer op de stoel is gaan zitten, goedkeurend toekijken. Ik verzucht na afloop dat iedere vrouw op gezette tijden een andere vrouw zou moeten inhuren. Veel beter dan een gigolo. (Sorry, Noah.) En het is niet eens een grap: gun het jezelf, vrouwen. Het is beter dan chocola en je wordt er niet dik van.

Bart heeft zich tot dan toe nog steeds redelijk rustig gehouden.

June en ik kijken Bart lachend aan en ik vraag hem hoe het gaat. June haakt in: '*Are you having fun?*' Hij opent zijn mond om iets te zeggen, aarzelt, doet zijn mond weer dicht, schudt zijn hoofd en zegt dan: 'Ik probeer zo goed mogelijk aan te sluiten, maar het lukt nog niet helemaal. Er gebeurt zoveel.' June en ik knipogen naar elkaar. 'We hebben Bart een beetje verwaarloosd. Zullen we hem wat meer aandacht geven?' vraagt June.

We trekken Bart bij ons op bed. Hij legt June op haar rug, duwt haar benen uit elkaar en omhoog en begint haar te likken. Ik zit ernaast op mijn knieën en kijk toe terwijl ik mezelf vinger. June grijpt mijn borsten en ik zoen haar. Na een paar minuten stopt Bart en samen duwen we hem terug in de stoel voor het bed. Ik kruip naar de rand van het bed, neem zijn half harde lul in mijn mond en begin hem uitgebreid te pijpen. Bart zakt een beetje onderuit en slaakt tevreden een diepe zucht. June staat achter hem, drukt haar borsten in zijn nek en masseert zijn hoofd. Ik voel Bart steeds harder worden in mijn mond en zuig gulzig verder. In een van mijn adempauzes zegt June speels: '*Now it's my turn!*' We wisselen van plek en zij neemt over waar ik gebleven ben. Ik sta naast Bart en samen leggen we onze handen op haar hoofd. Hij kijkt me lachend aan. 'Pijpt ze goed?' vraag ik. Hij knikt tevreden, grijpt met een hand haar haar vast als een teugel en duwt haar hoofd nog dichter tegen zijn buik aan.

Bart gebaart naar het bed: 'Ga achter haar zitten.'

Ik doe braaf wat hij zegt en breng opnieuw mijn mond naar de omhoogtorenende billen van June. Bart gaat staan en kijkt me aan alsof hij zojuist eigenhandig een fort heeft veroverd.

'*I think you should fuck her now*,' zeg ik na een paar minuten. De klok tikt door, we hebben niet de hele nacht de tijd.

June reageert opgewekt en draait zich uitdagend om. Bart doet een condoom om. Hij neukt haar van achteren, zij zoent met mij, terwijl ik haar van onderlangs vinger. Ze vingert zichzelf ook, als ik me niet vergis.

Bart wordt vrijpostiger. Hij geeft June een tik op haar billen.

'*He fucks well. He is good at it*,' zegt June.

'*I know*.'

Ze kreunt uitbundig. Later, toen ik haar vroeg of ze weleens echt klaarkomt bij een klant – de vraag die ze ongetwijfeld al heel vaak heeft gehoord, maar ik moest hem toch stellen – zei ze dat ze op dat moment, toen Bart haar van achteren neukte, een hoogtepunt had. We zullen het nooit zeker weten. Laten we haar het voordeel van de twijfel gunnen.

Hierna volgt een fase waarin we alles bij elkaar en met elkaar willen doen. Op een bepaald moment vormen we een soort treintje. Bart als de aanduwende locomotief, June op handen en knieën voor hem en ik weer op handen en knieën voor haar, maar ik voel ook Bart zijn hand op mijn heup.

Weer later zit ik in een sandwich tussen Bart en June. We zitten alle drie rechtop. Ik lig met mijn hoofd op de schouder van June. Bart neukt mij van achteren en zoent met haar. Het is intens.

Bart wil June hard neuken en pakt de schoenenzak met het glijmiddel en de vibo's erbij. Hij smeert wat glijmiddel tussen haar benen, gaat bij de rand van het bed staan en trekt haar naar zich toe. Wat ik op dat moment precies doe, weet ik niet meer. Misschien kijk ik toe, misschien tong ik nog wat met June, alles kan. Ik pak in elk geval mijn roze vibo erbij, dan heb ik die tenminste niet voor niets meegenomen.

June ontdekt de zak met speeltjes niet veel later, trekt hem nieuwsgierig naar zich toe en schudt hem leeg op het bed. 'Wat heb je allemaal bij je… o, die heb ik ook!' Ze doelt op de PalmPower.

'Ken je de Womanizer?' vraag ik.

Daar heeft ze nog nooit van gehoord.

Verheugd vertel ik haar wat het apparaat doet en dan breekt voor mij een nieuw hoogtepunt aan, want ik mag hem op haar uitproberen.

Ik wil haar nog vertellen dat dit vernuftige apparaatje is uitgevonden door een Duitser die ook een aardbevingsmonitor heeft bedacht, maar besef bijtijds dat dit misschien niet het moment is om de ontstaansgeschiedenis van de Womanizer uit de doeken te doen. June gaat er wijdbeens voor liggen, ik plaats de clitzuiger waar hij hoort en zet hem aan. 'Iets harder?' Ja, hij mag harder.

Bart ziet zijn kans schoon en stopt zijn lul in Junes mond. En zo is zij het centrale middelpunt van de actie.

'Ben je oké?' vraagt Bart na een paar minuten aan mij. 'Voel je je niet verwaarloosd?'

Gedecideerd schud ik mijn hoofd. 'Nee joh.'

Ik vind het werkelijk enig om 'mijn' Womanizer te delen met een andere vrouw.

'Vind jij het lekker?' vraag ik Bart.

'Jazeker. Ik wil morgen weer,' grijnst hij. 'Heb je al plannen?' vraagt hij aan June.

June duwt de Womanizer van zich af en graait naar een ander speeltje, de haar vertrouwde PalmPower.

Ik ga naast haar liggen en zet de Womanizer op mijn eigen clit. En zo belanden we gezusterlijk naast elkaar, ieder met een apparaat in de weer, terwijl Bart toekijkt.

'Eigenlijk moet hij zijn vingers in ons allebei stoppen,' vindt June.

Goed plan.

Bart gaat aan onze voeten zitten en doet wat we vragen. Gelukkig heeft hij twee handen en tien vingers.

Ik kom opnieuw klaar. June lijkt me te volgen. Of is het een toegift voor de bühne? Hoe dan ook: dit avontuur verloopt veel bevredigender dan ik van tevoren had durven dromen.

June en ik zoenen elkaar.

'Ben jij weleens spuitend klaargekomen?' vraag ik haar nieuwsgierig. Ze is er nu toch, ik kan maar beter alles vragen wat me te binnen schiet.

Ze schudt haar hoofd. 'Nou ja, misschien een keer, een beetje,' zegt ze dan. 'Maar niet hevig, zoals je het op filmpjes ziet. Ik ben er trouwens van overtuigd dat het urine is wat er vrijkomt.'

'Dat denk ik nou ook altijd!'

We knikken eendrachtig naar elkaar.

June stapt uit bed en kijkt op haar mobiel. Het is tien uur, haar chauffeur staat vast al te wachten. Ze kleedt zich snel aan. Haar telefoon gaat. 'Ja, ik kom eraan. We zijn klaar,' zegt ze. Dan tegen ons: 'Sorry, ik moet gaan. Ik hoop dat jullie geïnspireerd zijn. Veel plezier nog samen.' Een snelle omhelzing, twee vluchtige zoenen en weg is ze.

Bart en ik gaan op bed liggen.

'Hoe vond je het?'

'Man! Het was fantastisch. Ik wil meer.'

'Je bent niet klaargekomen, toch?'

'Nee joh. Het was te veel. Zoveel prikkels. Ik kon het niet allemaal verwerken. Mijn hoofd vloog alle kanten op.'

Stiekem vind ik het leuk. Mag hij ook weleens meemaken. Hij komt niks tekort.

'Laten we ons aankleden en lekker naar huis gaan,' zeg ik. De kamer is een stuk minder magisch zonder June.

Ik sta op, blaas de kaarsen uit, we pakken onze spullen in.

Even later lopen we gearmd over straat.

We zijn het erover eens dat het heel gaaf was. En voor herhaling vatbaar. Bart is een beetje dronken. Soms veroorzaakt aangeschotenheid een spraakwaterval bij hem en dat is nu ook het geval. Hij blijft maar praten, aan één stuk door. Hoe we eruitzagen, dat we bijna hetzelfde roken en smaakten. Dat het zo fijn was. Dat het zo'n indruk op hem maakte. Dat hij de volgende keer weer June zou willen, want nu kennen we haar, dat is veel makkelijker. Dan heb je dat eerste kwartier niet nodig, kun je meteen beginnen.

Thuis schieten we allebei wat makkelijks aan. Bart zet muziek op en trekt een fles champagne open. We hebben genoeg te vieren. Hij is nog niet helemaal bevredigd, hij is geil, wil seks, maar kan nog even niet stoppen met praten. We zijn er allebei vol van. Allebei blij dat we ons plan hebben doorgezet.

'Volgens mij zou dit voor heel veel stellen een goed idee zijn. Geeft een goede impuls,' zeg ik. 'Ik dacht dat ik twee mannen wilde, uit een emancipatorische gedachte, maar doordat June en ik samenspanden, voelde het juist heel feministisch, snap je? Wij waren de baas.'

Bart knikt en begint daarna weer te ratelen. Ik zet de dictafoonapp aan, om zijn woordenstroom op te vangen.

'Iedereen heeft zijn eigen geur. Maar jullie roken hetzelfde, jullie proefden hetzelfde, jullie geuren matchten, serieus. Dat zoete dat jij hebt, dat heeft zij ook. Zij had het wat extremer en grover, maar het matchte heel goed. Het was alsof jullie het hadden afgesproken. En jullie proefden, nou ja, misschien proeven alle kutjes hetzelfde, maar ik ben nogal intens op geuren. Het was echt goed, ik meen het, het was heel fijn. Geuren en smaken zijn zo fucking belangrijk, dat wist ik ook helemaal niet. Jullie gingen soort van in elkaar op, waren samen één grote vrouw, het was fantastisch. Ik ruik het nog steeds. Echt heerlijk. Een beetje zoetig, haargeur met huid en zweet, ah man, het was intens en goed. Ik zweer het je. Jij neemt dit allemaal op, helemaal tof, al twee minuten, zie ik, maar het is echt zo. Had jij dat ook of niet?'

'Ja, ik snap wat je bedoelt.'

'Jullie waren echt een goede match,' herhaalt hij. 'Het leuke was dat je dat tegen elkaar ook zei: o, je bent zo zacht. Ja, jij bent ook zo zacht. Ik dacht: jullie zijn allebei superzacht! Hahahaha! En ik ben de lachende derde. Fuck, het was echt leuk, waarom ging het zo snel?'

'Hoe vond je June?'

'Ze was fijn, ze was niet per se dik, maar ze had een soort stevigheid van zichzelf, je kon haar goed vastpakken. Ze had mooie borsten, niet te groot, maar wel gewoon goeie. Jij kwam daar met je dikke kanonnen aanzetten natuurlijk, maar ze was wel echt een vrouw. Jullie waren soort van aan elkaar gewaagd, dat was serieus cool, jullie lagen naast elkaar, jij had al die dildo's uit de kast getrokken, jullie lagen daar met zijn tweeën te trillen, ik zag alleen maar twee vrouwen naast elkaar, ik dacht: wow, jullie zijn supergoed samen en ik dacht: o ja, ik moet ergens een piemel in steken, maar ik weet het niet goed. En toen was het ineens: ehhh, het is tien uur. De tijd is voorbij.'

'Vond je het leuk om ons zo samen te zien?'

'Ja! Jullie lagen naast elkaar. Ik zat er alleen maar tussen. Ik dacht: ik heb twee vrouwen die helemaal ontspannen zijn. Weet je, een vrouw kan geil zijn, maar als ze niet ontspannen is, is het superkut. Dat is sowieso niet geil. Je moet een ontspannen, geile vrouw hebben. En jullie waren allebei behoorlijk geil maar ook super ontspannen. Zij was wel zweterig, maar het was niet vies. Een soort zomerse vibe was er ineens. Het was de goede seksgeur.'

'June vroeg nog of jij niet eens door een man zou willen worden gepijpt,' herinner ik me ineens. 'Dat vond ik leuk. En je was niet geheel afwijzend. Sta je nu open voor seks met mij en twee mannen?'

'Hoho,' roept Bart. 'Ik sta ervoor open dat ik seks zou hebben met jou, met een man erbij. Maar niet dat die man me zou pijpen. En dan kun je zeggen: misschien pijpt een man wel beter dan een vrouw. Nou, jammer dan. Ik wil namelijk een vrouw, ik wil lang haar, zachte vrouwelijke huid, ik wil haar billen zien, haar borsten voelen. En dat jij een keer een trio wilt met twee mannen, nou, weet je, op den duur, o man, mijn brein moet dit allemaal verwerken, maar misschien, het kan best cool zijn ook.'

'Dus je staat daar wel voor open?'

'Weet je, als je een man uitnodigt bij je vrouw, moet je dat mentaal aankunnen. Het is altijd een wedstrijd, een machtsstrijd, het is anders dan twee vrouwen. Als wij een keer seks hebben met zijn tweeën en er komt een man bij, dan moet dat wel iemand zijn die ik vertrouw. Want voor een man is veel minder ruimte in mijn brein. Ik gun het jou absoluut, want volgens mij is het hartstikke tof om twee piemels te hebben, net zoals ik vanavond vier tieten had en twee paar billen had en vier benen, echt fantastisch. Alleen, vrouwen zijn meer aan elkaar gewaagd, die zijn makkelijk intiem met elkaar. Mannen niet, die moeten elkaar overrulen. Het is makkelijker als je met zijn tweeën een meisje hebt dat je allebei niet kent. Maar er is een machtsverschil als de ene man het meisje ziet als zijn vriendin. Dan moet die ene het die ander gunnen, dat is best ingewikkeld. Jij beleeft veel meer plezier aan het seks hebben met een vrouw, dan ik zou hebben aan seks hebben met een man. Daar loopt het spaak. Het zou misschien makkelijker zijn om seks met een ander stel te hebben, in plaats van een trio.'

'Ik snap het.'

'Ik wil jou geen genot ontnemen, maar het zijn dingen waar ik wat meer over moet nadenken. Deze avond vond ik fantastisch en ik ben niet eens klaargekomen. Dat is best een nieuw ding. Jullie waren helemaal samen en ik dacht: is er wel ruimte voor mij? Het was cool en geil. Het was zoveel informatie om te verwerken. Het is best cool dat seks ineens niet meer om klaarkomen gaat maar om de beleving. Ik had twee mooie vrouwen met alles erop en eraan. Holy shit. Dat alleen al aanraken is ultiem geluk. Het was een groot buffet. Echt, een goed begin en ik hoop dat we het vaker doen.'

Bart is in onze nep-Eames gaan zitten en ik beland op zijn schoot. We ruiken allebei nog naar seks en raken weer opgewonden. Bart zet me op handen en knieën, penetreert me van achteren en loost eindelijk zijn lading.

'Schat, wat hou ik van je,' zegt hij.

'Ik ook van jou,' antwoord ik.

Als het dan eindelijk twaalf uur is, proosten we op de bijzondere avond die achter ons ligt. Het nieuwe jaar begint en het dagboek eindigt. Voortaan weer seks zonder notities en een verplicht verslag achteraf. Ik verheug me nu al.

NAWOORD

Dit dagboek is het meest onconventionele boek dat ik tot nu toe heb geschreven. Toen ik naar buiten bracht dat ik ermee bezig was, ontving ik via mijn uitgeverij een ansichtkaart van een lezer. Ze gaf nooit ongevraagd advies, liet ze weten, maar in dit geval kon ze het niet laten. Schrijf het dagboek en leg het dan weg, raadde ze me aan. Als je het wilt publiceren, wacht er dan vijf jaar mee. Je lijkt gelukkig en dit boek kan je je relatie kosten. Is dat het waard?

Ik heb haar advies in de wind geslagen, maar ben het niet vergeten. Ik besef dat het publiceren van dit dagboek risico's met zich meedraagt. Het kan onaangename reacties oproepen. Bart en de mensen om ons heen zullen er ongetwijfeld op worden aangesproken, wat vervelend voor ze is. Dat spijt me.

Maar de angst voor wat anderen denken of zeggen heeft me nog nooit gehinderd in mijn werk en zal dat ook in dit geval niet doen. Ik ben blij dat ik dit project heb voltooid. Dat het boek er is. Dat ik de seks nauwgezet heb bijgehouden, zoals ik van plan was. Dat ik mijn gedachten over de vrouwelijke seksualiteit heb kunnen verwoorden. Ik ben dankbaar dat Bart zijn aanvankelijke weerstand opzij heeft gezet en me toestemming heeft gegeven om onze intieme momenten te delen en een eigen bijdrage heeft geschreven. Het heeft mijn liefde voor hem alleen maar groter gemaakt. We begrijpen elkaar. Dat is een geschenk.

Mijn debuutroman, *De gelukkige huisvrouw*, droeg ik op aan jou, lezer. Dit dagboek ook. Ik weet niet of je er wat aan hebt. Maar als dit boek je aan het denken heeft gezet over wie je bent en wat je met je seksleven wilt – *I am as mad as hell and I am not going to take this anymore* – dan is het niet voor niets geweest.